葱茏夏记

尚方宝剑 /著

图书在版编目（CIP）数据

葱茏夏已至 / 尚方宝剑著 . —— 南京：江苏凤凰文艺出版社，2019.5
ISBN 978-7-5594-3537-8

Ⅰ.①葱… Ⅱ.①尚… Ⅲ.①长篇小说 – 中国 – 当代
Ⅳ.① I247.5

中国版本图书馆 CIP 数据核字 (2019) 第 062580 号

葱茏夏已至

尚方宝剑　著

责任编辑	张　倩　王　青
特约编辑	黄　欢　沐　沐
装帧设计	黄　梅
出版发行	江苏凤凰文艺出版社
	南京市中央路 165 号，邮编： 210009
网　　址	http://www.jswenyi.con
印　　刷	湖南凌宇纸品有限公司
开　　本	880×1230 毫米 1/32
印　　张	9
字　　数	226 千字
版　　次	2019 年 05 月第 1 版，2019 年 05 月第 1 次印刷
书　　号	ISBN 978-7-5594-3537-8
定　　价	38.00 元

江苏凤凰文艺版图书凡印刷、装订错误可随时向承印厂调换

目录

第一章
001 初次见面，很高兴得罪你呀

第二章
021 不如不遇"星期橙"

第三章
040 输在一招不要脸

第四章
056 不认账小姐 VS 不认输少年

第五章
075 看到她就想据为己有

第六章
093 雅痞和饲主

目录

第七章
106　冬吻逆风而来

第八章
126　那么多眷恋

第九章
146　我喜欢她，别的谁我都不要

第十章
175　谁说只有他想娶，她也很想嫁

第十一章
207　你如春雨，如和风，如好天气

第十二章
231　你已经得到我的一切，请你为我拒绝这个世界

第十三章
258　我的世界很小，只能容下你

cong long
xia yi zhi

第一章
初次见面,很高兴得罪你呀

CONG LONG
XIA YI ZHI

大一新生报到日。

夏葱茏戴着太阳镜，推着拉杆箱，站在入学新生的队列里，等待办理入学手续，慵懒的表情使她看上去像个排队登机的游客。

初秋尚未完全驱赶夏末的暑热，嬉闹声不绝于耳，教学楼前熙熙攘攘。夏葱茏揉揉太阳穴，被周遭一切吵得头疼。

排在夏葱茏前面的女生个头很小，沉甸甸的背包在她肩上像座山，但她依然灵动，不时扭扭头挪挪身，随着她摆动的节奏，背包也左右晃荡，撞得她生疼。

事不过三，第三次被撞后，夏葱茏抬手拍拍那女生："同学，打扰一下。你的背包很重，撞得我胸部很痛，麻烦你把背包背到前面，或者放在脚边，可以吗？"

女生回头，敷衍道："你稍微挪一挪位置，躲开我的背包不就可以了？"

"我要是躲开你的背包，就等于离队了，到时候后面的同学会以为我插队。"

"那就没办法了，你只好暂时忍耐一下了。"女生朝夏葱茏翻一个白眼，似是为了报复，她猛地转回去，狠狠用背包撞了夏葱茏一下。

嗬，很好。

夏葱茏朝前张望，排在"背包女"前面的是个穿篮球背心的男生。男生没正形地站着，随意将背包扔在脚边。他身高一米八，侧脸线条很迷人，肤色被阳光映红，臂膀不粗但有肌肉，透过宽松背心，可以看见他微微起伏的胸膛，观感很好，触感应该更好。

"背包女"不时往前蹭，用脸庞蹭男生的臂膀。

男生发现总有人有意无意地蹭上来，忍不住回头看，身后的女孩个头只到他肩头，他刚好毫无阻挡地看见夏葱茏。

夏葱茏有着典型的鹅蛋脸，一双杏眼目光清冷，给人一种"生人勿近"的疏离感。她身材纤瘦，在女性中个子偏高，褐发刚过肩，扎着半丸子头，看着挺清爽。

注意到男生在看她，夏葱茏伸长胳膊，越过"背包女"，用手替他稍稍整理了衣衫。

男生愣了愣，夏葱茏此举委实叫他摸不着头脑，他皱眉问："怎么了？"

夏葱茏语气平淡地说："就算是男生，穿衣也该严实些，都秋天了，还打扮得这么性感，也不知道心疼下自己的豆腐。"

男生笑了，她这话是什么意思？是指责他穿衣不检点呢，还是心疼他被人吃豆腐？

夏葱茏睨了眼"背包女"，阴狡一笑："就算是女生，也有色胆包天爱吃豆腐的，嗯？"

"背包女"一下红了脸，气急败坏地说："胡说八道！我不知道你在说什么！"

"啧啧啧，我也不知道自己在说什么，既然我是胡说八道，你紧张什么？"

"背包女"语塞。

夏葱茏探头看看正在忙活的教务员，乘胜追击："同学，我这人喜欢先礼后兵。男生照顾好自己的豆腐，你照顾好自己的背包，我照顾好我自己，这很公平。当然，如果你只顾吃男生的豆腐，而罔顾对我的伤害，再用你那个大红花背包撞一下我的胸，我就向教务员举报你行为不当，反正我有证人。"夏葱茏指指男生。

男生暗觉好笑，挑事似的问："你凭什么认为我会充当你的证人？要是我觉得多一事不如少一事呢？"

"不会。"

"为什么？"

夏葱茏打量了"背包女"一眼，特自信地说："因为我比她可爱。"

"确实。"男生看都不看"背包女"，直勾勾地看着夏葱茏，捧场地点点头,"你比她更吸引我。"

他欠欠身给"背包女"让了位置,拎着行李退到夏葱茏身边。

夏葱茏警惕起来:"你想干什么?"

"不干什么,就是觉得和你在一起好有安全感。"

"就因为我提醒了你?"

"就因为你把我当成了一朵娇滴滴的花,下回我会多穿点,不再劳烦你为我的豆腐费心,真是谢谢了。"

夏葱茏觉得,这事呀,到此为止为妙。

排在前头的人陆续办好入学手续,夏葱茏上前,向教务员报上了姓名和学系、班级。

身后的男生感到意外,凑上前看了看教务员的《入学登记表》,对夏葱茏说:"你不仅和我同系,和我还是同班同学?"

夏葱茏无奈,耸了耸肩:"好吧,我接受命运的安排。"

她身后的人沾沾自喜,忽然对大学生活有了不一样的期待。他对夏葱茏这女孩挺有好感,曾经有过很多人夸他好看,她是唯一一个骂他性感的,比夸他还叫他得意。

过去他被各种各样的女孩、阿姨、大妈占过便宜,和朋友说起,谁都不把这当回事,想着反正他是男生,不应该介意。更悲哀的是,大多数人认为,遇上这种事只有女生会吃亏,男生岂有吃亏的道理?

他没想过有一天,有人会为他挺身而出保护他,即便他是男生。

夏葱茏,他记住她了。

趁二人交谈之际,教务员推了推眼镜,仔细端详夏葱茏,她对这个学生特别感兴趣。

"你就是夏葱茏?那个以全校第一的好成绩入读历史学系的夏葱茏?"

"是我没错。"

教务员两眼放光:"听说你从初中到高中一直是班长?我认识你高中的班主任。"

夏葱茏点点头。

"哈哈,夏同学,帮着老师管理班上那么多同学,累吗?"

"累,但被管更累。"所以夏葱茏才有兴趣当班长,她不要被人管。

教务员对夏葱茏很满意,看样子她没找错人:"夏同学,既然你有过多年当班长的经验,那么把你安排到一个比较特别的寝室,应该难不倒你。"

夏葱茏机警起来:"那要看那个寝室具体怎么个特别法。"

"没事的,该知道的,你以后会知道。"教务员挤挤眼,贼兮兮又笑眯眯地说,"我相信你能平衡好各个室友的关系,要加油哦!"

与教务员谈话期间,夏葱茏用余光瞥见身后的男生好像突然忙碌起来,他从包里拿出了一支马克笔,好像要写点什么。

夏葱茏无暇顾及,教务员告诉她,她将入住女生宿舍A413室。

A413室。

夏葱茏点点头,正打算推着拉杆箱离开,却发现拉杆箱正面多了一个不属于她的名字——林渊立

笔迹潦草,凶手显然是仓促作案,而作案工具——马克笔!

夏葱茏锁定犯罪嫌疑人,下意识地看向身后的男生。

他朝她坏笑,非但不顾及受害者的感受,似乎还为此自鸣得意:"夏葱茏,我知道你的名字,还知道你住A413,万一我是坏人怎么办?这对你来说多危险?为了安全起见,我觉得你需要知道我的名字。"

很好,林渊立。

夏葱茏压下怒火,强迫自己咧开了嘴,风情万种地朝他勾勾手指。

林渊立很好奇,这个颇为霸气的女孩将会如何发落他,便离开队列上前。

"首先,林渊立同学,你在我拉杆箱上写上你的名字,很容易让别

人以为，这个箱子是我偷来的；其次，你这样做，破坏了拉杆箱的整洁，眼下你有两个选择，要么赔我一个，要么设法善后。"

"没问题，我毫不犹豫地选第二个。"林渊立在拉杆箱前蹲下，借助拉杆箱的高度充当掩护，刚好挡住了手，然后从背包里取出了涂改液……

夏葱茏探前一看，一切为时晚矣，他的名字被抹上涂改液后，在拉杆箱上更耀眼了。

"好了，夏同学。"林渊立起身，朝夏葱茏甩了甩涂改液，"我把马克笔的字迹涂掉了。"

看出对方有心戏弄，夏葱茏反倒没了脾气，她可不是那种容易上当的人。

"谢谢你，林同学，你就是个知错能改的天使。"

"那是，我林渊立，堂堂男子汉，顶天立地。"

"嗯。"夏葱茏示意林渊立看看那边正在办理入学手续的同学，爱莫能助地叹息一声，"你现在想回去补办手续，不知道算不算插队，不过你这么顶天立地，应该不会干出这种事来吧？"

林渊立回头观摩了下队列长度，得意的笑容瞬间冻结。原来，她把他从队列里勾出来，是为了要他重新排队，果然最毒妇人心哪！也怪他自己，刚刚怎么就那么听话？！

他咬咬牙，挺起胸膛，雄赳赳地说："重新排队就重新排队，你值得，我乐意，呵。"

林渊立拎起行李，背过身去，哭丧着脸走到长龙末端。

夏葱茏走到女生宿舍 A 栋，循例向宿管阿姨出示相关证明。

宿管阿姨定睛看她一眼："你住 413 室？"

"是。"

"那祝你好运，这下四个活宝总算凑齐了。"

四个活宝……

夏葱茏眉毛一挑,趴在窗口前问:"阿姨,413室有什么特殊情况吗?之前听教务员说,这是个特别的存在。"

"是挺特别的。"宿管阿姨笑了笑,忍不住多看夏葱茏两眼,仿佛她是个不容小觑的角色,"413室住的都是好姑娘,她们只是……我这么说好了,她们每个人都有那么一点必须坚持的原则。人嘛,总有需要坚持的事,这不是很正常嘛。不要怕,要坚强。"

从楼外回来的学生经过夏葱茏,听见二人的对话后小声嘀咕:"那个女生住413室呢,有好戏看了,你猜她能撑多久?一个学期?"

"呵,她要能和怪胎同住一个学期,我跪着喊她女王。"

"说不定她也是怪胎呢,不然怎么会安排在413室,啧啧啧……"

夏葱茏嗅到了八卦的气息,忙挥别宿管阿姨,急步追上去。接近交谈声时,她放慢脚步,也放轻了呼吸,不愿打扰他人嚼舌根。

不巧,那两位也住四楼。

夏葱茏默读着门上的数字,经过她们时,停下了脚步,冷不丁地问:"同学,413室怎么走?"

二人吓了一跳,其中一个女生反应过来,指指对门:"那就是。"

二人像遇着跟踪狂似的,没等夏葱茏道谢,便迅速进了寝室,将夏葱茏挡在门外。

她们住414室呢。

夏葱茏记住了,兴致勃勃地走到对门。毕竟这是她第一次登场,她觉得很有必要给室友一点心理准备,便先叩了叩门,才用钥匙开门。

413室全员整整齐齐,似乎知道她要来,都在场候着。除了夏葱茏是大一新生,其余三人都是大二的学生。

夏葱茏轻手带上门,飞快地瞄了瞄靠墙的两组上下铺,下铺都被占领了,上铺还有空余位置。她也不急,随意将行李搁一边,背靠着门直勾勾地打量屋里的人。

她最先看到的是一个头发短得像刚刚经历了劳改的女孩。女孩持中性打扮，下身穿吊儿郎当的破洞牛仔裤，上身是松松垮垮的卫衣，看着很嘻哈。

她正坐在电脑前，电脑屏幕定格在一个游戏画面，电脑边沿贴满卡通贴纸，鼠标垫也很可爱，与走嘻哈风的主人形成了强烈的反差萌。

其余两位，一个坐在窗前发呆，一个在上铺的被窝里发短信。发呆的那位很有文艺少女气质，看着很忧郁。发短信的那位分明是有男朋友的人，不然又怎会一看信息就嘴角上扬？

夏葱茏觉得谈恋爱的那位气场很不一样，她的四周仿佛冒着幸福的气泡。

这三人看着挺正常，夏葱茏有点失望，她期待她们可以千奇百怪。

"你站着不累？"走嘻哈风的平头少女主动招呼，"我叫李松华，你可以叫我松花蛋。"

夏葱茏点点头，随意走去拉开一把椅子坐下，对松花蛋说："在来的路上，我听到了各种传说。说413室比较特别，还说413室里的人都是怪胎，对面寝室有两个蠢货打赌，如果我能在413室撑过一个学期，她们要跪着喊我女王。"

"下赌注的不止对面那两个蠢货，你等等。"松花蛋回到游戏世界，与队友作战了十分钟，在游戏人物剩下四分之一的血液时，"自杀"了。

在她选择退出游戏的瞬间，夏葱茏分明听到耳机里传来陌生人的咒骂。

"哇，居然自杀，坑爹啊！"

"我要拉黑这种队友！太恶劣了！"

面对这种场面，松花蛋相当淡定，似乎早就习惯了，她若无其事地关掉耳机，打开校园论坛，有一个帖子凑巧在不久前发布。

"听说A413室有新成员加入，大家怎么看？"

"听说对方来头不小，是文科状元呢。"

评论里，好事者脑洞大开，纷纷猜测文科状元究竟身怀哪种"绝症"。

冬天要吃冰："她会不会得了满分强迫症，各科考试不拿它个大满贯就浑身难受？"

性感的秋裤："她可能一不看书就难受，开口闭口都是诗？对，肯定是这样！"

别问我借钱："又或者她每晚都办深夜学堂，逼着四周的人陪她发奋图强？"

X-SuperMan："以上猜测都不服，我觉得她书包里肯定每天都放XX本书，少一本就原地爆炸，而且笔记本会和书本一样多，否则也要原地爆炸。"

性感的秋裤："管她有什么强迫症，反正一场激烈厮杀即将在A413室上演。身为文科状元，她想必是个矫情又脆弱的人，能有什么战斗力？我赌怪胎赢。"

冬天要吃冰："那我赌文科状元。注意，这是一个充满同情心的选择，要是我赢了，十二月你们替我扫雪！"

性感的秋裤："嗨，那要是我赢了，双十一你们送我一个女朋友？"

夏葱茏明白了，A413室每个成员都有奇怪的强迫症，大概是曾经给人造成过困扰，所以学校才会把她们凑到一起，好让她们彼此折磨相爱相杀，如此一来其他人也能幸免于难。

也正因为如此，大家才会先入为主地认为她有强迫症。

夏葱茏抢过松花蛋的键盘，飞快敲字评论："一、我是A413室的新成员；二、我们A413少女天团集结完毕，正式成立，今天出道，我们会双赢，大家好才是真的好嘛，你们所期待的狗血激战啊，不存在的；三、我是挺可怕的，但也挺可爱，不信对我温柔点试试？"

松花蛋从旁看着，不禁笑了："你怎么不嫌弃我们？"

"因为没有理由。"

"有。我们有奇奇怪怪的强迫症，难道你也有？"

"额……"夏葱茏走到靠门的下铺坐下,床上堆了不少毛绒玩偶,她随手抱起一只灰色邦尼兔,倒头躺下,说,"我喜欢半夜上洗手间,这算不算?算的话,松花蛋,我请求你把床位让给我,或者分我一半,方便我夜间解决内需。爬上爬下很危险的,尤其是在夜里,我不怕摔倒,但我怕痛。我是文科状元,身子很弱,至少贴吧的同学这么认为。"

松花蛋愣了愣,眨着眼问:"你怎么知道这个床位是我的?"

"因为我有脑子。"

"哼!"

夏葱茏以A413新成员名义,公然在论坛里回复帖子,态度似是叫嚣又似是撒娇,博得了不少好感,她以光速蹿红。

大家对她充满了好奇,纷纷上网搜索"文科状元夏葱茏",搜索结果出来的第一栏,是夏葱茏接受采访的视频。

视频里,夏葱茏慵懒地坐在自家的绿皮沙发上,打扮随性却不失时尚感,看着酷酷的,面对记者的提问金句频出。

记者问:"文科状元,你有什么悲惨的经历吗?"

她回答:"我没有,别人可能有,你想听悲惨经历可以看选秀节目啊。"

记者接着问:"为了准备高考,你都付出过怎样艰辛的努力?必定很刻苦勤劳吧,是不是经常熬夜?"

她回答:"这方面我父母付出的努力比较多,他们在创造我的时候给了我一个好使的脑子,天知道他们下了多少工夫。"

记者语塞了一下,又问:"你成绩一直这么好,同学都很崇拜你吧?"

她说:"是,他们都很崇拜我,但不是因为我成绩好,是因为我好。"

这段视频被扒出来当天,硕都大学的学生看了无数遍。他们以为夏葱茏会是个文艺又矫情的弱女子,可能还会有点丑。不曾想她直爽豪迈又诙谐,穿衣像个时尚博主,长相更是不俗,不经意间还流露出一点霸气。

她的名字就像夏日葱茏的千树万树，一棵棵植入他们心中。还没正式开学，夏葱茏便成了校园风云人物，人人都在谈论她。而关于A413室的赌局，仅半天光景，便已压倒性地倾向她。有不少同学控诉，当上文科状元还这么讨人喜爱，简直犯规！

刚上大学就成了红人，夏葱茏却满不在乎。她到班主任那报了名，成了班长候选人。

要说夏葱茏为何如此热衷当班长，还得从她初一那年说起。

那年她还沉迷在自我世界里无法自拔，对担任班干部这等俗事满不在乎。奈何天有不测之风云，偶有难料之奇葩。

她摊上了一个仗权欺人的班长。那班长管理早读，谁迟到记谁名，谁给好处除谁名。

某天夏葱茏迟到了，被罚站了走廊，捧书跟着班集体朗读。当然，罚站这事是老师规定的，但谁被罚，就不归老师管了。

在夏葱茏之后，还有一个男生迟到，可他不知怎么得了特赦，堂而皇之地进了教室。那男生回头看夏葱茏一眼，走到班长身边低语几句，班长点点头，男生便走出教室，告诉夏葱茏，她可以进去了。

夏葱茏问那男生："你帮我说情了？"

男生摆摆手："不碍事，不过是一瓶可乐的事。"

这都是什么歪风邪气。夏葱茏下定决心，要推翻这届班长。当晚到家后，夏葱茏告诉夏妈妈，明天到学校一趟。

夏妈妈问她："是班主任要见我吗？"

她说："不，是我和你要见班主任。"

她把当天的经历和自己的想法和盘托出，夏妈妈永远是她最忠实的支持者。

翌日，夏妈妈在约定时间准时抵达，向班主任反映了情况。班主任知道实情后，承诺会联系对方家长谈谈。

夏葱茏担心这只是老师的官方说词，且又对班长的人品不放心，毕竟改变一个人实在太难了，便毛遂自荐，要当副班长。

权力需要受到监督，班长管所有人，她管班长一个人，谁也别想欺负谁。

班主任认为，当班干部对学生是种很好的锻炼，且夏葱茏又是尖子生，便高兴地答应了。

有了夏葱茏监督后，班长果然收敛不少，但还是会在一些场合"耍官威"。譬如中午打饭要同学代劳，人人都要轮值倒垃圾，就她是个例外，即便都是些琐事，但夏葱茏看不惯。

可班长还不到她开口训斥，夏葱茏忍过了一学期，新学期开学后，她参与了班长竞选，竞选发言只有两句话："我会和大家一起轮值倒垃圾，我不需要别人代劳打饭。"

毫无悬念，她赢了。

夏葱茏并非真心实意想当班长，不过诚意和能力不是最重要的，最重要的是，不对任何人使坏，这对谁都好。夏葱茏不是个特别热心的人，可她就是看不得旁人受欺负。

年复一年，当班长成了一种习惯。夏葱茏不是那种特爱操心的人，就算担任班长，她也不认为自己必须要当个领队的角色。每次班集体有重大活动，她都给其他班干部发挥的余地，让他们去策划，去组织，除非班主任钦点，她才被动挂帅。但每每同学之间闹纠纷，她总会第一时间出来调解。久而久之，大家便都敬重她喜爱她。

大学班会这天，也是班长竞选日。

第一个环节，是候选人发表三分钟演讲。明明限时三分钟，前面的人"裹脚布"又臭又长，以至于轮到夏葱茏上台时，她早就没了情绪，打着哈欠简明扼要地说："各位好，我是谁你们都知道了，前面几位的演讲你们都听到了，我保证，当上班长后，绝不长篇大论。"

然后她就下台了。

夏葱茏没想到林渊立也会竞选班长，更没想到他的演讲比她更言简意赅："我叫林渊立，我没兴趣当正班长，我想竞选副班长来着，我要和夏葱茏一起，为各位服务。"

全班不由得鼓掌起哄："你是要当副班长，还是要当夏葱茏的副班长啊？"

"你要和夏葱茏一起为我们服务？这句话的重点在前半句吧……"

"你是存心要引起夏状元注意？"

……

夏葱茏坐在后排，眼眉突突地跳，她有种非常不好的预感。

果然，那个从讲台下来的人，在欢呼声中朝她走来。他脚步不急，笑容很亮，仿佛全世界的光都集中在他身上，漏进来的阳光穿过他，便再没有改变方向。

林渊立在夏葱茏身旁坐下，单手支着脑袋，侧过脸笑眯眯地看她："你的采访视频，我昨晚看了七八遍，我发现你很吸引我，怎么办？"

夏葱茏反复在心里提醒自己，要当一个和蔼的班长，要对同学保持微笑。可她发现，对这个蓄意靠近的人实在和蔼不来，便也不假装了，高冷地无视他。

林渊立挪了挪椅子，非要挨近她。她也想挪一挪椅子，及时疏远他，可她刚有点逃离的意思，他便一把拉住她的椅背，逼她留在他身边。

夏葱茏下意识向后退去，说："我还没溺水，不至于要和你保持人工呼吸的距离，你能不能稍微与我保持一点礼貌的距离。"

"不要，就不对你礼貌，是你先引起我注意的，后果请自负。"

夏葱茏忍住没发作。

林渊立趴在桌面，以便能瞧见她正脸："看完视频后，我又去校园贴吧逛了一圈，对你更欣赏了，怎么办？"

"还能怎么办，遵从本心，继续欣赏我就好了，但千万不要打扰我，可以吗？"

"当然不可以,我向来不是听话的人。"

夏葱茏咬咬牙,猛地一脚踹向林渊立的椅脚。椅子轰然倒下,他猝不及防,朝地上跌去。

同学循声回头,林渊立举高手挥挥,不急不躁地从地上起来,扶起座椅,向全班欠欠身:"坐在夏状元身边,一不小心激动过头了,惊扰到各位,抱歉。"

然后又朝讲台上演讲的同学笑笑:"你继续演讲,我保证不会再抢戏了。"

夏葱茏强忍住笑意。

林渊立凑到她耳边,低声威胁:"也就是你踹我,我能忍一回。下回你敢踢倒我的椅子,我就抱住你的大腿,坐地上干脆不起来,到时候看谁尴尬。"

"你现在就能坐地上抱我大腿,我不怕尴尬,我怕打扰。"夏葱茏翻了一个大白眼。

谢天谢地,最后一位候选人演讲结束,班长竞选进入第二环节。

班主任在黑板上写上"佛朗哥"三个字,确认大家对这位西班牙元首都有所了解后,示意所有候选人并列坐到最后一排,然后让同学分成两大阵营,对这位颇受争议的西班牙元首进行辩论。

第一阵营认为,这位曾经的西班牙元首佛朗哥是大独裁者,甚至把他与希特勒相提并论。

第二阵营认为,是佛朗哥使西班牙免于参加二战,在这一点上他就不算是个彻头彻尾的恶棍。

既然选择了历史专业,大家多多少少都有点历史控,既然是"控",那必定有执着。

第一阵营和第二阵营起初还十分礼让,至少能听对方把话说完,到了后头辩论成了争执,两大阵营开始无序地对骂。

班主任特别淡定,坐在角落像个看戏的。

一位班长候选人听不下去了,挺身而出上前劝谕:"各位别那么激动,这只是一场辩论而已……"

他的话还没说完,便被新一波争吵声淹没了。他颓然回到后排坐下,不知所措地看看班主任,希望他能出面阻止。

另一位班长候选人走上讲台,愤然拍案,厉声责备:"你们能不能注意点素质,谈佛朗哥就好好谈佛朗哥,谈西班牙也可以,但问候人家家里是什么意思!"

有位同学正在气头上,便不听劝地和候选人争执起来,候选人经受不住,索性下场与他厮打。

班主任还是很淡定,并没有上场喊停的意思。

夏葱茏看不下去了,可她也不愿贸然加入混乱战局,她得先设法让打斗停下来,只有安静下来,大家才会听得进劝告。

她从包里掏出手机,提高音量说:"喂,110吗?"

或许是对警察叔叔尚存敬畏,厮打的人骤然停住,看戏的人纷纷回头,班主任不淡定了,惊愕地看着夏葱茏。

夏葱茏在万众瞩目下起身,握着手机走到辩论阵营中间,居高临下打量地上扭作一团的两人,亮了亮手机屏幕,证明自己不过是假报警,然后朝他们笑笑,说:"你们要这样拥抱彼此到什么时候?还想找女朋友吗?如果再不放手,我就拍照发上校园论坛,到时候大家会做出什么激情猜想,我可不管。"

占上风的男生连忙松手,吃亏的男生心里气不过,愤愤不平地说:"是他先动手的,他必须给我道歉!"

"我不道歉!是你先口不择言!"

夏葱茏沉着劝道:"美国南北战争初期,有位受伤的团长想请假回家看看遇难的妻子,结果被当时的总统先生林肯拒绝了。后来林肯失眠了一夜,认为自己对那些献身于国家的将士们太过苛刻,于是第二天亲自登门,向团长道歉,并准许了他的假。林肯都能低头了,你们就不能让步?"

"呵,不让!"居下风的男生说,"想当年,元方他爹的朋友当着元方的面数落他爹,后来就算道歉了,元方也入门而不顾。"

夏葱茏横了他一眼:"当时元方只有七岁,你今年贵庚?"

男生哑然,一时无法反驳。

夏葱茏看着争执的两人,毫无半点适可而止的觉悟,索性横在中间,一手抵住一副胸膛:"我有办法,能让你们出口恶气。"

二人安静下来,洗耳恭听。

夏葱茏看向先动手的男生:"你说是对方口不择言先骂人。他怎么骂你,你就怎么骂我,连音量都别放低,知道吗?我最不怕就是听垃圾话。"

"呃……"

然后她又扭头看看口不择言的男生:"是他先动手的对吧?他怎么打你,打你哪了?你如法炮制,给我也来一拳?千万别因为我是一朵娇花而怜惜我。"

说时迟那时快,夏葱茏感觉身后有人抓住了她,尚未回过神,便被林渊立甩到了后头。

他挡在她面前,盯着对峙的二人:"你们,谁都别想动她。"

男生白他一眼:"你紧张什么,谁说我要打她了,我才不打女生呢,更何况这个女生还是夏状元,我女神。"

另一个男生也放下拳头:"看在夏状元的分上,这回算了。大家都有父母,以后别再提起我爸妈!"

闹剧总算停歇了。

林渊立推着夏葱茏回到后排坐下,一改平日玩世不恭的态度,沉声责备道:"你就不怕别人气在头上真揍你?"

"不怕,我是经得起考验的人。"

"呵,你不用这么拼也能赢得竞选。"

夏葱茏朝他吐吐舌头:"不只是竞选,我不希望别人在我面前打起来，我是个主张世界和平的人。"

"呵。"林渊立恨恨地说，"你不希望别人在你面前打起来，那你希望我挨打吗？为你我都做好挨拳头的准备了，你也不知道谢谢我？难道非要我挨打，你才觉得我可爱？"

夏葱茏忍不住笑出声："林渊立，你挨不挨打都不可爱。"

"你说谎。"

"你看出来了？那我承认了。"

"你承认我可爱了？"

"我承认我说谎了。"

"一样。"

"不一样。我承认我说谎，只能说你不一定不可爱，但也未必可爱。"

"呵，跟我玩文字游戏？"

夏葱茏笑而不语。

彼时，班主任走上讲台主持大局："真不好意思，给各位班长候选人出了道难题。大家都是历史专业的学生，自然都有对历史问题的见解，未来四年，你们很有可能还会发生意见和碰撞，但我希望你们记得今天，记得夏葱茏挡在你们中间的情景。我觉得她做得很好，她很冷静，没有火上浇油，也没有被你们带节奏。其次她很机智，她知道用110转移话题引起注意。最后，她利用了自己女生的身份特点平息了战局。我不能否认，性别有时候是一种优势，但凡受过教育的男生，都不会对女生动手。最后的最后，我要表扬林渊立同学，你出现得很及时，给夏班长提供了安全保障。"

"报告班主任。"某人举了举手，"我愿意长期为夏班长提供安全保障。"

刚安静下来的教室再一次炸开了锅。

班主任一副他也曾年轻过的样子，看了看在座的学生，不紧不慢地说："既然我已经为你们选出了正班长，那副班长人选我交由各位自行定夺。你们同意让林渊立同学当副班长的,请举手。"

同学们巴不得班里能出点事,纷纷支持林渊立。

夏葱茏郁闷地观察战况,恨不得手里有把戒尺,把那一只只举得高高的手打下来。

发现她负隅顽抗,怎么都不肯投自己一票,林渊立抓住她的手腕,起身把她的手拉得高高的。

夏葱茏试图抽手:"你不差我这一票,放开我。"

"不放,我就差你这一票。"林渊立就要较劲,稍稍俯身问,"你为什么要拒绝一个帅气的绅士给你提供长期保护?"

"因为我不喜欢绅士。"夏葱茏随意掰扯一句,把林渊立拽回到座位上,省得他引人注目。

竞选已成定局,夏葱茏和林渊立,如愿以偿地成为班长和副班长。

班会结束,夏葱茏背起背包要走,林渊立伸手把她拉回来:"恭喜你当选。"

"也恭喜你,未来四年除了我和老师,没人能干涉你。哦,不对,我也不会干涉你。"

夏葱茏作势要走,林渊立再次拉住她:"你可以干涉我,我不一定听话,但我不介意你管我。"

夏葱茏摇摇头:"我不爱管人,我只是不想被人管。我以前运气不好,遇到过很糟糕的班长,为了解决麻烦,我解决了他,然后一口气当了六年班长。这回参加竞选,是以防会再遇到极品,你明白了吗?我不是福尔摩斯,我不爱多管闲事。"

夏葱茏甩开林渊立,毫不留恋地走出教室。

林渊立一个箭步追出去,冲到夏葱茏面前。

夏葱茏停顿一下,放慢了脚步,但没完全停下来,狐疑地看着他。林渊立也随之放慢脚步,面向夏葱茏,双手插袋倒退着走。

夏葱茏稍稍加快脚步,他便也加快脚步,夏葱茏歪歪脑袋看着他,他便也歪歪脑袋朝她笑。

夏葱茏无奈停下来:"你要这样走到什么时候?"

"走到无路可退为止。"

夏葱茏指指他身后:"哪怕你身后是楼梯,你也打算倒着走吗?"

"是又怎样?我要是摔了,算你的。"林渊立一副买了保险的样子。

夏葱茏不再理会,沉住气往前走,她倒要看看他能坚持到什么时候。转眼到了楼梯口,下楼梯时,她有意在楼梯中间走,他为了与她面对面,便也在楼梯中间退着走,伸手却扶不着栏杆。

夏葱茏有意小跑起来,试图超越林渊立逃走。他一急,飞快后退,他知道倒着走不可能跑得过她,况且又是在楼梯上,便有意做出后摔的动作。

夏葱茏心口一紧,急切地冲去扶住他。

林渊立及时抓住楼梯栏杆,另一只手揽住她的腰。因为他是倒着走的,比她矮两级台阶,脑袋刚好到她心脏的高度。

看出夏葱茏紧张自己,林渊立得逞地笑了:"吓坏了?以为我真会摔下去?你不是不爱管人吗?怎么样,想不想改变主意,替天行道管一管我?"

夏葱茏恼得不行,可见他站得稳稳的,心里也松了口气。她多怕他会发生意外,这可不好玩。

偏偏这厮嬉皮笑脸,拿冒险当征服,她越发窝火,连他扶着她的腰都没发觉,狠狠在他肩上捶了两下,声音不自觉地提高了:"林渊立,你不能好好走路吗?想摔是吗?那就坚强地翻滚吧,我会当一名有爱的志愿者,照顾半身不遂的你。"

她拢紧拳头,不解气地又朝他肩上砸去。林渊立生扛了两下,顺势扼住她的手腕,眼睛凑近她的手,仔细琢磨起来:"想不到啊,夏状元,你一个女生,拳头这么重,刚刚那几下真的很疼。"

"嚆,原来你还知道疼?"

"嚅，原来你还知道疼人？"

谁疼他了？！

夏葱茏回味过来，没好气地说："我只是不希望你在我面前摔下去，就像我不希望辩论场上有同学斗殴一样，你闹够了吗？下回请不要拿人身安全开玩笑。"

夏葱茏往下走了两步，回头狠狠地瞪林渊立一眼，不解气地说："你能不能成熟点？"

明明在挨骂，林渊立心里却有着说不出的快意。他笑着松开她，揉揉肩膀，撇撇嘴指责："夏状元，既然你这么害怕我发生意外，刚刚为什么还要加快速度往下跑？你这种做法很恶毒。"

"我说过我是可爱的小天使了吗？我这么做还不是为了摆脱你？"

"摆脱我？"林渊立似是听到了一个天大的笑话，"夏葱茏，你我将要同窗四年，你要想摆脱我，最好明天就退学。"

夏葱茏不愿周旋下去，转身离开，林渊立又快步跟上，这次她没再刻意回避，任由他在她身边走着。

他一路安静护送，没再开口打扰。夏葱茏没说再见也没说谢谢，仿佛他压根就不存在，自顾自地往楼里走。

林渊立站在女生宿舍楼外，抬头往上默数，数到第四层后定格视线，目光从左到右横扫阳台，猜测哪个才是413室。

他是真心欣赏她。

初次见面时，她为了他公然批评他人。看了视频后，他认为她是个有趣的人，她懂得戏谑，也保持真实。而今天，面对班上的混乱局面，她有魄力也机智。她是他见过最有男子气魄的女子。

第二章
不如不遇"星期橙"

CONG LONG
XIA YI ZHI

夏葱茏不愿意睡上铺，可松花蛋又不肯让步，两人就这么挤着睡了好几晚。夏葱茏倒不介意和松花蛋同睡，哪怕还要和一堆幼稚透顶的毛绒玩偶睡一起，她也忍了。她不能忍的是，松花蛋居然偷偷录像。

就在昨晚，松花蛋拍了一段两分钟视频，睡着的她可谓千姿百态，贻笑大方。松花蛋扬言，日后她夏状元要不服从管理，便把视频发上校园贴吧。

太可恨了，太可恨！

夏葱茏承认自己睡相不好，但松花蛋这管理新成员的手段，未免有点丧心病狂。

夏葱茏认为很有必要让松花蛋对自己有一个正确的认知——夏葱茏可不是谁都能欺负的小姐姐。

回寝室之前，夏葱茏联系到校园戏剧社的学姐，问对方借了道具。

这晚，趁着松花蛋上洗手间，她将道具塞到枕头底下，然后抱起松花蛋的邦尼兔，缩到被窝里假寐。

宿舍楼十点半准时关灯，松花蛋从洗手间里出来，对即将面临的危险浑然不知。她轻手轻脚地靠近床边，在夏葱茏身旁躺下。两人都是骨感女孩，挤一张床还算凑合。

夏葱茏岂止是睡相不好，她每晚做梦都会打人，松花蛋可没少吃苦头，可每次她下定决心要一脚把夏葱茏踹下床的时候，夏葱茏又突然老实了，偶尔还会一个翻身抱住她。

松花蛋又恼又好笑，谁会知道白天看起来人模人样的文科状元，睡着以后是个"戏精"。也许是因为夏葱茏也有缺点，松花蛋反而觉得这个会读书的女孩蛮可爱。

不过，今晚很奇怪，夏葱茏怎么会睡得这般老实，居然没动手？松花蛋总觉得有哪里不对，不知不觉抱着怀疑入睡。

确认身旁的人睡着了，夏葱茏知道机会来了。

人啊，在睡着的时候最脆弱。

她小心放开怀里的兔子,从枕头底下抽出假发套到头上,然后摸起枕边的手电筒,摇醒身边睡着的人。

松花蛋睁开眼,眼前一亮,一个头发长长的女子坐在身旁,手电筒发出惨白的光,照亮了她煞白的脸。

夏葱茏犹如鬼魅,冲她诡异一笑。

松花蛋头皮发麻,来不及尖叫,往后一缩滚下了床。

413全员惊醒。

夏葱茏淡定地下床,保持诡异的笑容,一步一步朝松花蛋走近。她微微弯腰,甩动漫过腰际的假发,居高临下地说:"松花蛋,我是你亲爱的室友,戴上假发你就不认得我了吗?"

夏葱茏偏过头,对床的郭朗妮和恰恰不由得惊叫一声。

"别怕,是我,全世界最可爱的夏葱茏。"

夏葱茏晃了晃手电筒,继而回头,朝地上的人伸出手:"要起来吗?还是打算今晚就这么在地上坐着?"

松花蛋哆嗦了一下,目光不慎触及那张脸,迅速转头,唯恐避之不及:"你滚远点好吗?我能自己起来。"

"啧啧啧,你的腿还哆嗦呢。"夏葱茏蹲下,伸手捏住松花蛋的耳朵,脸朝她贴近,"视频还要留着吗?你最好还没有外传,建议你把它删掉。"

"哼,别以为戴上假发我就怕你了!"

"哼,别逞强了。"夏葱茏笑笑,"明晚、后晚、大后晚,这顶假发都会与你我同在。今晚我把假发戴在自己头上,明晚说不定会直接盖在你脸上,后晚嘛,我会把假发套在你的邦尼兔头顶,让它半夜坐在你枕边……"

"你够了!"松花蛋跳起来。

夏葱茏也随之跳起,捧起松花蛋的脸强行"吧唧"一下。松花蛋怔住了,长这么大,她还是头一回被一个女孩子耍流氓。

"夏葱茏,你这做派很流氓。"

"没错。"夏葱茏摘下假发，放在手里把玩，另一只手掐着腰，说，"这个故事教育了你，别不把会读书的女生当流氓。言归正传，把视频删掉，你没外传吧？难道你希望我戴上假发，再送你一个香吻？"

"别！"松花蛋忙不迭退开，"要我删视频可以，但你要答应我一件事。"

"什么事？"

"周末陪我见一个网友。"

"网友？"

"嗯，他叫尼古拉斯·发才。"

尼古拉斯·发才……

床上的人听到了关键词，顿时来了精神，忙坐起来，揉了揉眼，眼睛骨碌碌地看着夏葱茏，期待她对松花蛋严刑逼供。

夏葱茏从容地喝了一口温水，重新抱起假发编了一条马尾辫，那动作娴熟得像个织毛衣的老太婆。

夏葱茏编好马尾辫后，拉了拉，又甩了甩，试了试马尾鞭子的结实程度。一切准备就绪后，她又喝了一口温水，才缓声开口问："你上哪认识的尼古拉斯·发才，哪个社交平台？微信，还是游戏？"

"游戏上认识的。"

"呵，是你约的，还是对方约的？"

"我约的。尼古拉斯在线上还挺高冷的，平时在游戏里只带我冲锋陷阵，从不和我私聊。"

嚯，听她那语气，还嫌对方不够主动？

夏葱茏不客气地甩出马尾辫子"啪"一声打在松花蛋肩上："瞧把你闲的，玩个游戏还走心了？居然还是你先约的！是什么促使你下定决心和一个游戏网友奔现，在网上一起打打杀杀还不够？见了面你打算怎样，和对方发展线下关系？"

"不是啦，你想多了，我只把他当哥们。"

"哦，还真是个男的。"

松花蛋坦诚地点点头。

夏葱茏一鞭子又抽过去："你把他当哥们，他把你当哥们吗？就算你是个平头，终究还是女孩子，女孩子主动约男生见面，他会不会对你有不轨的企图？"

"当然不会，他知道我有男朋友。再有，如果他对我别有企图，早约我了，会等到现在？我和他认识三年了，这几年我们一直保持纯洁的队友关系。他以前从不和网友见面的，我是他第一位见的网友，可想而知我在他心里多么特别，他真是个重情重义的人啊。"

哟，还得意起来了，夏葱茏又抽她一鞭子。

松花蛋猛地跳起，揉揉大腿吼："我哪错了，怎么又打我？夏葱茏好不讲理，睡着了打我，清醒着还打我！"

"你给我坐好，事情还没完呢。"夏葱茏瞪她一眼，目光犀利。

松花蛋经不住她的眼神凌迟，乖乖坐回去听候发落。

"松花蛋同学，假如我说我爱你，你会信吗？"

松花蛋非常坚决地摇摇头。

"这就是了。"夏葱茏摊手，"连我这大活人的真情告白你都残忍无视，一个游戏网友的甜言蜜语又怎么能完全相信？他声称你是他第一个见的网友，你可千万别当真。最重要的是，你有男朋友了？我怎么不知道？"

松花蛋努努嘴："你和我才认识多久？不知道我有男朋友很正常啊。"

"正常吗？"

"正常。"

"哼，这不是理由，我是和你同睡的人！"夏葱茏狠狠挥动马尾辫。

松花蛋往后一缩，及时躲避，生怕再遭报复，她索性跳进了被窝："我要睡了。总之，你要陪我去篮球场见网友。"

篮球场？

"你网友也是我们大学的学生？"

"是啊，所以我们才决定见一面。我之前和他炫耀来着，我说你是我室友，天天和我睡。总之你要陪我见网友。"

"呵。"

夏葱茏对见网友这种事自然是不感兴趣的，但她放心不下松花蛋，只好管一管这闲事了。

尽管与松花蛋认识不久，但夏葱茏早已摸清了她的脾气。她就是一只纸老虎，看着像个男孩，连头发都不肯留长一点，但实际上心思敏感，缺乏安全感，渴望有谁能在身旁保护，否则又怎会在床上放一大堆毛绒玩偶？

还有她的电脑，到处贴满卡通贴纸，一看就是个留恋童年的人。这样的人，夏葱茏无法冷漠对待。她或许会因为玩心大起而欺负松花蛋，可一旦对方有需要，她甘愿全心全意陪伴。

出发见网友之前，夏葱茏一再追问松花蛋是怎么和这位游戏队友维持三年纯网友关系的？

松花蛋边回忆边对那位仁兄赞不绝口："他啊，是唯一一个从没嫌弃我、抛弃我的队友。和我组过队的人，哪个没骂过我几句，只有他，从不对我恶言攻击。"

夏葱茏忽而想起，入住A413室第一天，松花蛋耳机里传出的咒骂声。

为什么每个和松花蛋组队的网友都要对她大肆谩骂？

"你是不是有不好的游戏习惯？"夏葱茏试探地问。

松花蛋挽着夏葱茏走出寝室，边走边说："我不过是有点游戏强迫症，每次我的游戏人物还剩下四分之一血液，我就会放弃战斗。"

"你什么时候发现自己有这样的强迫症？"

"在我爸去世之后。"

夏葱茏的心"咯噔"一下，不敢再追问下去，偷瞄了松花蛋一眼，幸好她并未介怀。

松花蛋接着道:"以前和我同寝室的几个女生,一开始和我的关系都挺好的,可一起玩过游戏输过几回后,她们就不爱跟我玩了,还借着一点小事报复我,又心机又小气。郭朗妮和恰恰也和室友相处不来,听说学校打算让她俩住一起,我就在上个学期申请换宿舍了。"

周六这天风和日丽,耳边传来松花蛋絮絮叨叨的声音,夏葱茏忽然觉得大学生活很美好。

她搭住松花蛋的肩,笑眯眯地说:"换宿舍也好,不然怎么遇上我。"

松花蛋嘴角抽搐,想起夏葱茏睡觉的方式比较暴力,觉得遇上她也没有太好,但比没遇上要好。

周六不上课,大多数学生都回家了,留校的学生要么泡图书馆,要么泡在附近的网吧里,要么在校园里四处闲逛。

阳光洒满篮球场,女生在边上坐了好几排,男生们在尖叫声中热力角逐,谁都不愿在女生面前落了下风。

夏葱茏对篮球这种需要追逐的游戏没多少兴趣,但她不否认,眼前这番活泼的景象叫人心情大好。

篮球场上,一个随风奔跑的身影吸引了夏葱茏的目光,追随着他轻快的身姿,纵观全场,就数他最好看。

林渊立拍打着篮球,眼里透出种平日难见的杀气,他巧妙地越过几个前来争夺的人,自信地投出一个三分球,瞬间引得全场美少女欢呼。

林渊立满不在乎,似乎对这种场景习以为常。有人把篮球抛给他,他顺手接住,不经意间发现夏葱茏就站在球场边上,他随手将篮球丢给队友,向他们比画一个暂停的手势,径直朝夏葱茏小跑过来。跑到一半,他又停下来,倒回去从背包里取出一件黑色卫衣罩在身上,才又回头朝夏葱茏跑来。

围观的女生时刻关注着林渊立的一举一动,顺着他的步伐向夏葱茏投去审视的目光,妒忌、鄙夷兼而有之。

夏葱茏想离开,她可不想在课余时间和林渊立有任何接触,不只是林渊立,还包括其他人。她只想一心钻研历史,如果林渊立想从她这里得到关注,唯一的方法就是他能证明自己是某个历史人物的后裔。

眼看着林渊立走近,夏葱茏推着松花蛋说:"你的网友来了吗?我想走了。"

"别走,他来了。"松花蛋挽住夏葱茏,然后指指林渊立,"就是他。"

"!!!"

夏葱茏身子一僵:"他?你确定吗?药可以乱吃,话不可以乱讲啊!"

"非常确定,我没乱讲,就是他,他就是尼古拉斯·发才!"

"你不是说,发才兄很高冷吗?"

"是啊,他是很高冷啊,难道他不符合你对高冷的定义吗?"松花蛋朝林渊立挥挥手,压着嗓音说,"发才兄和我约好了,见面这天他会穿黑色卫衣,而我会带上你。他说你是校园红人,他看过你的采访视频,认得你,然后就能认出我。"

这算什么接头暗号啊!

林渊立走得越近,夏葱茏的面色便越难看,她倒不是怕他,只是不想招惹他,他太难缠了。

"那个,松花蛋,我有点急事要回宿舍一下,接下来你自己应付。"

不等松花蛋应允,夏葱茏扭头就跑。

林渊立早看出苗头不对,他反应迅速,迈开大长腿追上去,跑了没几步,便轻易将她捕获。

"夏葱茏,你干吗一见我就跑?"他紧抓住她的手腕,心里有点不高兴,但又被她这副丢盔弃甲的样子逗得发笑,"你到底是怕我还是讨厌我?"

夏葱茏甩了甩手,就是甩不开,她狠狠地瞪他一眼:"你追我干什么?我又不是篮球。光天化日众目睽睽的,请注意一下你的社交礼仪。"

"对你，我就不注意社交礼仪，有本事你挣脱试试。"林渊立抓得更紧了，硬拉着夏葱茏回去找松花蛋。

松花蛋一头雾水地看着两人："你们认识？"

林渊立笑笑："我和夏葱茏是同班同学。"

说着他回头睨了眼手边的夏葱茏："班长，真没想到，你是我游戏队友的室友。我听我队友抱怨，她每晚睡觉都被室友一顿暴打。你是故意的吗？你的睡姿究竟有多可怕？"

夏葱茏迅猛扭头，死死地盯着松花蛋："李松华，你居然和一个网友分享这种事？"

"额……不，咳咳咳，是他啦！"松花蛋指指林渊立，"他问我和文科状元一起睡觉是种什么样的体验，于是我就顺口提了一句……"

"只是顺口提了一句吗？"林渊立"啧啧"笑了，"我还看过独家视频。"

独家视频？！

"李、松、华！"夏葱茏一字一句地喊着，不紧不慢地说，"看来，你是真的不想过年了。"

"不不不……我我我……我是为了庆祝我和网友组队三周年，答谢他这些年来的不离不弃，才满足他小小的要求。"

"发我睡觉的视频是小小的要求？那什么才叫过分？偷拍我抠脚、挖鼻孔、家暴你？"

"不不不，这真不能怪我！"松花蛋一脸委屈，指着林渊立埋怨道，"是他，都是他！"

夏葱茏冷笑一声。

她这副样子，比怒吼更可怕。

松花蛋怕得要死，有一种非常不好的预感。她知道夏葱茏不是那种脾气火爆的人，但她不发脾气不代表她不生气。

夏葱茏表现生气的方式很有创意，她现在不会拿她怎么样，但回到寝室后，说不定会拿她那堆毛绒玩偶怎么样。

发现林渊立仍紧抓着夏葱茏不放，松花蛋认为这是一个相当不错的逃生机会，她得赶回寝室把那堆玩偶藏起来，还有她的电脑！万一夏葱茏伤害她的卡通贴纸怎么办？

松花蛋拍拍林渊立的肩："队友，你挖坑让我跳，总不能还让人把我埋了吧？接下来靠你了。"她畏罪潜逃，撒腿就跑。

夏葱茏很想追上去，奈何林渊立还是不放手，他要这样抓着她到什么时候？

"林渊立，你不打篮球了？"

"打完了。"

林渊立朝同伴比画了一个手势，他们似乎心领神会，纷纷向夏葱茏投来好奇的目光，露出暧昧的笑容。

夏葱茏讨厌这种猥琐的默契，好像林渊立不打篮球，是为了和她去干点什么惊世骇俗的事似的。

她沉住气，带林渊立走出篮球场，身后传来男生们的口哨声，一个个简直像地痞流氓。

夏葱茏忍着没回头，沿着校园路走到了体育馆，不急不躁地爬上观众席顶层。从此处往下看，足球场上追逐的人变得很迷你。

夏葱茏随意找了个座位坐下，林渊立坐在她身旁，握着她的手未曾松开。

"带我来这做什么？"林渊立兴致勃勃地问。

夏葱茏毫不理会，默默观察他的手，他的手本可以更白，许是他偏爱打篮球，晒黑了皮肤。

她拍拍他的手背，低头狠狠地咬住，他越喊疼，她便越用力。他看出她在报复，便极力忍耐着，怎么都不求饶。

夏葱茏出了一口恶气，才放开他。

林渊立连忙缩回手，摸一摸手背上的牙齿印："夏葱茏，你把我带到这里，就是为了对我实施肉体上的伤害？"

"是。"夏葱茏迎上他的目光,语气毫无温度,"林渊立,你必须谨记一点,女孩子的手,你不能随便碰,你该学会尊重女性。"

"我没有不尊重女性,我只是不尊重你而已。"

有区别?

"还有,遇到你之前,我没有任何不良记录,我没抓过别人的手,就抓过你的。

"其实我对别人很高冷的,就是对着你才不要脸,我希望你别对我的贞操有什么误会,别以为我是个随便的人。"

够了……

夏葱茏定睛看他一眼,真想戳一戳这厮的脸皮,看看究竟有多厚。

才刚受过伤,林渊立便忘了疼,把手伸过来,再次握住她的手。

夏葱茏恨不得在手里装个警报器,好让他每次触碰她,就震天响,吵得所有人都跑来从她身边带走他。

"林渊立,我的手有什么不对,你为什么非要抓着它?"

"就是因为它太对了,我才想握紧。"他一边握住夏葱茏,一边把空着的一只手递到她唇边,"你要不再咬一口?反正我脸都不要了,手也可以不要。"

夏葱茏嫌弃地推开他,很想从他掌心抽回手,可他就是紧紧地握住不放,指尖还与她交叠,和她十指紧扣。

流氓!

果然,她最该做的就是避开他,不给他机会对她不守规矩。她知道他是存心的,他似乎很喜欢挑战她的极限,破坏她内心的秩序。

夏葱茏冷着脸起身,甩了甩手示意:"我要回去了。"

林渊立撒娇似的嘟嘟嘴:"今天阳光很好,待在寝室多浪费。要不我送你回去?还是你再考虑考虑,陪我坐会儿?"

"不陪,你撒手。"

"你想得美。你可知道,宋朝有个妻控县官,总爱握着他夫人的手。

他夫人嫌他腻歪,总是躲避,后来还和别人好了,逼着县官休妻。再后来,前县官夫人发现,原来前夫总是握着她,是担心她的手会被冷风吹伤,毕竟当时还没有手霜这东西。前县官夫人特后悔,死前给县官写了封信,忏悔自己这辈子做过最错又最愚蠢的事,是甩开他的手。"

夏葱茏嘴角抽搐:"这么蠢的历史故事,是你自己编的吧?"

"你听出来了?"

夏葱茏"扑哧"笑了,抬脚轻轻踹了他一下。

林渊立抓起她的手,用脑门蹭了蹭她的手背:"班长,再陪我待会儿,就一会儿,整个学校就只有你能让我有点兴致。"

"可是,整个学校就只有你让我烦恼得不行。"

"真的?"林渊立很有成就感地笑了,"那我不介意让你再烦恼一点。"

话音未落,他拉着夏葱茏往观众席下冲,他跑得飞快,夏葱茏必须要加紧脚步,才能保证自己不摔倒。

在快要冲到跑道时,林渊立突然停下,夏葱茏因为惯性前倾。林渊立早有预谋,猛地一转身将她拉入怀里,防止她把他撞倒。

夏葱茏来不及反应,一晃眼便贴上他的胸膛。她如惊弓之鸟,抬头看了看他。

她的体香扑鼻而来,刺激着他的荷尔蒙,他强迫自己别过脸,逼着自己离她远些,他怕自己会忍不住对她使坏。

他对她已经很过分了,可他就是想欺负她。他不否认他对她很有好感,他欣赏她,或许也算得上有点喜欢她。与此同时,他对她也有了一种充满侵略性的破坏欲,特别是当别人告诉他,她是他们的女神时,他就特别想把她拉下神坛。

他从小就喜欢跟美好的事和人过不去。

或许是他骨子里的反叛精神,他的征服欲和好胜心,也有可能是虚荣心,驱使着他接近她。

直到夏葱茏撞入林渊立怀里的一瞬间,他才真真切切地感受到她的重量,这看似强势的女孩,居然这么单薄,他单手就能抱紧她。

"又被我吓到了?"林渊立坏笑。

夏葱茏舒了口气:"你能不能不要总做这种危险动作?"

"那要看你能不能管住我。"

"我为什么要管住你?我又不是你妈。"夏葱茏推推他。

林渊立很识趣,马上将她从怀里放开,但手依然紧握着她。

夏葱茏无奈地叹息了一声,没有白费力气推开他,大抵所有猎物,都逃不过他。

正式开学一个月后,同班同学都注意到夏葱茏穿衣的规律,还有个别同学无聊到悄悄记下了夏葱茏的穿衣颜色。譬如每逢周一,夏葱茏必会穿黄色卫衣;每逢周二,则穿白色卫衣;每逢周三,穿淡蓝色卫衣……

那个无聊做记录的同学,正是林渊立。

这天是周四,提早到达教室的同学小声议论道:"你们猜猜,夏状元会不会像上周的今天一样,穿橙色卫衣?"

"我觉得会。开学以来夏状元一直这么搭配,原来夏状元有颜色强迫症?"

"哎,别瞎说,我觉得夏状元挺正常的,没什么奇怪的毛病。"

"这点就很奇怪,谁活着没点毛病?没毛病就是有毛病。"

忽然间,教室集体噤声,夏葱茏捧书登场了。

她随意挑了个靠近教室后门的位置,放下手里的黑咖啡,察觉到大家都在打量她,她也不怕,抬头从左到右挨个回敬一个冷眼才坐下。

就在大家缓口气的时候,林渊立从教室后门进来,一看见他那身卫衣,众人便又都屏住了呼吸,这令人窒息的操作啊!

林渊立春风满面,在夏葱茏身旁坐下,笑盈盈地面向全班同学摊摊手道:"今天是'星期橙',我穿橙色卫衣有什么问题?班长不也穿了?"他指指夏葱茏,一脸无辜。

一看见他,夏葱茏的太阳穴就突突地跳,脑袋瓜都疼了,这大男孩总在刺激她的时候创意百出。

为了摆脱他,夏葱茏向左挪了两个位置。林某人反应敏捷,跟着她往左靠拢,按住她的手,谨防她再继续逃。

夏葱茏从他掌心下抽出了手:"林同学,你老毛病又犯了?"又对她动手动脚,流氓,夏葱茏瞪他一眼。

林渊立仍笑眯眯地说:"对,我是手控,动不动就想牵着你。"

"呵,我是手癌,动不动就想打你。"夏葱茏皮笑肉不笑。

班上的同学一眼看出了所以然,纷纷起哄:"副班长,就你最会穿衣服,你今天这身打扮,是要和夏状元开启情侣装虐狗模式?"

林渊立摆了摆手,示意大家冷静:"各位同窗,不要小题大做,橙色又不是夏状元的专属色,我爱穿什么穿什么,谁都别想让我脱下来。"

林渊立笑着坐下,凑到夏葱茏耳边:"夏状元,按照你的尿性,应该很不情愿跟我穿情侣装吧?不想也没办法,我不会允许你脱衣服的。明天是'星期黑',又到了你穿黑色卫衣的大日子,我在想,你该不会因为我,就改变自己的穿衣节奏吧?"

"不排除这个可能性。项羽宁做鬼雄,也不肯过江东,我不是那种一根筋的人。"

"啧啧啧,项羽不肯过江东,是因为他没有生在明代,没学过'留得青山在,不怕没柴烧'。"

夏葱茏撇撇嘴:"你活在当下,领略过'梅花动山意,野客不胜情',却也不见得能体会个中委婉克制之意,不照样胡搅蛮缠?"

某人得意扬扬,双臂交叠趴在桌上,侧着头向夏葱茏卖乖:"我这叫'咬定青山不放松,任尔东西南北风',你又是否能体会个中坚韧隐忍的执念?"

"老师来了。"夏状元一句话就让某人闭嘴。

前方,任课老师正从教室前门走上讲台。

换作从前，夏葱茏肯定会把林渊立揪到一边，简单粗暴地奚落他，把他损得一无是处。现在，她算是摸清楚他是什么路数的混蛋了。

他一再挑战她的底线，无非是想逼她暴走，她才不上当呢。他问她，会不会因为他而改变自己的穿衣节奏，分明是挖坑让她跳。她要说会，他便得逞了，她要说不会，他也输不了，明天继续模仿她的穿衣风格，卫衣配搭牛仔裤，和她没完没了。

嗨，要斗赢这种男妖精，急是没用的，只能智取了。

上课期间，林渊立的手机一直震动，夏葱茏想忽视都不行。她猜想定是他在哪里留下一笔桃花债，所以对方才会不停地打电话来，若不是恋人，怎会如此执着。

手机又开始震动，夏葱茏瞟了眼手机，是一串号码，林渊立没备注联系人姓名，瞧瞧他那苦恼的样子，似是不知该拿这一通通电话怎么办好。

平日林渊立野性难驯，放纵惯了，这还是头一回，夏葱茏从他脸上看见一丝阴霾。

唉，居然有点不习惯。

夏葱茏翻过一页书，幽幽道："实在不想接，就关机，收起你那可怜的小表情。"

林渊立正经不过三秒，又打回原形，坏坏一笑："要是我关机，后果你负责？"

"我不负责，我提供的是建议，采纳与否，是你自己的选择，你自己负责。"

"可以，我自己负责，我听话。"林渊立关掉手机，专心上课。

下课铃刚响，班主任便出现在走廊，找到坐在后排的林渊立，向他招了招手。林渊立板起脸走出教室，与班主任交谈了几句，然后一脸不悦地回到座位，开了手机。

夏葱茏听见他叹息一声，忍不住看了他一眼。

林渊立放下手机,冷不丁地抬头,突然又不正经起来:"这位小主,你脸上难掩凝重之色,是担心我?"

"不担心,好奇罢了。"夏葱茏坦荡荡地说。

林渊立笑笑:"班长对我的事很好奇?"

"是的。刚刚上课,你的手机震动得就像桌上开了辆拖拉机一样,我忽视不得,只好正视了。"

"你的意思是,我打扰你上课了?"

"确实有一点,不过还能忍受,没关系。"

手机第无数次震动,林渊立不愿再扰邻,马上跑出走廊接听。他没说什么,只是皱了皱眉,情绪很糟糕的样子。挂断电话后,他无奈地叹息了声,愁肠百结地看着走廊尽头,仿佛在做一个艰难的抉择。

他看看教室,夏葱茏正没心没肺地玩着手机,并未在意他跌宕起伏的内心世界。她总是一副寡淡样子,要是突然多了个便宜男友,会不会让她很烦恼?

呵,她不是很厉害吗,利用一下也无妨。

上课铃声响起,林渊立快步往里走,压低声音对夏葱茏道:"班长,我想带你私奔。"

"什么?"

不等夏葱茏明白过来,他便一把抓起她,没命地往外跑,赶在任课老师抵达之前离开了教学楼。

夏葱茏哪里说得上一个字,林渊立的大长腿溜得贼快,地球人已经无法阻止他了,夏葱茏只要落后一步便会摔倒,能在这"亡命天涯"的旅途中喘上一口气,就算很不错了。

林渊立带她跑到校门,外头停着一辆墨绿色的宾利,一位女士优雅地下了车,不等他们走近,便主动迎上来。

"妈。"林渊立招呼。

夏葱茏瞥了瞥那女士,她穿着时尚,善于保养,看着更像林渊立他姐。

不对,夏葱茏仔细打量了一眼,这女士十分眼熟,好像是……传奇人物……演员纽兰?

在夏葱茏父辈那一代,纽兰红遍大江南北,如果不是在事业上升期突然宣布退出娱乐圈,现在早成了影视一姐。她息影的理由很招人嫉妒,据说是找到了真爱,更愿意待在家里相夫教子,当个愉快的全职太太。

纽兰说息影就息影,连客串戏都不愿接,广告代言也拱手相让,一夜间淡出公众视线。狗仔队要拍她,她就认认真真打官司,一个都不放过。

一次两次这些八卦媒体觉得无所谓,轻则被当成跟踪狂送到派出所,重则对簿公堂,不外乎就是赔点钱,不过次数多了也烦,八卦媒体接律师函接到手软,再不敢盯她了。

之后这些年,尽管江湖还流传着纽兰的传说,但也仅仅是怀念而已,当年圈内的好友,早被她疏远了。

如果纽兰是林渊立他妈,那林渊立他爸……不就是林逸夫?

厉害了。

林逸夫依然活跃在影视圈,但凡能叫得上名字的影视大奖,他都拿过。林逸夫为人十分低调,从没跟哪个女明星闹过绯闻。他不用微博,却多次上过热搜,是真真正正的"哥只靠作品说话,哥不当明星,只当名人"的影帝级别演员。

夏葱茏从未想过,林渊立还是个星二代。她尚未从震惊中恢复过来,便被他推着走到纽兰面前。

"妈,这是我女朋友,夏葱茏。"林渊立脸不红心不跳地撒着谎,明显是个惯犯,顿了顿,他又说,"夏葱茏是文科状元,成绩比我还好,你不用担心她会拖我后腿。"

夏葱茏正要开口,林渊立怕她当场拆穿,及时搂住她肩膀,用力地抓了抓她,颇有几分警告的意思。夏葱茏不愿在纽兰女士面前与他拉扯,暂且忍了。他之所以敢对她胡作非为,还不是欺负她比他懂事。

纽兰看了看夏葱茏,问:"你真是他女朋友?"

"假的。"

"我就知道。"

纽兰瞥了林渊立一眼："知道我不允许你这时候谈恋爱，就特地拐个女同学骗我？还好这位同学诚实。"

林渊立放开夏葱茏，埋怨地瞪了瞪她："你可以回去上课了，诚实的夏同学，在你的历史修养里，大概不会有死诸葛吓走活司马这码事。"

"有是有，不过我做不成死诸葛，只能当活司马了。"夏葱茏撇撇嘴，朝纽兰挥挥手，转身就走。

纽兰却喊住她："夏同学，方便留一个联系方式吗？"

夏葱茏一怔，回头，茫然地看着林渊立。他很抗拒，拦在夏葱茏面前，颇有几分护犊子的意思，拒绝道："不方便，妈你要她联系方式干吗？"

"总有人乐意听我的电话，你总是不接，我总找不着人，下回可以找你同学。"

林渊立深吸一口气，顿时放软了态度，近乎哀求道："妈，你能不能给我一点私人空间？我不是三岁小孩，能照顾好自己。夏葱茏是无辜的，你别麻烦她。"

"可以啊，那你打算什么时候回家？"

"等你愿意撤掉家里所有摄像头的时候。妈，我不想生活在一个被监视的环境里。还有，别再随意给我班主任打电话，也不要打扰我的同学，这不好。"

"再不好，也是你自己造成的，让你两天不接电话。"纽兰抿了抿唇，极力地克制着自己，希望能在外人面前，体面地处理好母子关系。

林渊立深吸了一口气，明显也在压制火气："妈，我每天都有短信汇报我在哪里，做了什么，几点吃饭。我敢肯定，全校只有我一个，能够做到每小时向家长报备一次。你适可而止吧，我快喘不过气了。"

林渊立不再理会纽兰，给夏葱茏使了个眼色，加快脚步走进校门。

身后，纽兰在秋风中站着，倍显孤冷。

夏葱茏看了一眼,有些动容:"林渊立,你就这么把你的漂亮妈妈晾在校门口?"

"不然呢,把她带到课堂上,和我一起上课,成就一对母子双煞,惹大家笑话?"

摆脱了林渊立的明星家长后,夏葱茏看看时间,告诉他,她真要回去上课了,恕不奉陪了,便朝教学楼走去。林渊立追上来,抓起她的手又往前走。

"林渊立,你又要带我去哪?"

林渊立回头,冲夏葱茏一笑:"我说了,要带你私奔。"

"都是做学生的,咱们干点正事行不行?"

"行,那我们去上课,不私奔了。"

话虽这么说,可林渊立在经过教学楼时,并没有停下,反而加快了步伐,朝校园后门走去。

"林渊立,教学楼在后面。"

"对,没错,教学楼在后面,但我和未来在前面,你觉得哪个方向更吸引你?累吗?跑两步好不好?很快就到了。"

不等夏葱茏应允,林渊立便小跑起来。

夏葱茏无语,但没有挣脱。她有点好奇,这回林渊立又想耍什么花招。打从认识以来,他动不动就拉着她走,好像手边没了她的手就不行一样。

他和她,还真有几分"不是怨偶不牵手"的感觉。

第三章
输在一招不要脸

林渊立带夏葱茏到了后门附近的一家网咖。

两人来得突然,都没有带身份证,林渊立特霸气地拿出一张百元大钞,对网管说:"我们不上网,就是想找个地方交流一下历史问题,给我一个包间,可以吧?"

网管看了看夏葱茏和林渊立,高深莫测地一笑:"可以是可以,反正不能上网。"

"没问题。"林渊立道,"再来两杯美式咖啡。"话音刚落,他便推着夏葱茏走进了包间,二人在电脑桌两边的沙发相对而坐。

网管把咖啡送进来又退出去之后,夏葱茏说:"你刚刚好像答应过我,要带我回去上课。"

"我只是答应过你,我们去上课,可没说我们要回去。在哪上课不重要,听谁讲课才重要。"

夏葱茏定睛看了林渊立一眼:"您老人家的意思是……你要给我上课?"

"Bingo!"林渊立打了个响指,"恭喜你夏状元,在未来两个小时里,我将充当你的私人家教。"

"我成绩比你好,你能教我什么?"

"教你学习以外的任何东西,比如……教你做人?"

夏葱茏不禁笑了,摆了摆手:"我看你做人挺失败的,还是算了。要不你教教我,你的漂亮妈妈是怎么在没有警察的帮助下,把你教育成人的?你怎么可以这么难缠?"

林渊立喝一口咖啡,舒了口气,再开口时,眼底难掩阴郁之色:"要是你有一个像我妈那样的妈,难缠这事,大概就无师自通了。"

"哦……原来这是遗传?"

"是言传身教。"林渊立笑了笑,苦涩又无奈,"我妈息影之后,把重心都放在家庭上,我和我爸都被看管得死死的。为了教育好我,她立了各种各样的规矩。除非来了客人或晚上睡觉时间,白天房门要一直保持敞开状态；坐要有坐相，不能躺在沙发上；听她说话要一心一意，不能想别的事情，不能东张西望，要看她的眼睛；大学毕业之前不能谈恋爱，所以每次在家里接听电话，都要跟她汇报来电是谁，所为何事，除非是必要事宜，不能和女同学有信息来往，不能给女生的朋友圈点赞……"

也就是说，他从小就被训练得规规矩矩的？

"你妈……怎么知道你有没有给别的女生点赞？"

"她没法知道，也不信任我，所以干脆让我关闭朋友圈，一了百了。"

真够狠的……

夏葱茏上下打量林渊立，回想起这些日子他对她做过的种种，有点不敢相信："瞧你这样……这就是你妈努力多年的结果？现在的你，规矩能坏一条是一条，当别人的底线是无声屁。"

"对，规矩就是用来破坏的。规矩少一点，我的自由就多一点。"

所以他才这样叛逆。

夏葱茏有点明白了，难怪他处处惹恼她，她越讲原则，他越难缠，他就是要坏规矩，越雷池。

"林渊立，你是在家里憋坏了，急着要出来报复人类，所以一上大学就作恶多端？"

"没有。"某人一本正经地说，"我只是要和没人性的家庭生活抗争到底。上大学之前，我一直被家里严格监管，形同坐牢。周末除非是我妈带着，否则我不能外出，好不容易等来了暑假、寒假，我却更忙碌了。我妈怕我被同学带坏，便不允许我外出玩耍，给我安排了一大堆课程，马术、围棋、高尔夫球我都会，可我愿意拿这些交换一天毫无拘束的狂欢。"

夏葱茏忍不住打趣："想不到你还是个'母管严'，那你妈有没有警告你，上学期间不能看言情小说？"

某人拉下脸，幽怨地看着夏葱茏，仿佛受了极大委屈："事情没到你头上，你不会懂得我的心酸。哪天你成了我女朋友，就知道有这样一个未来婆婆,有多么可怕。"

"不可怕,哪天我要真不走运成了你的女朋友,只要我不和你联手推翻她的政权,反而拥戴她支持她,一起欺负你,不就有活路了?这事呀,只要没有站错队,霸权太后也能变贴心婆婆。"

林渊立沉默了,看了看夏葱茏,竟开始想象她和亲妈联手欺负自己的画面,有点后悔带她来喝美式咖啡了。

她从来不是他能招惹的女孩,可他就要和她过不去,谁让她不把他当回事。

他突然安静下来,夏葱茏反倒有些不习惯了,柔声问:"你和你妈说过自己的想法吗?"

"没有用。"林渊立气馁地摇摇头,"她就是个霸权太后,吾等庶民,日子不好过啊。上大学后,她生怕我吃了不干净的东西,恨不得雇个厨子住到学校隔壁,天天给我做饭,一点上火油腻的东西都不让我沾。"

"这不挺好的,提前进入退休老干部的养生生活,还在学校旁边给你装个行走的监控,只要厨子还吊着一口气,你的安全感就多一分。"

"可我不需要安全感,我想吃香的喝辣的。"林渊立瞪她一眼,"我也想吃烤串、炸鸡、汉堡、泡面,你怎么连同龄人对垃圾食品的诉求都不懂?你还有没有童年?果然啊,女人狠心起来,都是一样的,如果我妈是太后,那你就是……"

"我是什么?"夏葱茏吹起了滑落眼前的发丝,朝某人瞪瞪眼。

林渊立笑笑:"得了,爱妃,你瞪眼的样子就像我想吃你的样子。"

夏葱茏忍不住笑出声,伸手捏了捏他的耳朵:"林渊立,其实你不必说话,就已经挺欠抽的了。如果我俩生活在后宫,我可能会是别人的爱妃,但你只能是我宫里的掌事太监。"

"凭什么?你见过如此阳刚的太监吗?"林渊立曲起了胳膊,炫耀自己臂上的肌肉。

夏葱茏拉下他的手:"别秀逗了,阳刚这事,挨一刀就没了。"

竟然无言以对。

夏葱茏从没想过，能和林渊立在同一个空间里长时间对坐，他竟也坐得住，向她温声倾诉。

她竟有这份耐心，听他说着与自己无关的事情。

经这一席谈话，夏葱茏对林渊立有了更深的了解。或许是他压抑得久，好不容易得了自由，便我行我素，为所欲为，从一个极端走向另一个极端。

夏葱茏不爱评判别人的家事，更没兴趣琢磨。纽兰是否是个好母亲，她不在乎，林渊立是不是个好儿子，也一样。但她能感觉到，林渊立对纽兰这样的妈妈，有点无法接受，究其真正原因，她只浅薄地了解到一点，若要去开导他，她又觉得责任太重，自己担不好知心同学的角色。

夏葱茏无意去改变别人的家庭或人生，但她不介意让林渊立快活一点，以后更包容他一点就是了，家庭无法让他满足的，她也满足不了，她能慷慨的，不过是一点善意。

中国通史课结束时，任课老师推荐了几本书，其中一本，是夏葱茏特别感兴趣的《赫逊河畔谈中国历史》，所以在吃过午饭后，便格外兴奋地前往图书馆。

自从和松花蛋一起睡下铺后，她的生活作息似乎影响了对方，夏葱茏没有午睡的习惯，松花蛋竟也渐渐戒掉了午睡，总在午后跟着夏葱茏泡图书馆。

松花蛋虽是个平头女生，但整个413室就数她最漂亮，夏葱茏跟她最要好，在月色和美色之间，夏葱茏选择她。

这两人颇享受这段午后时光，悠闲地穿过密布的书架，游弋在书海之间。大抵是两个妙龄女孩走在一起很养眼，经过的男生总是忍不住看她们。

夏葱茏从书架上取出一本《诈骗罪与金融诈骗罪研究》，边走边翻，然后递给了松花蛋："你学法律的，这本很适合你。"

松花蛋撇撇嘴:"我桌上的书已经够多了。"

"多一本不多,拿着吧。"夏葱茏说,"指不定回去路上会遇到什么人,万一转角遇变态,还能充当武器。"

最后一个观点深深地打动了松花蛋,她心甘情愿地收下了,仿佛真有一场格斗在等她。

二人回到走廊,正打算进入另一个图书室,夏葱茏忽地脚下一滞,示意松花蛋看看前方:"你看,还没到转角,就遇到变态了。"

松花蛋怔了怔,抬头。

不远处,林渊立背向她们,倚着围栏。他的脚边高高地叠着好些书,他却并未在意,把脑袋往外探,或许是在寻找某个身影,或许只是无聊,漫无目的地张望。

一个同班的男生从走廊彼端走来,林渊立所在的位置刚好能一眼看见对方,他主动挥挥手,男生便加快了脚步。

林渊立动作麻利地在脚边那摞书上抽出几本交给男生。男生惊喜,幸福来得太突然,他愣了愣,才感恩戴德地接受命运的安排,离开前特诚恳地向林渊立鞠了鞠躬。

而那摞书,在交出几本之后,顿时矮了一截。

围观中的松花蛋蒙了,问夏葱茏:"你的同窗在做什么?"

夏葱茏皱皱眉,也有点看不太懂:"可能……是在做慈善吧,重点是他脚边那摞书,是什么书?他好像早就知道大家会需要它们的样子,难道……该不会……"

夏葱茏拉着松花蛋稍稍靠近几步,很快,她的想法得到了证实。

一女生拍了拍林渊立肩膀,俏皮地对他做了个鬼脸,可爱的笑容比眼睛会放电。夏葱茏认得那女生,也是同班同学。

"林渊立,书单上的书,你一本不落地找到了?"女生抱起了他脚边的书。

林渊立瞥了一眼,说:"你是来借书的吧?不用找了,把这几本都带走。"

"啊?"女生有些惊喜,"你都让给我了?这不好吧,我自己去找就行了。"

"别找了。"林渊立及时喊住她,"这些书,都只剩这最后一本,其余的都被借走了。"

女生愣了愣:"你确定?"

"非常确定。"林渊立得意地笑了,"我一下课就来了,后面来的同学,都是在我的援手下,把书借走的。"

"你帮大家都借到书了?"

"没那么夸张,毕竟数量有限,我只是把它们都找到了,同学们先到先得,晚来的,就没办法了。"

"那也足够了,你替大家先找到了书,真不愧是副班长。"女生有些感动,更犹豫了,"你把书都给我了,你自己怎么办?"

"你不必担心我,把书带走就行。"

"要不,我们一起看?"想通后,女生的眼神充满了快意。

林渊立摇摇头,又朝楼下张望一眼,心不在焉地说:"一起看书就不用了,但你可以和我一起看一个人,我总觉得自己一个人容易看漏。"

"你在看谁?"

"夏葱茏。她不可能不来借书,难道就因为我上了趟洗手间,就错过了她?不可能。"

女生有些失望:"你在等她?你可以给她打电话啊。"

"不打,她又不知道我在等她。"

"你喜欢她?"

林渊立礼貌地笑了笑,没有摇头,也没有点头。

女生看看怀里的书,试探地问:"那这些书,你难道不想给她留着吗?"

"不想。"

林渊立回答得斩钉截铁，让女生重燃了希望："我还以为你喜欢班长呢，班上很多同学都这么认为。"

女生不经意间瞥了一眼，发现了夏葱茏，却特别淡定，若无其事地对林渊立说："要不我们上那边瞧瞧？说不定她在自习室呢。"

林渊立拂开了她的手，很有研究地说："那女人，从不待自习室。我就在这守着，哪也不去，这里是最佳射程，不仅可以清楚看见图书馆的入口，还不容易被发现。"

夏葱茏不禁笑了，拉了拉松花蛋，压低声音说："我们走，让那个幼稚鬼在那见证我华丽离场，我要告诉他，现实打的耳光不一定疼，但一定真实。"

松花蛋却一动不动，审视了一番林渊立的柠檬色卫衣和黑牛仔裤，猛然想起今天是周一，这是某女的固定搭配……

松花蛋回过头，很谨慎地由上而下把夏葱茏扫了一遍，狡黠地笑了："夏状元，你和我网友这一身撞衫，很有视觉冲击，很意味深长，很让人想入非非，呵……"

松花蛋高深莫测地笑了，不等夏葱茏的解释，她主动迎上前去，招呼林渊立："尼古拉斯·发才。"

林渊立回过头，看见了松花蛋和她身后的人，顿时笑得灿烂："是你呀，百姓点灯。"

松花蛋笑笑，看了那女生一眼："你女朋友？"

林渊立看看夏葱茏，答道："谁和我穿一样，谁是我对象。"

他回头看看那女生："麻烦你赶紧把书带走。"

女生点点头，离开了。她看得出，林渊立很不想让夏葱茏借到书，却不明白个中原因，难道……他心底里其实很讨厌夏葱茏？

林渊立笑盈盈地走到夏葱茏面前："来借书？你好像来得有点晚。"

夏葱茏耸耸肩："没关系，不管能不能借到书，都是命运的安排，我去碰碰运气。"

"可以。就算碰不到好运气,还能碰到我。"林渊立侧身让开,尾随其后。

夏葱茏拉着松花蛋下楼,打算去找图书管理员。

松花蛋却不依不饶,对"撞衫"这梗念念不忘:"夏状元,你可别告诉我,我家发才兄跟您这身搭配是巧合,是普通撞衫。他为什么要这么做?"

"他闲出屁了,必须得找点精神支撑,譬如气我。"

松花蛋贼兮兮地笑了:"一个男生不会无缘无故跟一个女生斗气,除非……"

"他脑子有坑。"

夏葱茏找到图书管理员,交出了书单,让对方帮忙查一下。果然,书单上的书,都被借走了。

夏葱茏懊恼地捶捶脑袋:"我也应该一下课就赶过来,毕竟是老师推荐的书,说不定会和后面的课程有关,大家肯定会疯抢,况且历史学系的学生都是阅读控。"

"我看,你是不把我们法律系的学霸放在眼里。"松花蛋要强地说。

图书管理员瞄了眼松花蛋,嘴角微扬。

这细微动作落在了夏葱茏眼里,她摸摸松花蛋的小平头:"你这颗脑袋,我还是挺喜欢的,放在眼里有点可惜,装心里正好。"

彼时,林渊立走上来,看都不看夏葱茏,朝图书管理员笑笑。图书管理员会意,猫腰从柜子里取出书。

林渊立伸手接过,书单上的书让他抱了个满怀,他炫耀似的对夏葱茏说:"不枉我一下课就跑来了,功夫不负有心人呀。夏小姐要是闹书荒,可以给我打电话,我不介意和你一起看。"

夏葱茏的脑子转得飞快,建议道:"林渊立,我们可以一人一本轮流看,各不耽误。"

"我不答应。"

"为什么？"

"我就喜欢看着这些书整整齐齐放在一起的感觉。"

有病吧……

夏葱茏不肯上当，郁闷地离开。

松花蛋看看手里的《诈骗罪与金融诈骗罪研究》，拉了拉夏葱茏："我觉得现在就是动手的时候，虽然我挺欣赏我家发才兄，但莫名地就想打他是怎么回事？他真的很欠揍。"

"算了。"夏葱茏连忙抓着松花蛋，生怕她会做出什么暴力的事来，特理智地劝说道，"我拿不到实体书，可以看电子版，你要把林渊立打了，以后谁和你组队打智障。鱼与熊掌，既然已经没有鱼了，怎么还能舍弃熊掌，这不是糟蹋食物吗？"

"也对，凡事当以大局为重。"松花蛋很有觉悟地点点头。

夏葱茏"扑哧"一声笑了，这就是友情，不求修得同船渡，只求不拉我下水。

两人嬉笑打闹着走出图书馆，迷迷糊糊地绕进了旁边的林荫小道。

意识到自己走错了方向，夏葱茏打算带松花蛋往回走。松花蛋一把拉住她，急急忙忙把她推到一旁，躲到树后，贼兮兮往前看。

夏葱茏循着她的目光看去，发现同住413室的郭朗妮独守在一棵桑树前，与树沉默对视，眼神专注又神秘。午后的日光温热却不灼人，两瓣晕红在她脸颊漾开，如水中绽开的花。

这一天一地一树一人，如梦如画如诗如歌，夏葱茏静静看着，一时间走了神。

直到松花蛋用手肘撞她："她在干吗？她想对那棵树打什么主意？今天也是奇了怪了，先有林渊立假惺惺做慈善，后有郭朗妮神叨叨……"

松花蛋低头看看那本《诈骗罪与金融诈骗罪研究》，又抬头看看夏葱茏，埋怨说："难道是你给我挑的这本书有毒？今天的戏呀，一出接一出来。"

"安静点吧大律师。"夏葱茏沉着观察了会儿,不敢妄下定论,拉拉松花蛋,"我们先回避,把时间留给郭朗妮和桑树,她肯定不想被人打扰。以后逮着机会了,再问问她怎么了。"

"可我放心不下,她看那棵桑树的眼神有点不太对劲。"

"也许是她看待桑树的方式跟你不太一样?你觉得那只是棵桑树,也许郭朗妮觉得那是……是个生灵?"

"你今天很佛系啊夏状元。"松花蛋翻了个白眼,不情愿地跟着夏葱茏走开了。

郭朗妮专注地看着眼前的树,用只有自己听得见的声音说了几句,丝毫没发现有外客来访。

夏葱茏计划等到周末,便到市区的书店和图书馆碰碰运气。电子书虽好,就是不够方便,夏葱茏更享受翻书时的真实触感。

在解决图书问题的同时,她还得解决一个人。

林渊立很放肆,也真有心,居然按照她的日常穿着,买了款式雷同的衣服。一开始,夏葱茏以为他过把瘾就厌倦了,没想到他会没完没了地跟她同款了将近半个月。

同学们都说,这厮要么是跟她穿情侣装,要么是在 COS 她。

夏葱茏觉得同学们还是太善良了,林渊立这么干,无非是想打破她的原则,逼她换装。她不知道他哪来的劲头跟她这样耗下去,只知道他不会在气死她的路上半途而废。

夏葱茏不是那种愿意在打扮上浪费时间的人,但体面的穿着还是要有的,不土不丑不尴潮,对夏葱茏来说,就算体面了。

所以每年换季,她都会抽出几天时间,购置些衣物进行搭配,搭配完后做成表格,然后每天按照表格穿衣,省时省力又省心。

夏葱茏不介意自己的打扮过于"格式化",只是没想到会有人陪她"格式化"。

周六前往市区之前,夏葱茏到校园后门的商业街逛了一圈,然后才上了地铁。她坐到购书中心站下,刚走到C出口,便看到了不想看到的人。

林渊立穿着一身与她款式相似的军绿卫衣和黑牛仔裤,双手插在卫衣口袋里,很有造型地靠在墙边等她,笑容得意自满,夏葱茏真想往他嘴里放支玫瑰。

她停下来,与林渊立保持两米左右的距离,淡定地从背包里取出一条红色长裙,这是她在校园后门的商业街买的。她火速套在牛仔裤外,然后不急不躁地迎上劲敌。

林渊立上下打量了她一圈,说:"你以为在裤子外穿了条裙子,就不像我女朋友了?"

夏葱茏笑笑,在他面前飘逸地转了一圈,裙摆随着微风轻盈起舞,使夏葱茏看起来像个媚惑君上的舞姬。

把一千块的衣服穿出一千块的味道,这不算本事,把二三十块的地摊货穿出名牌的感觉,才是气质取胜,夏葱茏便是后者。

她问林渊立:"这条红裙子,你喜欢吗?"

"额……"林渊立有点不敢恭维,"绿配红……你看起来就像只圣诞袜子……念在是你穿的分上,我勉强喜欢吧。"

"那就行,我给你也买了一条。"夏葱茏从背包里取出一条一模一样的红裙子,挑衅似的递过去,"你要不要?"

"只要是你给的,我照单全收。"

地铁口人来人往,林渊立却特豪放地穿上裙子,敬业地模仿着夏葱茏,动感十足地转了一圈,还随舞附赠一手羞赧的兰花指,吓得夏葱茏肠子都悔青了。

他如此矫揉造作,夏葱茏生而为人,也自愧不如。他哪里是人,他是命运派来降服她的妖孽。裙子是红色的,特别抢眼,途经的行人在鄙视林渊立的同时,也不忘看一眼与他同款的夏葱茏。

夏葱茏头一回领会到，原来丢人也带连坐。

她忙把林渊立的兰花指捂在双手间，虔诚忏悔道："是我大意了，我忘了你不但没皮没脸，还没有下限，所向披靡，极致无敌。"

然而林渊立并没有骄傲，他根本不把这小小胜利放在眼里，捏起裙摆一角，学着女儿家模样轻轻甩了下，说："穿着裙子转圈圈只是小菜一碟，我还敢穿着它陪你招摇过市。"

夏葱茏气笑了："林渊立，你的人生字典里，是否缺了'丢人'二字？"

林渊立埋怨地看她一眼："夏状元，这难道不是拜你所赐？你根本不介意我丢人，不然也不会送我红裙子。既然我收了，就得使用起来，不然我该拿它怎么办？买个相框把它裱起来？"

"你可以送给别的女生，我又没逼你非穿上它不可。"

"不送。"林渊立特专情地说，"我从不给别的女生乱送东西，万一你误会了，我跳入黄河都洗不清。"

她能误会什么？

夏葱茏没好气地说："你是自由身，爱给谁送礼物就给谁送礼物，我不会逼你跳黄河，顶多让你跳火坑。至于红裙子……还是还给我吧。"

"不还。"

"它不太适合你。"

林渊立摊摊手："它适合谁，只有用它的人才知道，我说它适合，它就合适。要不……我把里头的裤子脱给你，也算礼尚往来了？"

这可把夏葱茏急坏了，她连忙作揖，深深鞠躬："行了，你赢了。裙子归你，你爱穿穿，爱送送，爱卖萌耍贱就卖萌耍贱，我不敢有微词。"

"好，爱妃平身。"林渊立得意得尾巴都要翘起来了，他犹如帝王模样，伸手扶起了夏葱茏。

生怕他恶心更多地球人，夏葱茏好说歹说，好不容易才说服他脱下了红裙子。她原本是想让他知难而退，不成想输在一招不要脸上。

这一回合，她认栽了，以后随便林渊立，她愿意忍。

二人离开地铁站，向购书中心进发。

路上，夏葱茏问："你怎么知道我会来这儿，是松花蛋出卖了我？"

林渊立笑笑，伸手摸摸她的头："你这么聪明，怎么不生在后宫？"

夏葱茏面无表情："松花蛋是怎么卖我的？可卖了个好价钱？还是被你设计了，她不得不卖我？她打游戏输了？"

林渊立摇摇头，一副瞧不起小本生意的模样："她输给我，那不是必然的吗？既然是必然的，我还拿这个要挟她，不是欺负人吗？"

夏葱茏忍不住翻了翻白眼："你不就爱欺负人吗？这仗势欺人的处事风格很符合你的贱精人设呀。"

"一点都不符合，好男友才是我的人设。再说了，我哪里爱欺负人？我只爱欺负你好不好，旁人我连搭理都不爱搭理。"

"那我谢谢你厚爱啊。"夏葱茏加快了脚步，不愿意与他并肩。

林渊立快步追上，握住了她的手，夏葱茏抬头瞪他一眼，他也不怕，像宣誓主权一样，把手握得更紧了。

"我老毛病又犯了。"他特诚恳地说，"请原谅一个手癌病人对牵手的执着。"

夏葱茏无奈地笑了，感慨自己有生之年，终于遇到了克星。唯一能让她欣慰的，是他克她，她也克他，两人谁也不饶谁，也算是能量守恒，势均力敌。

"林渊立，我逛书店，你要跟着？"

"嗯，要跟着。"

"我很磨叽，说不定一待就是大半天。"

"没事，你做你的，我看着就行。"

这有什么好看的……

夏葱茏懒得费力气说服他，在她身边待腻了，他自然会离开。

夏葱茏到了历史军事书区，视线扫过每本书，下意识地踮起脚尖要取下一本，却被林渊立按住了，他严肃责备道："有个男人在身边，也不知道差遣？你对这本感兴趣？"

他取下《万历十五年》。

夏葱茏满怀期待地接过，忽而想起，某人正紧巴巴地抓着她一只手，单手怎么翻书？

她甩甩手："把我的手还给我，我要看书。"

"不还，你的手已经长在我手心里了。"林渊立炫耀着自己空出来的一只手，"你要是觉得手不够用，我可以帮你，你求我呀？"

"我求你。"

林渊立有点意外，她突然乖巧，不再张牙舞爪，他反而不知如何应对。

夏葱茏读懂了他的疑惑，笑着说："让我妥协的，不是你的不要脸，是知识点。把书捧好了，捧不好就把我的手还我。"

为了明志，林渊立稳稳当当地把书捧着，看样子是不想把夏葱茏的手还给她了。

夏葱茏看书看得出神，没心思琢磨他的想法，这厮便趁机使坏，为了让夏葱茏更靠近自己，他捧书的手慢慢右移。夏葱茏尚未发现不妥，渐渐把头偏向他，过了好一会儿，她感觉到自己离他的心脏很近，似乎能听见他的心跳。

夏葱茏一抬头，便迎上他灼热的目光。

林渊立有双会说话的眼睛，纵然一言未发，那目光却刺激了夏葱茏的探索欲。她有些移不开眼，想读懂那双眼睛都对她说了什么。

她感觉到，那双眼睛在对她微笑。

夏葱茏意识到彼此太过亲密，想往另一侧退避。林渊立察觉到她要逃，索性松开了手，一把扣住她的后脑，不饶人地靠过来。她以为他要吻她，他却只是与她的额对碰了一下。

仅仅如此，便足以让夏葱茏乱了心扉。

她推开他："林同学，你安分点可好，别总是钻文明的空子耍流氓。"

"我对你安分,就是对自己过分。不过,还得谢谢你,是你让我有机可乘。"他主动伸出手,"要不要牵着,万一我又使坏呢?"

"那我就买个狗环,套在你脖子上,反正只要是我送的,你都照单全收,且会使用。"

林渊立有些后悔了,他意识到自己给自己挖了个坑,还不得不跳。

他斗不过她,也治不了她,才更想招惹她。

林渊立想,他和她最好的相处模式,便是一个不认账,一个不认输。

第四章
不认账小姐 VS 不认输少年

从购书中心回到寝室后,夏葱茏疲倦地躺到床上,感觉自己元气大伤。

和林渊立在一起,太伤脑筋了,以至于她没有多余的力气拿松花蛋问罪。

岂料那游戏狂魔主动送命,笑着来到床前,没心没肺地打听八卦:"夏状元,今天的约会怎么样?你和我网友有新进展吗?"

"新进展没有,但有新发现,我才知道自己被同一个渣渣出卖了两次。"夏葱茏抬脚,轻轻踹了她一下。

松花蛋揉揉肩,装出一副受了重伤的可怜样,卖惨道:"状元姐姐,我是有苦衷的。"

"什么苦衷?他逼你了?"

"比逼我还过分,他出价太高了,为难了我的人性,磨灭了我的天良。"

"李松华!"

夏葱茏霍地坐起,盯着松花蛋的脖子,犹豫着该用左手还是右手掐住它,才更解气些。

"他到底给了你什么好处,让你觉得拿我们对彼此的信任交换很划得来?"

"你跟我来,我要证明给你看,这次交易绝对物有所值。"松花蛋面无愧色,勾勾手指,示意夏葱茏坐到电脑前,然后打开游戏网页。

登录界面上,松花蛋的账号不再是"百姓点灯",竟是"尼古拉斯·发才"。

林渊立把自己的游戏账号无偿转让给松花蛋了?

夏葱茏很失望地说:"我还以为,他给了你一张八位数的支票,让你安度晚年呢,没想到只是区区一个游戏账号,就把你收买了!"

"什么叫'区区一个游戏账号'?!"松花蛋拍案而起,仿佛自尊心受到了侮辱,气恼至极,连音浪都增强了,"夏葱茏,你懂网游吗?你知道一个游戏角色从无产到称霸,与游戏用户之间经历了多少日夜,创造了多少回忆?这比养大一只狗,奶大一个娃更让人热血沸腾,这是角色与用户之间刻骨铭心的革命情谊啊！"

"呵，别以为你用了拟人句，我就看不出来你卖友求荣了。"夏葱茏特冷静特理智地说。

松花蛋涨红着脸，振振有词地反驳："状元姐姐，对于网游，你果真一无所知，你知道尼古拉斯·发才在游戏中的地位吗？他是全服第一，大神中的核武器。你知道他的装备有多少人争相要买吗？有了这个账号，有了这些装备，我就如同有了千军万马，在网游世界里坐拥天下。你什么都不知道，什么都不去了解，就否认这个账号的价值，你简直就是个直女癌！"

居然骂她直女癌……

夏葱茏决意不计较这些细节，反复琢磨着松花蛋贴上的标签，"全服第一"，"大神中的核武器"，"千军万马"，"坐拥天下"……然后平心静气问当事人："松花蛋同学，根据你的一面之词，这账号很值钱？"

"嗬，这账号呀，不可估量，乃无价之宝。"松花蛋一脸骄傲，仿佛天上掉馅饼，非但没砸中她的头，还自动到她碗里去了。

"状元姐姐，我告诉你个真实案例，曾经有个富二代，想花三十万买发才兄的游戏装备，却被轻蔑地拒绝了，这说明了什么？说明这些装备远远不止三十万。"

也不是毫无道理，夏葱茏客观地点点头。

松花蛋两眼放光，一脸崇拜地说："经营了这么久的游戏账号，就因为你，他割爱了。为了探知你周六的行程，他拿全服第一的装备和战绩作为代价，这是我见过最浪漫的事了。这相当于一个功名赫赫的将军，为了心爱的女子，在战场上解下了战袍，无怨无悔地裸奔。"

夏葱茏脸色一黑，指尖捏住松花蛋双唇，谨防她再说出什么不得体的话来："闭嘴吧，你的比喻和你的拟人手法一样拙劣。"

松花蛋拨开她的手，在崇拜偶像的路上越走越远："林渊立的家世一定很不错，否则怎会在游戏上一掷千金。"

那是，影帝的儿子，星二代，就算是游戏账号，也要比寻常人豪华。这些在外人看来无比珍贵的东西，林渊立说舍弃就舍弃了，根本不当回事。这便是最能体现家境雄厚的地方，不但拥有，而且漠视，能慷慨放手，是因为唾手可得。

夏葱茏想得透彻，对于林渊立的"割爱"行为，无半点感动。

寝室门突然开了，打断了二人交谈。

郭朗妮脚步急促地进来，随手带上门，仿佛夏葱茏和松花蛋不存在，径直走到衣橱前，找出一套衣服，迫切地要把身上的衣服换下来，好像那身衣服在她身上多停留一刻，便会给她带来麻烦。

"你要不要这么奔放？"松花蛋坦荡荡地打量着那婀娜的身段，说，"这屋里还有两个大活人呢。以前你从不当着我的面换衣服，好像我能让你吃亏似的。"

说罢，松花蛋回头看看夏葱茏。

夏葱茏冷静观战，眉头微蹙，注意力全在那身换下来的衣服上。

她离开电脑，走到衣橱，替郭朗妮捡起地上的衣服，大致检查了一番，愈发困惑了："郭朗妮，别怪我多嘴，我就是有点好奇，衣服没脏，你怎么这么急着换掉？发生什么事了？"

"没事。"郭朗妮抱过衣服，"谢谢，我先去把衣服洗了。"

她低头走出寝室，从头到尾没敢看夏葱茏一眼。

郭朗妮是个话不多的女生，两束辫子用绸带垂在双肩，使她秀气的脸庞更显清纯。在郭朗妮面前，夏葱茏不敢高声说话，怕惊到这天仙一般的人。

不过，有林渊立在，夏葱茏很快便将郭朗妮那身衣服抛诸脑后了。她察觉到郭朗妮的反常，可再反常也不碍她事，不像林渊立……

逛购书中心那天，夏葱茏把要买的书都买齐了。午饭时间过后，她一如既往地带书前往图书馆。曾经为她戒掉午睡的松花蛋,因为拥有了林渊立的游戏账号,又戒掉了陪她的习惯,玩物丧友。

林渊立坐在图书馆前的台阶上,看见夏葱茏后笑了笑,马上起立。

夏葱茏也没急着迈上台阶,仰头看着那个占据高点的人:"你在等我?"

"对。"

那必须撤,夏葱茏掉头就走。

林渊立急切跑下台阶,一溜烟地窜到她面前:"夏葱茏,你不是要到图书馆看书吗?"

"本来是有这打算。"

"看见我就改变主意了?"

"对,计划赶不上变化,天意弄人啊。"

"你就那么讨厌我?"

"我是不想应付你,想一个人安静看会儿书。"

"那正好,我想一个人安静地陪你看会儿书,也算和你殊途同归了吧?"

"我看不止,你天天这么折腾,怕是想和我同归于尽。"

"没那么偏激。"林渊立笑眯眯地说,"夏班长,人家是个心理健康的人。"

人家……

夏葱茏翻了个白眼:"你是心理健康,就是脑子有病。"

夏葱茏沿路往回走,在一张休闲椅前坐下,旁若无人地从背包里拿出了书,自顾自阅读。身边的人破天荒安静下来,也从背包里拿出同一本书。夏葱茏翻一页,响起一下翻书声,林渊立也翻一页,响起一下翻书声。她每翻一页,每响起一声,就忍不住看他一眼。

与其说,林渊立在阅读,不如说在模仿阅读。

夏葱茏从书上抬头:"你到底在干吗?"

"在看你看了些什么。"

"你那么在意我？"

"对，知己知彼，百战不殆。要和你这种人纠缠下去，不耗点技术是不行的，我首先要做到全面了解你。"

"那正好，你了解了解我，我了解了解人生，也算是人各有志，互不相干了。"

"非也，你志在四方，我志在你。凭这论据，推理出来的结论是，你的即我的，我思故你在，你在哪我追到哪，妇唱夫随。"

谁和他妇唱夫随……

夏葱茏的头痛病又犯，严肃纠正道："林渊立，你举例不当，妇唱夫随不适合用在我们身上。"

"那适合用在谁身上？"

"这是个伪命题。"

"呵，管它真命题伪命题，你说我们不合适就不合适？我还说我们天造地设、郎才女貌、空前绝后呢。"

夏葱茏深吸了一口气，不停安抚自己，冷静冷静要冷静，千万不能被少年乱了阵脚。

"林渊立，你觉不觉得自己挺没道理的？"

"对，就这意思。我这人啊，只适合谈恋爱，不适合讲道理。"

得了，夏葱茏索性合上书，侧转身，背靠休闲椅扶手，沉着地看着林渊立说："既然你想谈恋爱，我就和你谈谈恋爱。"

"洗耳恭听。"

"你想过谈恋爱有多少规矩吗？"

"譬如？"

"譬如有诸多不能。不能对别的女生放电；不能和别的女生约会；即便是普通来往，也不能过于频繁密切；约会不能迟到；陪伴不能三心二意；特殊日子如生日、纪念日，绝不能忘。除了诸多'不能'，还有诸多'必须'……"

夏葱茏如数家珍:"不开心时,你必须陪着;生气了,你必须哄着;受伤了,你必须呵护;如果有误会,你必须耐着性子解释;犯错了,必须坦白道歉。"

林渊立听得出了神,这于他来说是道无解的题,他却硬要从中找出答案。

夏葱茏抱着双膝,把头枕在双臂上,歪着脑袋端详他的脸,试图捕捉他一丝一毫的表情变化。

林渊立一言不发地伸出手,托了托夏葱茏的两条小腿,她瞬间失了平衡,下意识地放开膝盖,扶住了休闲椅背。他便顺势挪了挪,向她挨近,让她的双脚迈过他腰身,重新抵在休闲椅上。而他双手环抱,圈住了她的膝盖,脑袋枕上去,继续陷入沉思,完全不在意彼此间的暧昧造型。

他不在意,夏葱茏却计较人权,伸手推了推他,反被他一手握住。

"林渊立,我不过是和你谈谈恋爱,你怎么还趁机上手呢,起来,别抱我的膝盖。"

"我这么做,是有苦衷的。"他紧了紧怀抱,依然枕在她膝盖上,侧着脸,眨巴着眼,看着她,深邃的目光竟透出几分委屈来。

夏葱茏忍不住问:"你有什么苦衷,非要抱着我的膝盖不可?"

"呵,我的苦衷大了,我非要抱着你的膝盖,还不是因为我不能抱你。"

不给夏葱茏一丝喘息的机会,林渊立扼住她胳膊,猛地拉了一下,夏葱茏猝不及防,佝偻着上身向他前倾,险些撞上他的额头。千钧一发间,夏葱茏拿起怀里的书,挡在了她和他的脸之间,才不至于让自己的唇碰上他的唇。

一书之隔,她看不见他的脸庞,他也看不见她的。

林渊立不甘心,抬手拨开书,书掉到地上,唯一的屏障消失了。

他看着她,她看着掉落的书,想起身去捡,他牢牢地抓着她的胳膊,再次把她往身边拉,仿佛要把她拉进怀里,揉进心里,让她哪也去不得,他才肯罢休。

这是她离他最近的一次。

他的眼睛与她那么近,以至于她所有的伪装,都逃不过他的目光。

她彻底乱了,她无法平息怦然跳动的心脏,也无法为这种慌张找到一个理性的解释。

最过分的是林渊立根本不想放过她,看出她失措,他得寸进尺,稍一抬头,贴上了她的额头。

有学生经过,好奇地看看腻歪的两人,又看看地上的书,不敢伸手去捡,加快了脚步走开,很有电灯泡的觉悟。

夏葱茏自知有失体面,用眼神瞪着某人。

林渊立毫不退缩,靠得更近了:"夏葱茏,你刚刚提到的诸多'不能'及诸多'必须',是你定下的规矩,还是别人定下的?"

哎,她和他都这样了,亏他还有心思谈规矩。

夏葱茏重整思绪,缓声开口道:"是我定下的,当然,也有个别爱做慈善的女朋友能放宽要求,允许男朋友去给别的女生送温暖,我没那么慷慨。"

夏葱茏被拽着胳膊,无法动弹,又不愿将就,便用另一只手抵住他的臂弯,借力撑起了上身,勉强拉开了些距离。她接着说:"任何关系一旦建立,就必定相互约束,恋爱亦是如此。如果不能享受只有两个人的世界,就用失去一个人的代价,换一段无拘无束的光阴。林渊立,你所有的闹,我都能包容接受,但不包括我的恋爱。"

林渊立识趣地松开了手。

原来,她一直让着他。他不需要,他要她真正依归。

方才,她太认真了,他望而生畏。从小到大,只有两个人这么认真地看过他,一个是母亲纽兰,一个是她。他不讨厌她身上那份矜持与成熟,却讨厌在她面前自己显得幼稚可笑。

他今年十九岁,她比他还小几个月,凭什么在他面前装小大人。他想撕掉她的面具,找到她灵魂里的疯狂。

这是最该任情恣性的年纪,为什么所有人都急着对他揠苗助长,他偏要孤独地闹,抵制着不肯长大,成熟了又怎样,胡闹有什么不好?

夏葱茏顾不上他内心激流暗涌,好不容易挣脱出来,她松了口气,起身整理了下,捡起了书收进背包。正要背起离开,林渊立又伸手拉了拉她的背包带子,留住了她的脚步。

她回头,他撇了撇嘴,乞求似的说:"我想送你回宿舍。"

"不用。"

"哼,这是我自己的事,你说了不算,我就要送,走。"他起身往前走,经过她时,带起一缕凉风,他的声音随风飘向她,"在你看来都是闹,但我知道不全是玩笑。"

送夏葱茏回宿舍后,林渊立在她楼下随意找了个位置坐下,长久地抬头凝望,好像只要他足够虔诚,她便会从某个阳台探出头来,朝他瞪瞪眼,关切中带着几分不耐,摆摆手催促他离开。

就算她不会出现,他也愿意这样等着,正好浪费掉午后余下的伶仃时光。

少有的,他想起了家,想起了母亲。

母亲那种窒息的管控,他早就受不了了,可他还是尽可能地遵从她。父亲总是一个剧组接一个剧组地走,一年里在家的日子不过寥寥几天。夜长孤冷,母亲都是怎么熬的,只有她自己知道。

小时候,他说着自以为高明的笑话,模仿着小品演员浮夸的表演,以最引人注目的方式想方设法地逗她笑。她嫌他太皮,把他送到了兴趣班,她从他年少时就误解他。

但他很快找到一个宽容母亲的理由,母亲太爱父亲了,父亲太少回来了,她难免心不在焉,以至于她后知后觉,没发现他已到了青春期,开始拥有自己的秘密。

他对她有秘密,她一时很难接受这一点。

他的手机设了开屏密码,她怎么试都试不对,终于她恼了,但他就是不肯交代,作为教训,她没收了他的手机,转眼成了"暴君"。

后来她跟他有过一席谈话,主讲内容是手机应用学。

他说:"妈,我知道怎么玩手机才好玩。"

她说:"所以我才要教你,怎么不好玩地玩手机。你还小,别拿手机当秘密工具,你还不到可以交小女朋友的年纪。"

"我只是交朋友。"

"你知道女性朋友和女朋友的区别吗?"

"知道,一个不能牵手,一个可以牵手。"

"错,一个浪费时间,一个最好不要让我发现。"

最后,他不但没交到女性朋友,连男性朋友都没几个。同学总嘲笑他,不玩手机不刷朋友圈,连当下流行的网络词汇都不懂几个,老派得像个祖母。

他坚强反击:"网络词汇就像禽流感,把原本可以好好说话的人变成文盲禽兽。"

某些方面,林渊立认为自己颇得纽兰真传,譬如他完美地复刻了她的尖酸。

那一年,父亲更忙了,难得抽空回来一趟,却没提前告诉母亲,偏赶上她外出了。他档期紧,回家待了会儿,拿了几套冬天的衣服就走了。

母亲往家里装了摄像头,大概是怕错过父亲,至少林渊立是这么认为的,真正的原因,母亲从未坦白。

其实,他不止一次追问:"妈,家里就我和你两个人,你在客厅里装摄像头,也看不到我爸啊。"

作为报复,母亲在他卧室装了摄像头:"既然看不到你爸,就多看看你,哪怕添堵,好歹充实。"

母亲简直蛮不讲理,也许是因为她并不快乐。如果他有机会多了解父亲就好了，兴许能陪母亲谈谈心。

父亲极少回家，林渊立只能通过电视屏幕见一见自己的父亲。他试着揣摩父亲演绎的每个角色，以为这样就能拉近父子间的距离。年少时，他曾经一边扮演父亲的角色，一边观看父亲的戏，以此接近父亲的心。

纽兰见他这般，情绪反而更糟了，立马给他泼冷水："林同学，我劝你省点力气，电视辐射伤眼，离它远点。"

"妈，等这电视剧大结局了，爸能回来吗？"

"悬，恐怕得等他人生大结局了。"

"呃……"

"爸肯定是个英雄，他演过那么多英雄。"

纽兰呵呵地笑了："林同学，等你长大了就会发现，真正的英雄都不会演戏。"

"会演戏的，就一定不是英雄吗？"

纽兰又笑笑："真正的英雄，不会像你爸那样演戏。"

这成了林渊立的疑问，爸那样演戏，是怎样演戏？

大学入学前，纽兰和林渊立有了另一席谈话。

她一眼看穿他的心思："你那么期待上大学，是不是以为上了大学，我的手就伸不到那么长，你终于可以野蛮生长了？"

他坚强又违心地说："我没那么想过。"

纽兰又呵呵笑了："这就好，毕竟你也十九了，我不希望你还这么天真。"

然后她让他查收邮箱，邮箱里有一封她前一刻才发出的邮件。邮件内容是一条又一条规定，大至学业准则，小至生活细则，她都充分考虑到了，还不忘重申一下严谨的手机应用学，难为林渊立还一字不落地看完了。

他的第一感受是心疼她，打那么多字，很辛苦吧，还不如送他一本《弟子规》。

入学后，纽兰很少主动来电，除非他大意地少打了一通电话，她才会恶意处罚他。他每小时都会给她发信息报告，林渊立不认为自己是个妈宝男，他是她全部的寄托。

母亲从父亲身上找不到的，他要替父亲双倍奉还，而最终把他推远的，也是这份过重的负担。他不愿回家，如果他一定要受家庭管制，那他希望离那个让自己窒息的人远一点。

他不能一直在母亲眼皮底下过活，偶尔他想安于一隅，独自快活。这样，他至少能从条条框框的生活里，找到肆意放纵的片刻。

上大学之前，他以为自己孤独是因为朋友太少，网友"百姓点灯"算是一个特别的存在。她废话不多，竞技水平略渣，但能陪他冲锋陷阵，且不会骑驴找马背弃他，所以他愿意会会她，不成想有意外收获，她竟是夏葱茏的室友松花蛋。

上大学之后，身边少了母亲叮梢，林渊立广交朋友，不仅和同班同学处得来，别的院系也有不少他认识的人。可他朋友越多，心里越是空落落的。

繁华如梦，寂寞如斯，大抵如此。

所幸遇见了夏葱茏，林渊立觉得她值得交手，以前他无法说清原因，今天他找到了答案。

夏葱茏身上，有着如纽兰一般果断狠厉的劲，特别是在责备他的时候，她简直和他母亲一样恶毒。

啧啧，他执拗不过母亲这只纸老虎，还斗不过夏葱茏一个伪汉子吗？他推翻不了母亲的专制，还打破不了夏葱茏的原则？

或许这便是心理学上说的，移情。

他在母亲面前积压已久的，一直缺少宣泄的缺口，堵得他喘不过气来，直到夏葱茏出现。

她那么洒脱自我，那么吸引他，而她根本不知道，知道也不在乎。她在不经意间让他着迷，这让他耿耿于怀，她还说他胡闹，胡闹的明明是她。他岂能让她毫不费力，就在他心里留下了她的影子。

思及此，林渊立不由得笑了。楼里的那个女孩，是否知道他在她宿舍楼下坐了许久？不为别的，只为离她近一点。

晚上七点，晚饭高峰期过去，413全员相约一起到食堂吃饭。

夏葱茏在教室里写完了作业，收拾完朝食堂走去。

在吃饭这件事上，夏葱茏特别爱她的室友，她不喜欢拥挤的食堂，不愿意为一顿饭把自己变成野兽，与人争先后。413成员觉得一家人最重要的是整整齐齐，宁愿集体延时，没有怨言，无人缺席。

夏葱茏刚到食堂二楼，食客不算多，她一眼就瞧见了郭朗妮。

郭朗妮好像被什么吸引住了，呆呆地站在一处，夏葱茏狐疑地接近，循着她的目光望去，看到了林渊立。

不巧，他也看到了她。

他朝她笑笑，又低下头去和朋友聊天，根本不在意这世界有谁存在。

夏葱茏尚未从他身上收回目光，郭朗妮突然转身，惊惶地跑了。夏葱茏一头雾水，看着少女的身影，无法解开她离去的迷。

室友恰恰上前拍拍夏葱茏的肩膀："饭要凉了，先吃吧。"

"可是郭朗妮……"

"间歇性抽风，她又不愿意透露原因，担心也没用，吃饱再说，待会儿还得给她打包呢。"

夏葱茏点点头，跟着恰恰走到饭桌，二人在松花蛋对面坐下。

恰恰是413寝室最后一位成员，额前缀着空气刘海，烫过的长发末端微微内卷，像是音乐家无意间留下的音符，灵动又巧妙，使她看起来温顺可爱。可夏葱茏知道，全宿舍她最叛逆。

文身在中国人眼里是叛逆男女的符号，恰恰身上也有，在脚踝处，一条锦鲤。

夏葱茏从不戴有色眼镜，对文身没偏见。一开始她纯粹地认为，这孩子大概缺少了神的祝福，才特地在身上添条锦鲤。而真相是她男友的妈喜欢乖乖女，不喜欢吃鱼，一条文身锦鲤就可以把对方亲妈彻底得罪，完美。

夏葱茏曾问过恰恰："你到底是和男朋友有仇，还是和他妈有仇？"

恰恰说："两个都不是好东西，总嫌弃我。"

"你大可不必委屈，分手就行了，干吗要伤害肉体？"

叛逆少女恰恰说："他们已经伤害了我的心灵，休想分手了事，我要忍辱负重，卧薪尝胆，用肉体报复回去。"

"有态度。"夏葱茏很辛苦才克制住想翻白眼的冲动。

食堂的菜很一般，可夏葱茏一想到林渊立为了这点美味，竟然拒绝了家里派来的厨子，就不敢辜负，硬是把晚饭吃成了光盘行动。

"你胃口倒是好。"恰恰用歧视的眼神看着夏葱茏，"够不够？要不把我剩下的也吃了，将光盘行动进行到底？"

松花蛋瞧一眼已经吃空的盘子，一副洞察世事的样子，说："怕不是把愤怒化成食量，在生谁的气吧？"

"我生气？"夏葱茏越发觉得这晚上莫名其妙。

松花蛋点点头："你就是，否认也骗不了我。"

"嗨，我干吗生气，生谁的气？"

松花蛋指指恰恰身后某张饭桌，林渊立就坐在那，不时地朝这边看看，反正夏葱茏背对着他，可以肆无忌惮。

夏葱茏不回头，就知道松花蛋说谁："我为什么要生林渊立的气？"

"因为郭朗妮？"

恰恰回头瞅了眼："郭朗妮突然跑了，跟你网友有关？"

松花蛋说："我的眼睛是这么告诉我的，刚刚郭朗妮杵在那，似乎被林渊立的帅气摄魂了，怎么都移不开眼，好不容易迈开了腿，却像青春小鸟一去不回来。"

恰恰摇摇头："郭朗妮不是那种花痴女孩，更何况她间歇性抽风也不是一天两天了，今天的事只是巧合，你网友就是刚好赶上她抽风了。"

夏葱茏问："郭朗妮是从什么时候开始，有了这种神经质失控？"

"额……"恰恰扶额回忆道，"好像……上半年还蛮正常。"

"对。"松花蛋附议，"上个学期基本处于一个自闭症少女的状态，可快到期末的时候，自闭症少女不知经历了什么，突然就成了神经质少女，间歇性抽风，我们也愁啊。"

夏葱茏向她们送去一个冷眼："两位可否行行好，不要把'抽风'这样粗俗的词用在郭朗妮身上，她是我的白月光啊。"

"你的白月光是无定向间歇性抽风啊？"松花蛋鄙视地扫她一眼。

夏葱茏抿着唇深吸口气，忍着不出手掐她脖子，平心静气道："你们就没追查过，到底出于什么原因，导致她控制不住自己吗？"

恰恰摇头："这违反了413公约。"

"什么公约？"

"不论对方的行为多么不合理，只要对方不主动解释，就不能过问。"

"善意地关心一下也不行？"

"不行。善意比不上个人隐私的价值高。"

"好一套价值相对论。"夏葱茏敷衍地附和，扭头瞧了瞧林渊立。

他喝着可乐，与朋友聊得畅快，郭朗妮的怪异行为没困扰住他。

或许……他会知道什么？

夏葱茏不愿放任郭朗妮不管，想必郭朗妮碰上了事，才会这般失控，长此下去，病态发展成变态，就不好根治了。

夏葱茏一起身，林渊立马上停止交谈，迅速看她一眼，发现她正向他走来，满怀期待，朝她眨眨眼，犹如在说："女孩，来我身边呀。"

夏葱茏欠欠身，客气地说："抱歉，打扰两位谈话。"

"找我有事？"话音未落，林渊立伸手掠过她的腰际，一把揽她入怀。

夏葱茏始料未及，跌坐到他腿上，为稳住自己，她下意识地搂住他的脖子，狼狈又慌张地看看四周："众目睽睽的，你没有羞耻心吗？"

"有你就行。"林渊立不放手,"四周都是目击证人,我对你的犯罪事实基本确定,你打算怎么制裁我?听说,一个女人要报复一个男人,就是嫁给他。"

"提议不错。"夏葱茏豁出去了,"等你到了法定年龄,我找个晴朗的日子嫁给你?你先克制一下,我有正经事问你。"

"你就这样问。"

"不行!"

饭桌对面,林渊立的朋友看不下去了:"林渊立,这还坐着个大活人。"

"那你先走。"

"你别欺负女生。"

"你别管,女生哪有她好玩。"

朋友看惯了他这德行,嘴上制止不了,便睁一只眼闭一只眼,走开了。

夏葱茏挥拳想打人,却被林渊立一手扼住。

"暴力解决不了任何问题。"林渊立笑笑,"夏葱茏,原来你才这么点重量,太轻了,还可以多吃点。说,找我什么事?"

夏葱茏指指郭朗妮大概站着的位置:"我刚来的时候,有个女生在那看着你。"

林渊立迟疑了下,脑袋瓜飞速运转,坏笑着点点头:"你对这事还挺上心。"

"你和她认识?"

"认识。"

果然……

"你和她之间……有过什么波澜壮阔的共同经历吗?"

"难得你会在意。"

"对,非常在意。她是我室友,今晚约了我吃饭,怎么看到你就慌慌张张地跑了?"

林渊立看看夏葱茏,企图从她脸上找到一丝醋意,可她毫无波澜,她这样才是真正的坐怀不乱。

林渊立寻思片刻，说："我拒绝过她的告白，所以她一见我就后悔莫及。"

"她？告白？"

无数个疑问涌上心头，夏葱茏一时忘却自己身处何方，皱着眉打量林渊立："你认真的吗？"

某人满脸严肃："当然。怎么，我的颜值配不上她的告白？"

"配不上，郭朗妮是那种能把自己憋死的人，她不会跟任何人告白。林同学，我很怀疑你的诚实度。"夏葱茏猛然想起自己的处境，试图从他双臂里挣脱。

林渊立紧了紧手臂，忍不住低头，轻吻她的额头，哪怕只是短暂的触碰，怀里的人也受了惊，彻底安静了，茫然地看林渊立。

林渊立微微一笑，自知过分，指尖在他亲吻过的地方抹了一下，仿佛要抹去这个不合时宜的吻："对不起，没控制住。"

听听，好像他更委屈呢，不能再由着他了！

夏葱茏想起恰恰报复男友的妈的方式，认为有可以借鉴的地方，趁着林渊立有所松懈，忙从他怀里起来，喊住一个从眼前经过的男生。

"同学留步。"

男生回头，刚好停在了林渊立伸手可及的地方。

夏葱茏抬手，指着林渊立亲吻过的某处，说："你可以亲吻我的额头吗？"

"什么？"男生无比惊诧。

林渊立面色一沉，生怕夏葱茏少根头发，赶紧抓着她走出食堂。他没迁怒于那男生，没回头看夏葱茏，也没说一句玩笑话，他走得飞快，夏葱茏被他死死地拽着，跟得吃力。

食堂后方比较僻静，林渊立带她绕过去，一把将她甩到面前，一丝隐忍的愤怒浮在眼底，在月色之下显得格外阴冷。

"让别的男生碰我碰过的地方,下血本报复我,谁教你的这种损招?"

夏葱茏只当他是个大男孩,他的脾气,他的愤怒,在她眼里都不过是耍小性子,浑然不觉他的危险。

她腰挺得笔直,不甘示弱地狠狠瞪回去,冷声警告道:"都是你一再放肆,我无以回报,只能阴损了。我没法对你耍流氓,还不能对自己耍流氓吗?林渊立,你记住,以后再对我做逾矩的事,我会以自己为鱼肉,热烈邀请他人效仿你为刀俎,用另一个阴影掩盖你给的阴影。"

瞧她这副虚张声势的样子……

林渊立感到怒火烧到了喉咙,有一瞬间,他真想放开了嗓门嘶吼,把心底的怨和灵魂的恶,统统洒向她。

她的灵魂里住了个疯子,只有遇到他这样的恶魔,才会像雪雨遇风霜,在他和她的世界里搅荡,搅乱他和她的心神,让彼此不得安宁。

看她不知收敛的挑衅,林渊立把恼怒的情绪压抑到底,把自己逼到无路可退。

"你找死。"低沉的男声响起。

他扣住她的脖子,顺势捏住她下颌,俯下身去。

心跳刺激着夏葱茏,她眼看着他盖掉所有月色,侵占了她的瞳孔。

这一刻,她眼里全是他,心间也有他。

他搂她入怀,不许她做力气的较量,只许她做拥抱的俘虏,承受着他给的狂热和安抚。

他如疾风骤雨而来,又如绵柔细雨而去。

夏葱茏听过一种说法,皮肤是有记忆的,所以有的人对拥抱上瘾,有的人对热吻上心。他放开她的那一刹,便在她心间烙下了记忆。她知道,灼热是真实的,咬痛也是真实的,就算赔上余生,也忘不掉了。

而林渊立,从她的无助里得到了占有的满足,她在他心海激起的浪花,随着拥抱的热度退去,慢慢平息。

他看着惊魂未定的她,报复似的笑笑:"有些事不可效仿也无法代替。不会有人像我这样吻你，谁都给不了我给的心跳，除了我，谁都无法让你紧张，不信你试试。我知道你敢，我会用更激烈的方式向你证明，我说的都是真的，谁都不能觊觎我的东西。除了我，谁都不能对你耍流氓，连你自己都不行。"

林渊立舒了口气，伸手摸了摸夏葱茏的唇，他知道一开始用力过猛，让她疼了。

"我送你回去。"

第五章

看到她就想据为己有

寂静的夜里，宿舍楼的灯一盏接一盏地熄灭，如同向银月发出不舍的道别。

夏葱茏失眠了，如果时间可以倒流，她一定不让林渊立有机可乘。

到底是从什么时候开始，她渐渐适应了他的顽劣、霸道、不讨好？他最喜欢牵她的手，不管她愿不愿意，她曾经那么抵触；他总在自己需要的时候拥抱她，不管她妥不妥协，她曾是那么抗拒。她越是挑衅不服从，他越是过分不放手，他就像个感情的暴君，她越要逃离，他越是热烈，在她推远他的时候不惜一切拥吻她。

怎么会有这种人？

夏葱茏觉得自己快要憋出内伤了，跟他讲理吧，没用，他就是个流氓。打架？拳头又没他硬，反而还给他提供了欺身上前的机会。向老师或家长打小报告？又太小学生伎俩了⋯⋯

夏葱茏辗转反侧，一筹莫展。

身旁，松花蛋轻声问："睡不着吗？"

夏葱茏意外地看着她："你也没睡着？"

"睡着了，被你吵醒了。怎么了，陪你聊会儿？"

夏葱茏思索了很久，也不知该从何说起。

松花蛋问："回来后你一直不说话，他从食堂把你带走后，你们去哪了？"

这问题太伤自尊，夏葱茏不想回答，难道她要向松花蛋剧透，自己像只迷途羊崽一样被林渊立拐到食堂后头，然后又像个抱枕一样被他搓圆揿扁？

"换个话题。"夏葱茏想了想，问，"林渊立玩游戏的时候是个什么状态？"

"他啊⋯⋯"松花蛋发出了崇拜的感慨，"你别看他长得人畜无害，在游戏里他杀伐果断，但也重情重义，每次我被攻击的时候，他一定救我，是最佳队友。你怎么突然关心起这个？"

"没什么，就是好奇。你们是不是很喜欢在游戏里结婚什么的？"

"没有，我们不玩那种，我们的游戏就是单纯打人，直接粗暴。怎么，还吃醋了？"

"没有，就是想了解下游戏发烧友的社交状况。"

松花蛋翻身趴到床上，支起上半身，笑眯眯地看着夏葱茏："你放心，林渊立在游戏里干干净净清清白白。"

"你凭什么这么确定？"

"因为我在用他的账号啊，你忘了？之前为了知道你的周末行程，他把自己的游戏账号送给我了。登录后我鸡贼地看了看，没有不良聊天记录，都是些直男与直男的正常对话。"

夏葱茏不屑地撇撇嘴："松花蛋姐姐，能不能发挥下你的想象力，那种东西不删，留着过年上坟啊？"

"不会，我很肯定他没处理过这个号。"

"你凭什么这么肯定？"

"我用这个号这么些天了，如果他真在游戏里和一个以上的女性保持暧昧关系，那些女人干吗不来找我？"

"或者……他已经用小号打过招呼了？"

"呵，一个在食堂这种公共场合下，还好意思把你抱上大腿的男人，会用小号？键盘侠会，林渊立不会，他厚颜无耻。"

有道理……

夏葱茏无法反驳，比起今晚的事更叫她苦恼的，是她发现自己开始琢磨有关林渊立的一切。

糟糕，这不是个好兆头。

周二大清早，夏葱茏收到班主任发来的信息："班长，请到我办公室一趟。"

夏葱茏没来得及吃早餐，穿上牛仔裤白卫衣，便急急前往，在第一节课上课前半小时，到了办公室门口。

没人应门，夏葱茏以为里头没人，打算在外头候着。忽而门开了，林渊立同样穿着白色卫衣和牛仔裤，从里头露出了笑脸，跟中奖了似的。

"请进。"他装模作样挥挥手。

夏葱茏一见他就知道大事不妙，特别是他那身打扮，在班主任办公室显得尤为不当。

夏葱茏悬着一颗心走进去，看见班主任像老干部一样坐在办公桌后面，手边有个保温杯，他拿起吹了一下，又吸了一口，才心满意足地放下，然后抬头，朝夏葱茏笑笑。

班主任也就三十出头，看着像个大哥哥，平日亲切和蔼，不论班里的同学怎么胡闹，他都沉得住气，从没提高过说话音量，夏葱茏对这届班主任相当满意。

"班主任。"夏葱茏招呼一声。

林渊立也走过来，在她身旁站着，对班主任说："人齐了。"

班主任看了看两人，恍然大悟道："哦，今天周二，我们班的'星期白'。夏班长，我蛮喜欢你穿衣的规律。

"显然，林同学也很喜欢，他是唯一一个完全被你的穿衣规律覆盖的人。"

某人点点头："班主任懂我。"

夏葱茏深吸了一口气，鼓励自己振作。

班主任感慨："更巧的是，你们还是班长和副班长。"说着，他把电脑屏幕转向他们，保证二人能够看见网页上的照片。

夏葱茏只看了一眼，便羞耻地偏头。昨晚在食堂里，被林渊立当众紧抱，竟有好事者偷拍了照片，放上了校内贴吧。

而林渊立，没有辜负他厚颜无耻的人设，凑近电脑较真地看着照片，说："手机像素有点低，加上拍照的人在拍照的时候有点心虚，估计手抖了一下，把我幸福的脸拍模糊了。可惜了，这是我和夏葱茏唯一的合照。"

班主任听完也较真起来，拿起手机瞄准面前的学生，拍了一张照片，然后打开相册看了看，男生自傲地笑着，女生无奈地恼着，也算是尽显人间百态。班主任不由得笑了笑，明显对自己的摄影作品很满意，等不及要向林渊立展示："这种程度够清晰吗？"

林渊立特负责任地看了一眼："嗯，当狗仔队至少要有这样的像素，谢谢班主任。"

夏葱茏嘴角抽搐："班主任，你是认真的吗？"

"我一直是个认真的人。"班主任放下手机，"从你们刚才的态度，我可以看出，夏葱茏并不那么情愿，倒是你……"

班主任用审判官一样的眼神，打量林渊立："你是不是强人所难，对夏班长做过一些出格的事？"

"出格的事？"林渊立审视了下自己的尺度，"譬如，像那张照片那样，把她抱着？"

"多余的细节没必要重复。"班主任一副非礼勿听的样子，"林同学，私底下你爱做什么我管不着，原则上，我不该管，也轮不到我管。但我个人建议你做事要分场合，拿捏好分寸，注意下形象。这样一张照片被同学放到校内贴吧，你无所谓，说不定夏班长还羞涩呢。虽说在这个年代，女孩子也可以很奔放，但名节和贞操依然很重要。"

林渊立思索了会儿，慎重地点点头："建议很中肯。这种事，偷偷摸摸地做就行，公共场合确实应该收敛一点。"

"没错。"班主任欣慰地笑笑，"如果还能尊重一下女生的意愿，效果更好，你们都已经成年，更应该学着体谅别人的感受。"

"我做不到。"林渊立瞟了瞟身旁的女孩，"哼，看到她就想据为己有。"

这人还能不能好了？！

夏葱茏尚未缓过气来，身旁的男生又接着补刀："你听到了吧？班主任说了，我们已经成年，更应该学着体谅别人的感受，我学不来，你应该可以，那你体谅下我呗。"

这是什么人啊？！

夏葱茏极力克制着要打他的危险想法，狠狠瞪了林渊立一眼："你安静点行不行？什么话都能接，怎么不去捧哏？"

然后又对班主任说："让您费心了，我保证以后不会再发生这种风气不正的事。"

"没关系的。"班主任安抚似的笑笑，"我不嫌你们丢人，只是不想别的同学对你们指指点点，议论纷纷。你们两个都不普通，一个是文科状元，一个是公认的校草，本身就挺引人注目，就算真恋爱了，也低调点，没必要给别人提供花边新闻。"

"班主任，我和林渊立没有谈恋爱。"

"我知道。我的意思是，不论和谁谈恋爱，都可以低调一点。"

"哦，这样……"夏葱茏若有所思，受教地点点头，"谢谢班主任提点，我要真和别人谈恋爱，会低调得只让林渊立知道。"

她豁然开朗，退出了办公室，听见赖在里头的某人说："班主任，你刚不是拍了张我和夏葱茏的照片吗？发我行不行？"

"不行。"

"为什么？"

"等你老老实实熬到毕业，我可以考虑把这张照片作为奖品送给你，现在赶紧回去上课。哦，对了，别再让夏葱茏做为难的事，她始终是个女孩子。还有你这身打扮，是故意让她为难吗？"

"和我穿情侣装是让她为难？"

"你自己心里没数？"班主任稍稍提高音量，严肃警告，"如果你再缠着她，我就联系你妈，让她给你办转学。"

"有必要这么狠吗？"

"太有必要了，人家和你又不熟，凭什么让你演男朋友？"

"谁说我和她不熟？"林渊立很不高兴地说，"我和她都熟透了好不好，我这辈子就没和别的女生这么亲近过。"

"嗯,算她倒霉。你别废话,抓紧时间回教室,要上课了。"

林渊立郁闷地走到走廊,没看见夏葱茏,略不满地嘀咕:"就知道你不会等我。"

《马克思主义基本原理概论》是公共课,至少两个班的学生一起上。

林渊立到了阶梯教室,乌泱泱坐满了人。他第一时间找寻那个熟悉的身影,视线扫过最后一排,那是夏葱茏一贯的选座,没有,再看看倒数第二排、第三排,还是没有。

林渊立皱皱眉,站在教室门口一动不动。

底下讲台上,任课老师一抬头,就看见他扎眼地站在顶层,别在衣领上的麦克风扩大了她的音量:"那位同学,要开始上课了,请你坐下。"

"我在找人。"林渊立逐步走下台阶,检查两边的座位,淡然掠过所有好事者的目光,面对老师的不悦毫无压力。

任课老师厉声说:"同学,你在扰乱课堂纪律,请马上坐下。"

"马上。"林渊立不慌不忙,仍在寻觅。

个别热心的同学看不下去,提高音量说:"夏葱茏在第二排。"

林渊立应声走去,发现夏葱茏坐在左二排最靠窗的位置,正猫着腰系鞋带,难怪之前一直没找到她。

夏葱茏自认倒霉,挺起上身,她周围的位置都坐满了。林渊立看了看她身边的同学,对方识趣地挪过一个座位,夏葱茏正要向右挪去,给林渊立腾地方,林渊立一伸手按住她:"别动,我坐那。"

夏葱茏只好侧了侧身,让林渊立进去,在她身旁坐下。

他小声说:"就不许你和别人坐。"

夏葱茏瞪了他一眼,看看任课老师。

老师也在看她:"文科状元是吗?倒是认得你,你身边的男生叫什么名字?"

"林渊立。"某人自报姓名。

"林渊立。"老师打开一个文件夹,翻了几页,写了几笔,抬头看他,

"你是来上课还是来谈恋爱的?"

"上课,但要坐在夏葱茏身边,我才听得进去。"

"哦,她那么好用?"

"超级好用的。"林渊立定睛看了看夏葱茏,对她的功能进行认证,特自信地回老师的话,"她是文科状元,又是我们班班长,坐在她身边我觉得特别励志,莫名就想积极向上,所谓近朱者赤,'近夏者聪',没毛病吧?老师,这理由够不够充分,不够的话我还可以补充。"

"够了。"

老师瞅一眼夏葱茏,再瞅瞅林渊立:"期末你得拿A,否则我就联系你们班主任,让他阻止你,告诉他你妨碍你们夏班长听课。"

"我必须拿A+,否则不配坐在文科状元身边。"

"你说的,在座的都听见了,你们都是公证人。"老师竟笑了,又在文件夹某页写了几笔,记下了林渊立的许诺。

课堂重新开始,夏葱茏眼观鼻鼻观心,仔细做好注意力管理,视线尽可能不触及身旁那位,认真听课。身旁的人难得乖巧,也专心致志地做着笔记,再没给任何人添乱。

不知不觉下课铃响起,夏葱茏松口气,伸了个懒腰,让"歹徒"有机可乘,林渊立拿起她的课本放进了背包。

夏葱茏一把抓着他背包肩带:"你干吗?"

"你用我的。"林渊立把自己的书推过去。

"不要,我用我自己的。"

"我的就是你的。"

林渊立抱紧背包,拉上拉链,谨防夏葱茏伸手进去掏走了书,一拧腰摆脱了她的牵制,回头拍拍她的头:"这书干货太多,我喜欢你的字,带着你的笔记更容易看进去,我期末必须拿A+,地球人已经阻止不了我发奋图强了。"

夏葱茏被气笑了:"把我的书还我,你是强盗吗?"

"我是土匪，迟早把你劫回去当压寨夫人。"林渊立不肯恋战，带着战利品走出了教室。

走廊上，一个女生喊住了他。

林渊立回头，正是同班同学小茗。曾经他在图书馆，把书单上的最后一套书硬塞给她，才让夏葱茏借不到书，跑到购书中心，和他共度了一个下午。

"有事？"林渊立语气冷淡。

小茗迎上前去："林同学，我还以为你讨厌夏班长。"

"讨厌她？"林渊立笑着摇头，"我要是讨厌她，就生无可恋了。"

"可那天在图书馆……你明明不想让她借到书，难道不是捉弄她？"

"是啊，我只捉弄她。"

"就算夏班长不领情？"

"惹她生气我就高兴。"林渊立挥挥手，走了。

小茗站在原地，目送他渐行渐远，若有所思。

教室里，夏葱茏捧起林渊立的书，饶有兴味地翻了翻。扉页上，他别有用心地签了她的名字，这还是第一次，她看他写她的名字，笔迹潇洒率意，正如他的人，逸游自恣。

夏葱茏无奈地把书放进背包，起身走出教室，遇到了小茗，她点点头算是打过招呼了，转身继续走。

"班长。"小茗跟上来。

夏葱茏看看她："怎么了？"

"班长，林同学好像很喜欢你？"

"他喜欢闹。"

"闹谁不可以，怎么偏偏是你？"

夏葱茏脚下一滞："你喜欢他？"

小茗不肯摇头，又不敢点头。

夏葱茏笑了："你觉得我看着好欺负吗？"

小茗猛摇头。

"这就是了。林渊立看我不好欺负,就特想欺负我。明白了吗?"

"不太明白。"

夏葱茏拍拍她肩膀:"换个人喜欢吧,他不适合你。"

"那你呢?"小茗又追上去。

夏葱茏再次停下:"客观地说,我和他势均力敌,比你更适合一点。找个不会让你失去平衡感的人喜欢,你会更自在一点。"

"你怎么知道我不自在?"

"你甚至做不到坦然地说出他的名字。"

"班长,你喜欢他吗?"

"我没法讨厌他。"夏葱茏挥挥手,走了。

与林渊立在食堂依偎的照片被有心人传上网后,夏葱茏便成了同学眼中的"校草女友"。她都懒得跳出来红着脖子澄清,与其白费这些力气,还不如多翻两页历史书。

看林渊立一脸享受地活在舆论制造的恋情中,她连郁闷都不郁闷了,不愿给对方平添躺赢的成就感。

反正同学以为她是林渊立女友,损失的是林渊立自己,她夏葱茏是学霸不错,但远非善类,谁敢惦记她男朋友,哪怕只是绯闻男友。林渊立沾沾自喜,尚未明白个中利弊,等他反应过来,自会懊悔因此而错失的诸多机缘。

班主任强烈推荐了一部历史电影《毅勇侯》,于周六凌晨上映。白天的课程结束后,夏葱茏带着413少女天团向电影院进发。

四人为了腻在一起,一上车就直奔公交车最后一排,郭朗妮坐在最里头靠窗的位置,夏葱茏坐她身边,然后是叛逆少女恰恰,松花蛋坐在最外。

由于是始发站,公交车没那么快发车。四人满不在乎,能待在一起虚度时光，哪里会无聊。

松花蛋絮絮叨叨地讲起自己的那些男朋友，整个寝室，就数这个平头女生恋爱经验最丰富。

"就没见过像十六号这么黏人的男生，和他在一起五天我就受不了了，提了分手。没想到他更难缠了，我只好给十七号一个当恶人的机会。没想到他那么称职，果真可恶到底，居然脚踏三条船，真够滥情的。"

恰恰看着她那副双标的表情，脸部抽搐了一下："你换男友比夏葱茏换衣服还快，每次我还没记住名字，就换人了，做到这程度，还好意思说人滥情？"

"我不一样，我有原则。"松花蛋特有道德底线地说："哪怕我的恋情只维系了一天，但我能保证，在那一天时间里，我心里纯粹干净，只对一个人有歪念。不爱就分手，不会骑驴找马，搞小动作。恋爱期间，我对每个男友都忠诚。"

"没见过期限这么短的忠诚。"夏葱茏忍不住搭腔，"你那不叫忠诚，叫保质期。"

"哼，至少我有。有些人就是三无产品，渣男公害！"松花蛋义愤填膺，恨不得在脑门上系条红领巾，再拉着横幅组个队，游街讨伐除暴安良。

车子发动了，车门关上之际，两道高大的身影轻盈又迅捷地跃上了车，把乘客散漫的目光拉到了最前面。

林渊立无须刻意寻觅，便瞧见了末排的座位上，那一张干净清秀的脸庞，她还是她，看人的时候总透着冷峭的光芒，让人不由得胸口一紧。

但林渊立不怕她。他长腿一迈走到倒数第二排，在夏葱茏正前方落座，他的朋友先一步进去，靠窗而坐，恰好就在郭朗妮眼皮底下。

少女间的谈话被刻意闯来的男生打断，夏葱茏警觉地发现，窗边的女孩不自然地绷紧了全身。

林渊立拍拍同伴："我的绯闻女友，夏葱茏。"

又扭头朝夏葱茏说道："我朋友，杨脩一。去看电影？"

"转回去。"夏葱茏不想理他。

可林渊立从不听劝,也不嫌姿势别扭,梗着脖子神态自若地看她,好像她或喜或恼的模样都该溺在他深邃的眼睛里。

夏葱茏忍不住动手,要把那嚣张的脸扳回去。林渊立顺势握住她的手,心满意足地转过头,掌心愈发拢得紧,容不得她挣脱。

夏葱茏想一棍敲晕他:"林渊立,你就不能收敛一点,做做良民的样子?"

"没这个必要,你知道我是什么人。"林渊立有点自暴自弃,即便没回头,但谁都知道他春风正得意,"夏葱茏,这回不能全怪我,是你自投罗网,主动把手伸过来。我说过的,我对你手控。"

他对她向来如此,从未悔改,从不压抑那不可理喻又不分场合的占有欲。他和她根本没有超乎寻常的感情关系,可他就是硬气十足地宣布主权,她开始服气了。

松花蛋和恰恰看得眼珠子都直了,这是她们第二次看到活着的人对夏葱茏施展霸权主义,第一次当然是在食堂里。两人默默观察夏葱茏,想看清楚她的真情实感,究竟是抵触更多还是纵容更多。

而郭朗妮竟在这种时候开小差,一心一意地注视窗外,固执地不肯看前方,仿佛那里有可怕的妖魔会带走她的灵魂。

最先看不下去的,当数林渊立无辜的同伴。

杨脩一拍了拍林渊立有力的手臂:"放开她行不行,又不缺女人。"

"别乱说,她会以为我拈花惹草作风不良。"说完又特地回头向夏葱茏保证,"我没有。"

"你可以有。"这样她就得救了。

夏葱茏抽了抽手,没成功。

杨脩一继续从旁幽幽劝说沉溺满足的某人:"考虑下旁观者的感受你会死?车上又不是只有你和她,强行玛丽苏,呕。"

然后扭头,对夏葱茏笑笑:"又见面了,需要我帮你抽他耳光吗?

他欠抽。"

"不用,但谢谢。"夏葱茏淡淡应了一句,斜眼打量他。

她早就见过杨脩一,上回在食堂里,就是他和林渊立一起吃饭,他坐在最佳观影位,见证林渊立对她纠缠不休,马虎地劝了几句,就半途而废溜之大吉。

杨脩一比林渊立还高挑,如果说林渊立像个养尊处优的华贵公子,那他就像从时装秀走下来的混血模特,五官有着东方人难得的立体。

杨脩一有个碍眼的穿衣习惯,他从不剪标价签,哪怕是鞋签,也要悉心留在双脚上,个别浪迹于时尚圈的弄潮儿就这德行。

弄潮儿扭头对她招呼时,夏葱茏感觉到郭朗妮更紧张了,好像连呼吸都不太顺畅。

公交车在某站停下,上来几个没座的乘客,司机正要重新出发,郭朗妮乍然起立:"等等,我要下车。"

声音像一道惊雷滚过,轰得全车人都朝后排看过去。

夏葱茏才知道,在郭朗妮那瘦弱胆怯的躯壳里,竟蕴藏着这样嘹亮惊心的声音,一时也吓着了,伸手拉了拉她:"怎么了?坐下。"

"不。"郭朗妮不管不顾,焦急地抬腿跨过夏葱茏走出去,那步伐快得像一只从热锅上飞走的鸭子,谁都没来得及把她拦下。

公交车离站,好奇的乘客循着那远去的身影往回看,只有夏葱茏直勾勾留意前方,那个靠窗坐着,侧脸线条极为硬朗的男孩。

趁林渊立有所松懈,夏葱茏猛一抽手,旋即扶着椅背走下末排车座,对毫无防备的杨脩一说:"杨同学,借一步说话。"

413余下成员顿时大气也不敢出,恨不得凑过脸去目测林渊立的愤怒面积,然而霸气侧漏的夏葱看都没看他一眼,心无旁骛地邀约杨脩一:"我有要事找你,很重要的事。"

杨脩一不自在地瞥了瞥林渊立,那位可是醋劲十足的主,丝毫挑衅不得,可现在要打翻醋坛的不是他,而是那个负责酿醋的罪魁祸首。

不等他应允，罪魁祸首便用不容拒绝的语气吩咐："我在前面等你，你来一下，这事私底下谈更合适。"

"不能下车再说吗？"杨脩一试着避嫌，可罪魁祸首并不领情。

"我不想等了。"夏葱茏说完就越过公交车后门，走到靠前的位置，车上早就满座，她抓着手扶杆回头看他。

杨脩一有了莫名的负罪感，不安地看看身旁气压低得让人直打喷嚏的那位，尽管他一直抱着嬉闹的态度闹夏葱茏，但杨脩一知道这家伙闹得比谁都认真，就算他矢口否认自己真的上心，也骗不了杨脩一，旁观者清。

这不，杨脩一硬起心肠，打算闹一闹他："让一下，我要出去。"

"不可以。"林渊立不假思索。

杨脩一也不急，刚起身又坐回去："那就让她等着，待会儿她找人算账，我就实打实告诉她，是你不让我去。"

不知是怕她久等还是怕她生气，林渊立不情愿地侧了侧身，放任他过去了。

杨脩一比夏葱茏高一个头，二人站着交谈时，他不得不低头迁就她。她极力避免第三者听到她的声音，有意压着嗓门在他耳边说话，不知情的人，还以为这是热恋中你侬我侬的爱侣。

"认识郭朗妮吗？"

"谁？那个突然下车的女生？"

"对。"

"不认识。"

"有见过面的印象吗？"

杨脩一负责任地想了想："没。"

"你应该收到过不少情书吧？"

"看跟谁比，林渊立收到的可比我多多了。"

他那一副由衷羡慕的语气，让夏葱茏忍不住给他一个失礼的白眼："不谈他。你是怎么处理那些情书的？都还在吗？"

"都扔宿舍抽屉里了。林渊立嫌碍眼，把他那些也搁我这珍藏呢，你要不要抽空拜读一下？"

"算了，他收到的情书不一定比总裁文有内涵。想拜托你一件事，回去温习一下那些情书，看看有没有郭朗妮写给你的。"

杨脩一迷茫了一下："可以是可以，不过就算她给我写过，那又怎样？"

"我只是需要一个证据证明自己的猜测是对的。"如果郭朗妮愿意坦白，她就不必如此大费周章了，真是个让人操心的家伙。

夏葱茏在心里批评了她几百次，却又忍不住继续关心，她对杨脩一说："林渊立有我的联系方式，等你确认了，麻烦第一时间告诉我，谢谢。"

杨脩一马上诚惶诚恐地摇头："你饶了我吧，夏状元，让我问林渊立要你的联系方式，这不等于让他揍我吗？就算我和他势均力敌，也实在没有动武的必要。我让他转告你好了。"

"可以。"

林渊立紧盯前方，血管在拳头上紧绷，指尖嵌入掌心，戳出了微弱的疼痛感，提醒着他眼前的一幕来得突然又真实。好朋友一度就要抵上夏葱茏的脑门，可她几次三番巧妙避开，他也及时后退，两人也算"公事公办"守住了雷池。可林渊立一口闷气憋在心里，就是做不到眼睁睁假大方。

他从没想过夏葱茏身旁会站着别人，她对谁都淡漠客气。所以他才一再惹怒她，她一跳脚，就会责骂他、教训他，一副恨不得把他活剥生吞的样子，失控又不失可爱，那都是别人看不见的。他就要她一见他就头疼烦恼，她最好崩溃，这是她对他独有的情绪，他沉迷这个游戏。

可现在，她与杨脩一那么近地交谈，她和他站在一起，画面刺眼，林渊立郁闷得像个怀才不遇的画家，恨不得挥刀割下这幅画。

公交车就要靠站停下，林渊立一言不发走去，前方的交谈戛然而止，杨脩一抬眼望去，与醋王对视。

夏葱茏察觉到有股阴鸷气场在逼近，也淡淡回头。刚好车子停稳，林渊立一手抓住她，扭头就从后门下车，生怕手里的人挣脱溜走，在乘客好奇的注视下加快了脚步。

公交车驶离，他身后的女孩一路相随，意外地配合，没挣脱，没停步，更没多嘴。

夏葱茏不清楚他们这样走了多久，前头的人一直闷头走着，丝毫没减缓速度，好像要把她的双腿走断了，才甘心饶过她。

好端端生什么气？

夏葱茏理智地没在这时候触他霉头。走着走着前头的人毫无预兆地停下脚步，迅猛回头，她收不住脚，撞上他的胸膛。

林渊立似乎不觉得疼，收紧了双臂把她裹在怀里。

夏葱茏抬头，林渊立阴沉沉地看着她，目光带点怨怼："我生气了。"

"我没瞎，看得出来。"

"知道原因吗？不知道就在我怀里反省人生。"

"不用，我知道。"

"知道也不放你。"

夏葱茏有点哭笑不得："我是为了郭朗妮，我以为他们认识，谈话间我很有原则，一点都没跑题，没说些不着调的俏皮话逗他玩。"

"你跟我解释？"

"不解释今天能糊弄过去吗？"

"哼，还不够，我想要更多。"林渊立总觉得怀里的人离他太远，还可以再紧凑一点，于是双臂不停地收紧，再收紧，好像要把夏葱茏连皮带骨地挤到心里去。

他的心脏离得很近，她不太适应这样的亲密，一时有点喘不上气："放开一点，我要窒息了，想捂死我吗？"

"想把你的心脏捂热一点，省得你找别人取暖。"

"你胡说八道。"

"哼，我没有。"他一副幽怨的样子，"你刚离他那么近，都能闻到他头发的味道了吧？"

"想多了，我心思不在那，我一心想着郭朗妮。"

"现在也是吗？"

"现在不是，你低头。"夏葱茏抱住他的脑袋，嗅了嗅，"你的头发挺好闻。"

然后放开他："好了吗，心理平衡点没？"

"没。"林渊立斤斤计较起来，"你还在他耳边说悄悄话。"

"过来。"夏葱茏重新捧住他的脸，凑到他耳边，"你其实没必要生气，我对谁都清心寡欲。"

哼，那就让她再清心寡欲一下！

搂在她腰间的手松开了，她捧着他下颚的手被轻轻抓开，他一扭头，亲吻了一下她的脸庞。

夏葱茏肩膀一颤，血液一瞬间凝住了，心脏不受控地活蹦乱跳，全世界都慌张了，她怀疑是不是林渊立到她心里来大闹天宫了。

如此讨巧的动作，比热烈拥吻更势不可挡地将她融化。

林渊立明媚一笑，轻浮地挑起她的下巴，平日里恼人的顽劣态度又冒出来了："亲也亲了，抱也抱了，要不要从我这里拿走一个'女朋友'的名分？"

"客气了。"夏葱茏定了定心神，推开他，"我不要。"

拒绝得斩钉截铁，态度毋庸置疑。

那一点对他逐渐升温的好感，驱使着她冒险奉陪他的胡闹，填平他的不满。

他要嫉妒计较，她就默许拥抱，即便他越靠近就越危险，但她早已筑起了防线，凭甜言蜜语糖衣炮弹，都不可能攻破。

他游戏玩得越好，真诚就越少，她听不真切他哪一句不是玩笑话。既然如此，那一层貌似应该递进的关系，就先这么不清不楚地悬着吧。

她不会轻易对谁无法自拔，也不是冒进的人，她更愿意稳中求胜。

第六章
雅痞和饲主

CONG LONG
XIA YI ZHI

被林渊立拽下公交后，夏葱茏没再搭乘下一趟车与松花蛋和恰恰集合，她直接回了宿舍。

郭朗妮没在，出门前她穿过的那身衣服，已经被换下来洗干净晾在了阳台。

夏葱茏索性把椅子搬到阳台，坐在随风飘起的衣服底下，皱着眉陷入沉思。

她不希望自己对郭朗妮的诡异行为过分解读，可郭朗妮似乎总在某个特殊场景下，焦急地把身上的衣物换下来，那回在食堂遇到杨脩一如此，这回在公交车遇到他亦是如此。

为什么？她对他厌恶至此吗？

可在公交车上，夏葱茏分明感觉到，杨脩一的出现对郭朗妮有很大影响，她那份情难自己的紧张就像第一次相亲就遇到巨星偶像的死忠粉。

嗝，这事有古怪，要不查个水落石出，她夏葱茏以后就只配吃土。

夏葱茏基本确定郭朗妮心仪的男孩是杨脩一，她纠结的是，郭朗妮干吗一看到喜欢的男孩，就急巴巴地换衣服……

这是心理病吗？可郭朗妮是心理系的学生啊，成绩又一直名列前茅，她如果心理有毛病，肯定在设法自救。夏葱茏没忍住脑补了一出她艰苦卓绝自我救赎的戏码。

立冬的风猎猎地吹，仿佛一个雅痞正拿着冰块狠狠拍打她的脸，夏葱茏一哆嗦，起身就要离开阳台。

不经意间，瞥见楼下一个熟悉的身影，不正是雅痞本人嘛！

林渊立英挺而倨傲地立在风中，仰望着宿舍楼四层的一格阳台，他看不清夏葱茏的脸，但能看清那身标志性的卫衣。

今天是星期六，是他和她的"星期绿"，他身上有和她一样的颜色。

手机响了，林渊立一看来电就马上接听，夏葱茏清澈的声音在他耳边响起："送我回来这么久了，还没走？"

"嗯，一直在楼下。"

"在楼下干吗，你是我的信徒吗？干吗一副虔诚仰望顶礼膜拜的样子？"

林渊立笑了笑："我是爱情的信徒，等我以后老死了，要和你葬在一起。"

"呵。"这种狗屁不通的甜言蜜语，状元少女根本不受用，她冷静地揶揄道，"才在我楼下站了这么一小会儿，就想到生老病死之后的事了？要再让你多站两分钟，你怕是连墓志铭都替我想好了？"

"嗯，我生来就有爱你的天赋，你命中有我灵魂的全部，这句怎么样？"

夏葱茏深呼吸，没刻意隐藏愠怒："废话这么多，不冷吗？"

"冷啊，你下来抱抱我，反正我没抱够，下午也没别的行程，还不如找你取点暖。"

"赶紧回宿舍，别感冒了。"

"你关心我？"

"我表现得还不够明显吗？"

"这是你第一次给我打电话。"

听听，又开始计较了。

"快回去。"夏葱茏不耐烦，"算了，我在电话里陪你回宿舍，你脚动一动，走起来。"

"好。"林渊立听话地扭头走了。

夏葱茏看着他渐行渐远的身影，一点不可理喻的不舍在心中升起。他有病，她也有病？不就是回宿舍吗？又不是以后都见不着面。

"看不见我了吧？"林渊立问。

"看不见了。"

"想见我吗？要我回去吗？"

通话有了短暂的空白，林渊立不由得放慢脚步，认真等待夏葱茏的答复。

"林渊立。"

"嗯？"

"你冷不冷？"

"不冷，还可以在你楼下多待一会儿，要不要我回去？"

迟迟没等到夏葱茏答复，林渊立开始急了："夏葱茏？"

"林渊立！"

空旷的呼唤声响起，林渊立惊讶地回头，看见夏葱茏穿越寒风而来，把一个散着热量的蓝色暖水袋放到他掌心。一片温热袭来，他被风吹倦的眼皮为之一振，笑眼看着她。

暖水袋在夏葱茏手里弥漫着热量，她抬手抚上他冰块一样的脸庞："冻成这样了，还装。"

林渊立把她拉进怀里，凭借拥抱把暖水袋捧在二人之间，双臂贪婪地收紧，用整副身躯为她抵挡寒风。

"我是真没觉得冷，习惯了。"

这种事有什么好习惯的？！

夏葱茏想朝他吼，但还是按捺住了，在相拥中闷声说："以后别在我楼下罚站了，万一病了，我也照顾不了你。"

"谁说不行，你可以陪我住院啊。"

听他那略带兴奋的语气，好像住院是什么激动人心的娱乐节目似的，夏葱茏有点无语。

林渊立伏在她头顶，手掌怜惜地护着她的头，生怕风吹起她柔软的发丝："冷了吧？"

"还行。暖水袋送你了，赶紧回去。"

夏葱茏正要离开，林渊立猛一用力按住她后脑，重新把她裹进怀里："急什么急，我答应让你回去了吗？"

"差不多就行了。"

"不行，难得你主动送上门，我得好好珍惜。"

"我送上门的是暖水袋。"

"暖水袋和你,我要选了前者,岂不是买椟还珠?我肯定选你啊。"

夏葱茏仰头瞪他一眼,林渊立顺势贴下来,冰凉的唇印上她同样冰凉的唇,让冰凉和冰凉之间碰出灼热的火花,一股暖流在两人间蔓延开来。

长吻之后,林渊立眉开眼笑,分外雀跃地看着怀里纤瘦的女孩,轻声说:"夏葱茏,这是个很好的周末,我很快乐。"

一连几个晚上,林渊立都抱着夏葱茏的暖水袋入睡,而在这期间,他拒绝与杨脩一对话,且没给过对方一点友善。

杨脩一三番五次到他寝室敲门,林渊立皆以"没空"为由,谢绝见客。

终于杨脩一也怒了:"爱见不见,你没空的话,我去找夏葱茏。"

杨脩一刚转身,门就开了,林渊立抱着蓝色暖水袋出来,恶狠狠地瞪着杨脩一:"别烦她,我是她的代言人,有屁快放。"

"瞎紧张就算了,还瞎生气。"杨脩一鄙视地瞪了他一眼,轻车熟路地走进林渊立寝室,在靠里的下铺坐下,看了眼垃圾篓里的纸巾团,"感冒了?"

"吃了药好多了,你找她什么事?"

杨脩一从呢子大衣的口袋里取出一个信封:"这是情书,帮我给她。"

寝室其他人都外出了,四周静悄悄的,这句话格外地戳心戳肺。

林渊立气不打一处来,都懒得粗声粗气跟他讲"朋友妻不可欺"的道理,一出手就要毁尸灭迹,杨脩一忙上前制止:"激动什么,是她室友写给我的,叫郭朗妮,看过这封情书后,我一辈子也忘不了这名字。"

林渊立浑身暴力顿时消去:"以后把话说清楚点,我脾气不好。"

"只是脾气不好吗?我看你是紧张过了头。"杨脩一拿起林渊立的水杯给他接了满满一杯热腾腾的水,递过去,"病了就多喝水,你那身酸溜溜的劲恶心到我了。"

"我根本没吃醋,是你的行为让人愤世嫉俗。"

"我做什么了?"

"你没和她保持恰当距离。"

"你不是不知道公交车那引擎声多吵,不那么说话根本听不清楚。"

"我不管,总之以后离她远点,不然别怪我弄死你。"

林渊立舍不得放开暖水袋,便一手抱着,一手接过水杯,吹开了白气喝了一口,干涩的嘴唇总算得到些滋润。

坐在床尾的杨脩一嫌弃地对他翻白眼:"我对她没那种想法,你别想太多了。"说着又低头瞟了一眼那暖水袋,"这哪来的?她给你的吧?瞧你满足得都可以就此了却残生了。"

"是她追着喊着要送给我的,我当然要好好珍惜。"

"得了吧你。"杨脩一瞥开眼,不愿看他显摆的嘴脸,"你和她这样算什么?情侣不是情侣,同学不止同学。"

"我有问过她要不要做我女朋友。"

"然后呢?"

"她说不要。"

"然后你就随她去了?"

"不然呢,我都已经吻过她了,她还是不肯答应。我能怎么办,总不能下跪吧?"

杨脩一恨不得抓起枕头捂死他:"你这强盗一样的想法真的很讨人厌。你有认真地跟她说过你喜欢她吗?"

林渊立皱皱眉:"都邀请她做我女朋友了,还不算认真?难道非要我给她出一份类似《邀请函》的正式公文?"

"算了,你这态度确实不适合恋爱。"杨脩一叹了口气,"如果你连喜欢都不是认真的,又凭什么让人做你女朋友?首先,你要来一场正儿八经的告白,场面不一定要盛大隆重,但态度一定要端正严肃,让人一看就知道你不是闹着玩的,这种事重在表达不在形式。"

林渊立无力地摆摆手:"算了。"

"怕了？"

"不怕，但我有很多顾虑，我从来不知道她在想什么。"况且，一想到自己的家庭，林渊立就一阵惶惑。

交女朋友不比买手机，不是花了钱带在身边就可以的，要用心呵护苦心经营。特别是他家庭特殊，如果没自信她足够喜欢他，又怎能把她带进他的人生？还是说，他想多了，感情没那么复杂，合则来不合则去，淡然处之就行了，管它能维系多久？

林渊立才不怕告白，他只是不敢轻易去拥有另一个人，同时还要把自己托付出去。

跟谁都可以谈恋爱，可不是跟谁都可以谈感情的，夏葱茏就是那种谈感情的女孩，她对说散就散的恋爱游戏不感兴趣，他也是。

他有感情洁癖，他不允许任何人得了他的身心到头来跟他闹退货。他无法承受自己倾出所有后，换来对方一个厌倦一句抱歉。

他知道自己有多敏感脆弱，他的心也是肉长的，一戳就疼。他一定要很喜欢很喜欢那个人，才能义无反顾。

夏葱茏确实让他动心了，可他很喜欢很喜欢她吗？他已经爱上她了吗？

林渊立说不上来。喜欢是那么容易，爱是那么沉重，喜欢就好了，谈什么爱不爱的。

于是又回到了问题的最初，如果连爱不爱都可以避而不谈，必须拥有是为哪般？

更何况，他的喜欢是那么孤单，她有一点点对他动心吗？他没把握。

上回电影没看成，夏葱茏倒不在意，只是松花蛋和恰恰对于她这种中途离场的行为深恶痛绝，罚了她一周奶茶钱，两位女侠才算气消了些。

这天，夏葱茏拿到了郭朗妮写的情书。

这么个轻飘飘的信封，拿在她手里却是沉甸甸的。考虑了很长时间，她还是觉得偷看别人的情书很不道德，便到篮球场找林渊立。

大冬天的，他穿着短裤，上身套一件和她颜色一样的卫衣，在篮球场上英勇驰骋。在投篮的瞬间，他看到了那个日夜惦记的身影，便不负责任地丢开篮球，没有出息地朝她奔去。

场外一片哗然，场上骂声不断："林渊立，你发什么神经？"

"夏葱茏是你饲主啊？她又不给你饭吃！"

"你是她养的走狗吗？见了她球也不打了！还有没有一点竞技精神？！"

林渊立懒得回头反驳，这会耽误他走近她的速度，那些咒骂是他该挨的，他并无怨言。

明明距离得不远，他却总嫌自己走得太慢，终于来到她面前，他问："什么事，让你愿意跑来篮球场找我？"

"我可以等，你回去接着打。"那些骂骂咧咧的声音她也听见了。

林渊立摇摇头："你在这了，我的心思就不在球场上了。"

夏葱茏也不愿废话，公事公办地从背包里掏出信封："还给杨脩一，这东西不是给我的，我收藏着不合适，万一郭朗妮发现了，会以为我对她做了什么大逆不道的事。信我没看过。"

"哦，是为了她。"林渊立并没有很失望，他也知道，夏葱茏不会为了他而跑到篮球场来，他接过信封，"其实你也可以看，反正我也看过。"

什么？！

夏葱茏一锤敲到林渊立肩上，他忙把她扼制住，笑道："什么时候你能像紧张别人那样紧张我？"

夏葱茏没急着挣脱，很不高兴地质问他："你为什么要看郭朗妮的情书啊？又不是写给你的。"

"是杨脩一让我看的，他说信里没什么特别浮夸肉麻的话，相反，收到这封信的人简直丢死人，他让我不要错过这个笑话他的机会，我就好奇了。你真的可以看看，挺好笑的。"

"不看,我现在只想戳瞎你亮晶晶的狗眼!"夏葱茏真生气了,手被他抓住,便用脚不客气地猛踹。

林渊立不打算白挨这一脚,张臂就把她所有的不冷静拥进怀里:"你别急,杨脩一不会随便把女生的情书给我看,我可以看,自然有可以看的道理,你也不问问里头写了什么,就打我。"

"主动交代犯罪内容。"夏葱茏咬牙问了,要是他说出的内容折辱了她的信任,她今天可要连皮带骨地把他处决了。

林渊立俯首到她耳边:"你家郭朗妮只在信里写了几句带刺的关怀话,'杨同学,你那双绿白色休闲鞋,标价签未免太长了点。你一直不剪,走着不怕摔吗?我看不懂你的时尚,很担心你的安危,特别是过马路的时候,小心走不利索被车撞了,听我一句用心良苦劝,安全比耍帅更重要'。"

夏葱茏听完,一个没忍住在林渊立怀里失控地笑出声。

郭朗妮啊郭朗妮,你还能更可爱一点吗?!

林渊立十分感谢郭朗妮的信,要不是她神来之笔,夏葱茏又怎会在他怀里笑逐颜开。

"现在还生气吗?"他在她耳边问。

夏葱茏摇摇头:"既然你逗我开心了,得赏你个礼物。"

"什么?"她还从没给他送过礼物。

夏葱茏从包里取出一个保温杯:"知道你感冒了,给你煮了生姜可乐,带回去喝,我刚煮的,喝的时候小心烫。"

林渊立愣了愣,接过保温杯后爱不释手,一时竟说不出话来。

夏葱茏看他那副出神的样子,也有些失措,他已经发现她是专门来找他的了?

"我要去图书馆了。"她强装淡定转身离开。

林渊立猛地把她拉回来,不过一眨眼的工夫,她便感觉到唇上有温热触感,是他的气息,他的呼吸,她不睁眼就能辨认出来。

夏葱茏轻轻推开他，红着白皙的脸说："不要一感动就对我不客气，做人要讲礼貌。"

"对你讲什么礼貌。"林渊立被逗笑了，宠溺地摸摸她的头，"我陪你去图书馆。"

夏葱茏瞟了瞟他从短裤里露出的小白腿："你换条裤子再说吧，大冬天的又感冒了，还穿得这么暴露。情书拿好，还给杨脩一。"

夏葱茏头也不回地走了。

林渊立望着她远去的身影，某种想法油然而生，让他充满了希冀。

或者，她也在喜欢他，他并不是一厢情愿。

林渊立拿着情书和保温杯，走到篮球场边上，提起自己的背包。

有眼尖的同学问："林渊立，我没看错吧？夏葱茏给了你一封情书？"

林渊立恰逢心血来潮，便将错就错混淆视听："这女人真是，对我的喜欢越来越不含蓄了，居然在大庭广众下给我送情书，真让人困扰。"

"你少嘚瑟了，得了便宜还卖乖！"

"就是！估计夏葱茏是借情书之名给你写了封拒绝信，还不赶紧打开看看，大声念出来让我们听听！"

"别痴心妄想了。"林渊立显摆着手里的保温杯，"与其和你们废话，还不如回去品尝她给我做的生姜可乐。走了。"

生姜可乐总算送出去了，夏葱茏的步伐不由得轻快起来。知道那家伙病了，心情就莫名地烦躁，她婆婆妈妈地纠结了好一会儿，才决定牺牲一点萌酷状元的人设，趁着寝室其他少女不在，偷偷用电磁炉煮可乐。

她才不会让林渊立知道，为了这件鸡毛蒜皮的破事，她费尽心机把室友都支开了，因为心虚，切生姜的时候手抖了抖，不小心划破了拇指，好在伤口不大，不影响后面的操作。

他为她做过那么多过火的事，这回她为他偷鸡摸狗一次，两人算扯平了！

夏葱茏想起在食堂，在课堂，在公交车上，那家伙从不避讳与她亲密接触。越是人多的场合，他越是过分张扬，生怕别人不知道他对她想法不纯，他真是她见过最大方落落的"强盗"了，总在众目睽睽下抢人。

相比之下，她就是鸡贼小人。

林渊立不知道，这杯送给他的生姜可乐，夏葱茏浅尝过一口。如果这是间接接吻，她便算给他一个回吻了。

一个熟悉的身影闯入视线，夏葱茏拉回思绪，正要加快脚步追上去，可往深处一想，又打消念头。

郭朗妮的朋友不多，不大喜欢公共场合，也从不泡图书馆，怎么会出现在去图书馆的路上？

夏葱茏蓦然想起，曾和松花蛋撞见她和一棵桑树对视的场景，忍不住放轻脚步跟上去。

今天是个崩人设的坏日子，为林渊立变得婆婆妈妈，为郭朗妮变得鬼鬼祟祟……

果然，郭朗妮目标明确地绕进图书馆旁的小道上。小道蜿蜒绵长，越往里走越僻静，颇有几分曲径通幽的意思。寒冬抢走了秋意和绿叶，两旁的树不服输地挺立于世，等待来年万物春生。

夏葱茏对花花草草不感兴趣，每棵树在她眼里都长一个样，特别是当它们被凛冬褪去了绿衣。郭朗妮就不一样了，不论寒风把四周折腾成什么模样，她总能精准地找到每棵树的位置。

她在某棵树前停下，从脖子上摘下围巾，体贴地裹在树干上。

"你肯定也冷吧，等春天来了，你身上那些绿色的羽毛就会长出来了，桑桑。"

桑桑……

夏葱茏挠挠头，好不容易才说服自己相信"桑桑"就是那棵桑树，还是回去吧，别打扰郭朗妮和"闺密"聊天。

"桑桑，我每次见他都超紧张的，可能是因为太喜欢了。"

"这是只有你才知道的秘密哦，连夏葱茏她们都不知道。"

早知道了……

"桑桑，我从没想过争取什么，但看到他和别的女生那么聊得来，心里就不好受。我和他连朋友都不是，就吃飞醋了，真没劲。"

笨蛋……夏葱茏想去吼一吼她，能不能有点斗志？为喜欢的人横冲直撞一点有什么关系，身后不是还有她们嘛！

算了算了，既然郭朗妮不想让她知道，她就假装不知道好了，她决定保守秘密，不向413的其余两人透露半点消息。她悄然离去，就像从未来过一样。

刚从小道退出来，夏葱茏便看见林渊立坐在图书馆门前的台阶上，怀里抱着暖水袋，手里捧着她给的保温杯，正一口一口地喝着生姜可乐，在篮球场上穿的运动短裤已经换成了牛仔裤。

一看见她，他便盖上保温杯，笑意盈盈地走下台阶："在里头转了一圈也没找到你，还以为你走了。"

夏葱茏没好气地说："以为我走了，干吗还坐这里等着？"

"想碰碰运气啊，万一你还没来呢。"

"你可以在里头等啊，图书馆的暖气不比大冬天的冷风好受啊？"

"想快点见到你，能快两米是两米，我有暖水袋和生姜可乐，一点也不冷。"林渊立安抚似的摸摸她的头，"夏葱茏，你发现没，你越来越在意我了，是不是被我迷住了？"

"是，你迷死个人，比迷彩服还迷。"夏葱茏忍住没翻白眼，面无表情地走进图书馆，他立马跟上。

图书馆每层走廊都放了沙发，夏葱茏拿了书上了顶层，窝在沙发看历史小说，林渊立在她身旁喝可乐，那叫一个自在懒散。

"可乐喝完了，还想喝，明天还有吗？"

"没了，喝多了不好，上火。"

"可是……"

"没有可是，没得商量，你喝了整整一保温杯的量，足够了。"不够也没办法，她可不想再变着法子把室友支开，然后又不停盯着寝室的门，就怕被逮个正着，这种事太费心了。

手肘被推了推，夏葱茏把目光从小说上收出来，一股重力落到腿上，她低头，看着那个枕在她身上的人："起来，要睡回宿舍睡去。"

"不行。"

"你感冒了，离我远点，别传染我。"

"就要传染你，有本事你现在就生病，我陪你住院，和你同居。"

谁说感冒就要住院的……夏葱茏寻思着要不要狠一点，把他推下沙发，摔死他好了。就这一秒之仁，他已经侧过身，脸庞贴上她的肚皮，撒娇似的用鼻尖蹭了蹭她的卫衣。

这只病猫，感冒都不忘耍流氓！夏葱茏合上书，朝他臀部猛拍一下。林渊立忙背过手去揉疼痛的部位："喂，对病号温柔一点行不行，你以为我是铁打的吗？我的屁股也是肉长的！"

"起开。"

"不要。我要睡了，别妨碍我养病，万一我把感冒养成高烧，看你拿什么治我，到时候陪我住院好不好？"

"我不会让你发烧的。"夏葱茏脱下外套覆到他身上，图书馆暖气很足，穿卫衣就够暖和，"睡吧，等你好了我再要你的命。"

"要我的命就是要我，你考虑清楚了？"

"再废话一句，我明天就找个同学演我男朋友。"

孩子气的林渊立瞬间安静了。

夏葱茏瞟了瞟那委屈的脸，马上翻开小说遮住笑容。

真的，越来越喜欢他了。

第七章

冬吻逆风而来

CONG LONG
XIA YI ZHI

图书馆响起不小的骚动，夏葱茏从书上抬头，便看见窗外夕阳下，雪花纷飞，美得心荡神驰。

惊喜的呼声在四周此起彼伏："初雪啊。"

"此情此景，应该和喜欢的人在一起。"

"今年的第一场雪欠我一个男朋友！"

夏葱茏尚未回过神，手里的书便被一把夺走，她低下头，林渊立侧卧着枕在她腿上，安静地看着她，星眸有点迷离。

夏葱茏轻声道："你应该看窗外，看我做什么，我又没下雪。"

林渊立一动不动，专注又执着地看着她。

"快起来，我腿都麻了。"

林渊立不情愿地坐起来，紧挨着她的肩膀，仍不满足，伸手把她揽进怀里，凑过去吻了吻她的额，轻柔得像飘雪。

"这样醒来真好。"他的声音略带沙哑，有着说不出的男性魅力。

夏葱茏意识到，身边的人不是个大男孩，是个青春正盛的男子。

"想出去走走吗？"他问。

夏葱茏点点头。

林渊立把她披在他身上的外套重新给她穿好，牵着她的手走出图书馆。

夏葱茏瞟了一眼旁边的小道，寻思着郭朗妮回去了没有，一声尖叫乍然响起，一个身影"嗖"地蹿了出来，惊慌地跑开了。

夏葱茏没来得及追究，小道里就传来嘲笑的男声："赶紧把视频传上去，让大家见识一下我们学校的神经病。"

"这女的怕是有恋物癖吧？居然和一棵桑树聊这么久，还给它戴围巾呢。"

夏葱茏一下就明白过来，顿时盛怒至极，血液沸腾，甩开林渊立就冲进了小道，有人欺负她的小白兔呢！

林渊立一看那势头便觉不妙，迅速追上去，然而前头的女孩犹如脚下生风，林渊立怀疑她是不是冬风附体了，竟然跑得这么快，两旁萧瑟的树在她走过时晃了一晃。

夏葱茏扑过去揪住一个男生的头发，眼疾手快地夺了手机，对方毫无防范，被往后一拽摔到地上，感觉腰都要断了，一时半刻爬不起来。

"你干什么？"另一个男生朝夏葱茏吼。

林渊立上前一拳："跟谁吼呢？"

对方一吃痛，战斗力"噌"地上来了，扑上前就要反击。夏葱茏竟不怕死地撞上去，刚好与敌手碰了个满怀，跌进对方胸膛。她自然不怎么疼，可怜那男生承受了两个人的重量，摔了四脚朝天……

没工夫理会林渊立的面色，夏葱茏迅速爬起来，像收割机似的，趁机把另一个男生的手机也拿走。

她脑海里只有一个念头——要不惜一切拿走他们的手机。

这样喜欢偷录视频的人，说不定手机里会有不少奇怪的内容。如果郭朗妮和桑树聊天的视频被放上网，作为给罪魁祸首的回报，夏葱茏肯定得花点心思找人解锁他们的手机，然后看看相册里有没有大尺度照片等等，再以牙还牙传上网，总不能让郭朗妮白吃亏不是？

当然，如果在四十八小时内郭朗妮安然无恙，网络上干干净净，那夏葱茏也会花点心思找人解开两部手机的密码，把里头关于郭朗妮的视频内容清除掉，然后再把手机物归原主。

总之，对方不仁她也不义。

她自知力量上赢不过男生，只好把自己当沙包掷向他们。拿到手机后，她不再恋战，现在溜还来得及。

然而最先倒地的男生已经重新站起来了，一副不好欺负的架势，要找夏葱茏寻仇。林渊立一只手把她护在怀里，背过身去朝那男生肚皮踹了一脚。

夏葱茏想着自己没什么斗争经验，横竖已经拿下了战利品，好死不如赖活着，三十六计走为上计，拉着林渊立撒腿就跑……

林渊立想着自己铁骨铮铮硬汉一条，哪有打了就跑的道理，况且有个男的还抱过夏葱茏，虽说对方完全出于被动，但被动也不行！该计较的还是要"从拳计较"！

他林渊立舍不得拿夏葱茏怎么样，总得拿那些个白痴出口恶气不是？谁让他们大冬天跑出来给室友录视频了？惹得好好一个状元少女化身暴走萝莉，说到底，最吃亏的还不是他林渊立？！哼，让他吃醋可不是好玩的！

林渊立拉了拉前头的人："跑什么？就算带着你，我一对二也没问题。"

"闭嘴！"夏葱茏紧抓住他跑出老远，确定已经甩掉了追兵，才气喘吁吁坐到地上，"哎，长这么大，还真是第一次……"

林渊看着地上的夏葱茏："女疯子。"他走过去，一弯腰就轻松把她横抱起来，带她走到不远处一张休闲椅上，让她蜷缩在自己怀里。

夏葱茏觉着这姿势过于奔放，企图从他身上下来，林渊立连忙按住她："地上和椅子上都很冷，我怀里暖和一点。"

"没关系。"夏葱茏还没喘过气来，"我不冷。"

林渊立死死拉住她："听话。"

于是夏葱茏放弃挣扎。

"你怎么可以那样不顾后果地把自己摔出去？"

"也没有不顾后果，我掂量过后果，可以承受，大不了摔个狗吃屎嘛。"

"那我呢？我是否在你的考虑范围内？"

怀里的女孩一顿沉默，像个在信仰面前幡然悔悟的叛徒。

林渊立无奈叹口气，果然，他不是最重要的。就算他在，她也不会向他寻求庇护，她丝毫不依赖他，坚强得自我又无情。

"最后一次。"林渊立话语虽轻，目光却有种压迫感，"你为了别人把自己置于不必要的危险之中，我可以忍。但请你把自己和危险都交给我,我可以处理好,也可以保护你,明白吗?"

"我当时没想那么多,只想抢手机。"

"嗯,你能想到把自己丢出去换两部手机,就是想不到我在身后看着会有多恼火。"林渊立用力地紧握她的手,真想把这不知好歹的女人揉碎,"只是你一个人的事吗?我到底算什么?

"就算我只是你的同学,在那种时候也不能不管你,更何况……"

剩下的话,淹没在她逆风而来的吻里。

林渊立呼吸着她的气息,刚经历过百米冲刺,她的脸红扑扑的,比上了妆更动人。

林渊立忍不住捧起那张脸,风雪肆虐,他把她裹得更紧了,用尽一切办法阻止寒风与她肌肤接触,他真怕她在这时候打个喷嚏破坏风情。

夏葱茏感觉心脏都要跳出来了,她眼睛不瞎,他这般呵护她,她自然都看在眼里,印在心上。

"阿嚏。"

他猛地转头,在她耳边小声地打了个喷嚏,俊美的侧脸埋在晦暗夜色里,阴晴不定。她努力克制住笑声,却控制不住抖动的肩膀。

"想笑就笑吧。"他回过头来,"我还想继续。"

"不行。"夏葱茏笑声不绝,"你感冒还没好,万一流鼻水怎么办?我是不嫌弃了,但你无地自容啊。"

"没事,该继续就继续,该丢人就丢人,到时候你安慰我就好了。"

话音未落,他的唇便印了上来。夏葱茏这回特别慷慨,不论他有多少要求,都纵容着,直到很久,才嘴唇发麻地离开。

林渊立捧着她褪去血色的脸,指尖在她脸颊来回抚摸:"你们413就没一个正常的,你也不太正常,一介女流也敢和流氓打架。刚从小道里出来的,是郭朗妮吧?"

"嗯,视频……"

"我会善后,你不用担心,只管安慰郭朗妮就好。"

"对。"夏葱茏忙动身回去。

林渊立懊恼地捶捶头:"不该这么快提醒你,马上就不要我了,就知道心疼郭朗妮。"

"这种时候就别吃醋了。"

"那我送你回去。"

"好。"

夏葱茏把"凶徒"的手机交给林渊立,顶着被风吹乱的头发回到413室。

郭朗妮的床上,鼓起的被窝微微颤动,可以看出里头的人正努力压抑哭声。

夏葱茏如释重负,这笨蛋还不算傻,知道整所学校哪儿最安全,受了伤还知道回来。

恰恰和松花蛋惴惴不安,看着下铺某条"老北京肉卷"束手无策,见夏葱茏回来,便急巴巴地围上去,打算开个小会共商治愈大计。

可夏葱茏实在顾不上她们,径直走到床边,隔着被窝拍拍郭朗妮:"手机被我抢走了,视频应该还没上传,事情没那么糟糕,你先别急。"

哭声停了,被窝里的小白兔迟疑了一会儿,露出头,哽咽着问:"你、你知道?"

夏葱茏略有犹豫,要说知道吧担心她会无地自容,要说不知道吧又说不过去。

算了,既然不知道怎么说,就说实话好了:"是,我都知道。"

果然,下一秒,郭朗妮又缩回去了,哭得更惨绝人寰了。

苍天……

夏葱茏不知如何是好,尚未想到应付之策,松花蛋和恰恰就包抄过来,一人架住她一条胳膊,像押送朝廷重犯似的,把她押到靠门的下铺,两人似乎忘了正在痛哭的郭朗妮,不合时宜地 "逼供"她。

松花蛋严词厉色道:"夏小姐,知道什么就赶紧吐出来吧,不然今晚你回上铺,别想和我一起睡了。"

恰恰从旁声援:"夏小姐,我奉劝你一句,睡人家的床那么久了,要懂得知恩图报啊。"

"就是!"松花蛋从床尾拿起那只心爱的灰色邦尼兔,揪住它毛茸茸的耳朵不解气地朝夏葱茏扇过去。

夏葱茏倒希望这能带给她一点痛楚,总比痒痒好受,她本能地想挠挠脸,可那两个"审判官"仍抓着她的胳膊不放。

夏葱茏求救似的看看那头的下铺,郭朗妮仍缩在被窝里不肯问世事。

"郭朗妮,我可以把事情的原委告诉她们吗?"

不等郭朗妮回答,松花蛋就恼怒地把软绵绵的邦尼兔砸到夏葱茏头上:"好啊,夏葱茏,拿郭朗妮来压我们是不是?我们就不配知道真相吗?"

恰恰也气红了脸:"夏葱茏,我们也是出于关心才想知道更多,不是因为好奇,你那是什么眼神?注意一下你的表情管理好不好?好吧……我承认是有一点八卦的成分在里面,但更多的是关心、在意、紧张啊!"

郭朗妮啜泣的声音宛若一曲婉转的悲歌,难为松花蛋和恰恰在这样的背景乐下还能铁石心肠地不依不饶,闹腾得像霹雳双煞,逼得夏葱茏快抓狂了。

手机响了,犹如导演在场外威严喊停,413集体肃静,闹声止住,哭声没了,全场安静地聆听了几秒,判定是夏葱茏的手机。

松花蛋三下五除二地从她卫衣口袋里摸出手机,瞥了瞥来电显示后意味深长地笑了笑,先按接听,后按免提。

林渊立富有磁性的声音随之响起:"女人,事情办妥了,不用担心了。郭朗妮怎么样了?我替杨脩一问的。"

松花蛋向恰恰使了个眼色,恰恰心领神会,忙一巴掌捂住夏葱茏的嘴,很入戏地演着"绑架犯"。

松花蛋邪恶地干笑两声："林渊立，尼古拉斯·发才，我亲爱的队友，还能认出我的声音吗？"

林渊立沉默了几秒，再开口时，声音里透着不悦："夏葱茏呢，你没事接她电话做什么？把她还给我。"

松花蛋又狂狷地笑了笑："态度好一点，你的女孩在我手上。"

此情此景，夏葱茏真有点担心"别报警，否则就撕票"这种狗血台词，会从松花蛋的狗嘴里蹦出来。林渊立不愧是影帝儿子，一秒就入戏，把人质家属的角色演绎得淋漓尽致。

"绑匪，想要什么尽管说，别伤害我的人。"

"嗬，我想知道你和郭朗妮是什么关系，凭什么连你都知道的事我不知道？你和夏葱茏又是什么时候发展到比我和她还亲密的程度？"

人质家属冷静道："你问题那么多，我要先回答哪个？"

"先告诉我郭朗妮的事。"

"不，我要先确认人质安全，你让夏葱茏说句话。"

恰恰默契地松开手，夏葱茏没好气地说："你挂电话吧，别配合她们了，她们就是神经……"

"病"字还没说出口，恰恰便又谨慎地堵上人质的嘴。

松花蛋拿着手机匪气十足地道："家属，我劝你最好配合。人质能不能一直安然无恙下去，就看你的爆料给不给力，够不够猛了，否则……呵呵，我不能保证会对她做出什么丧心病狂的事来哟。"

那头林渊立叹了口气："来趟医务室吧，杨脩一受伤了，你们自己问他，我现在过来接夏葱茏。"

林渊立挂断电话。

松花蛋一怔，受他最后一句凝重的话感染，嬉闹的态度荡然无存。恰恰也无心玩乐，松开了人质，连郭朗妮也很有良心地从被窝里钻出来，泪眼已干，可因为哭得太久，眼睛免不了有些红肿，更显得楚楚动人了。

"杨脩一怎么了？"她担忧道，"怎么会受伤呢？"

"鬼才知道。"夏葱茏皱皱眉，"难道他也为你打架了？"

郭朗妮吸了吸鼻子："不至于吧，谁会为我浪费那种力气？"

"胡说八道。"夏葱茏信步走过去，不客气地掀开郭朗妮的被子，"你还有没有良心，我就为你打架了，要不是林渊立在场护着，你以为我能顺利抢到手机？对方可是两个头比我高的男生！"

见郭朗妮依然没有动作："还不下来？不去看看杨脩一？"

"不了……"郭朗妮退缩地往墙上靠，"你去看就好了，人家又不一定是因为我……"

夏葱茏懒得废话，掉头去看其余两只："拿出你们欺负我的力气，把这女的带到医务室，等见了杨脩一后，所有的事自然水落石出。"

"好期待呢！"

"莫名有点小兴奋！"

松花蛋和恰恰"磨刀霍霍向朗妮"，她使出了浑身力气，那两人联手竟也制服不了她。

夏葱茏还是头一回见到郭朗妮瘦弱的身躯里蕴藏着这样的力量，看那架势给饮水机换桶水都不成问题。

"郭朗妮，你真不去吗？"夏葱茏问。

她拨浪鼓般摇头，坚决得史无前例。

夏葱茏无奈地摊摊手："那算了，我们去，你就一个人待着吧。"

夏葱茏一边挽一个，携着恰恰和松花蛋出门了。

林渊立穿着黑色外套，驻足于天地间，他的侧影被月色衬托得修长，寒风凛凛而少年翩翩，所谓公子世无双，便是如此了。听见脚步声，他缓缓抬头，星眸微转，无心投来的一个眼神，便足以撩人心弦勾魂摄魄。

恰恰不矜持地惊叹一声："帅得为了他我愿意劈腿。"

松花蛋白她一眼，冷冷道："你愿意劈腿，还不是因为你男朋友对你忽冷忽热。啊不，忽冷忽热都是小事，最严重是玩忽职守，经常三四天找不着人,这种男友要来何用?扔了得了。"

"不行。我是个环保的人,不随便扔垃圾。"恰恰特别讲究地说。

夏葱茏听着只觉一个脑袋三个大,两耳嗡嗡,要是眼前再冒点金星,她怕是也要躺在医务室给杨脩一当病友了。

林渊立等不及三人走近,便主动迎过去,看夏葱茏双手都挽着人,阴沉着脸道:"我呢?"

夏葱茏放开那两只,前去握住他的手:"你什么你?小气鬼。"

林渊立看都不看其余两人,连声招呼都没打,眼里只容得下夏葱茏:"除了你,我什么都可以大方。"

身后的松花蛋听不下去了,绕上前劈头盖脸地批评:"林渊立,当我和恰恰不存在吗?看到夏葱茏的闺密也不知道问好,你懂不懂礼貌啊?"

某人郑重其事道:"当男朋友的,最忌讳和女友的好友太亲密,你和我保持点距离。不然你以为我怎么愿意把游戏账号送你,就是不想再带你玩了。"

"你们已经谈上啦?"松花蛋不怒反笑。

林渊立稍稍抬手,炫耀了一番紧扣的十指:"都这样了,八九不离十了吧。"

只差一个口头认证。

不过,夏葱茏想,这大概不重要吧。又不是求婚,干吗非得整那套郑重仪式,非要一句"我喜欢你""我想和你在一起"的正式告白,才算真正交往呢?

他说过那么多情话,大概每句都是正式告白,如果她愿意当真的话。

四人一起前往医务室,林渊立和夏葱茏走在前头,松花蛋和恰恰跟在后头。

或许是前面的情侣太招人妒忌,松花蛋受了刺激,一个劲地数落恰恰的男友:"看看,比起你那个经常失联的男朋友,我网友靠谱多了,该认真玩就认真玩，这敬业的态度让我想起当年他英勇杀敌的时候。"

恰恰触景伤情，突然就多愁善感起来："我都要怀疑我男朋友是假的，他已经一星期没接我电话了。虽说他妈不喜欢我，但也不能这么对我吧？是死是活，好歹回个信息啊。"

夏葱茏冷不丁地回头："分了吧，别闹了，一个星期联系不上，换我我就弄死他。"

"哟，林渊立可得听好了喔。"松花蛋笑嘻嘻地起哄，"要是一个星期联系不上，夏葱茏会弄死你哦。"

林渊立面色一凛，想起家里那位母亲，便无法轻松接梗。

眼看着这学期要结束了，林渊立就要回家了，如果一整个寒假都无法与夏葱茏保持联系，她受得了吗？

他没这信心。倒不是怕她离了他就过不下去，而是他和她之间，从来都是他主动，一旦他失联了，她还会记挂他吗？

他真怕，下学期开学时，她已经放下他了。

杨脩一并无大碍，只受了点皮外伤。

夏葱茏身为慰问团代表，承担了主要的访问责任，为满足两位室友的八卦需求，她的每个提问都从言情角度出发，譬如，肢体冲突是怎么发生的？

她这样挖坑："是因为郭朗妮才动手的吗？"

"不是，只是单纯地看不惯那两个货一脸猥琐。天知道他们除了偷拍郭朗妮，还有没有偷拍别的女生，这种行为本来就恶心，手机我砸了，钱我赔了，人我打了，但我不道歉。"

"你这么气愤，是因为他们偷拍，还是因为他们偷拍郭朗妮？"

"都有。喂，夏葱茏，你休想挖坑让我跳，偷拍郭朗妮和偷拍不是一件事吗？"

"不一定。偷拍郭朗妮等于偷拍，但偷拍不一定就是偷拍郭朗妮，你觉得'偷拍'这件事更让你受不了,还是偷拍郭朗妮更让你受不了?"

"我都受不了。"

夏葱茏点到为止,不再问了。

想不到,郭朗妮这只小白兔还有点小魅力,真替她高兴。

谈话终止得如此突然,让杨脩一有点不知所措,夏葱茏已经问完了她想问的,可他想问的还没说出口……

"那个,郭朗妮到底怎么样了?"他的眼神有些躲闪,"听林渊立说,那两个蠢驴当着她的面狠狠地嘲笑了她?"

"对!"松花蛋作浮夸哀恸状,"郭朗妮哭得肝肠寸断泪眼迷离,怎么都不肯从被窝里出来。"

好吧,也不算撒谎,夏葱茏忍着没打断这表演。

"我们让她来看看你,她偏不,说你才不想见到她。"

"怎么会。"杨脩一皱皱眉,"为她我都进医务室了,怎么会不想见她。"

"哦……"松花蛋秒懂,"也就是说,你蛮想见到她的。这会儿她没来看你,是不是有点失望?"

"你脑补得挺多。"

"你明天要不要去看看她?"

"不折腾了,不想吓着她。"

松花蛋贼兮兮地笑了:"看来,杨同学对她也不算一无所知,她胆子是挺小的啦。你和她之间,总得有人负责勇敢。惊弓之鸟是个好词,好在可以演变成CP。如果她注定是只容易受惊的鸟,那你希望谁做惊弓?"

杨脩一一言不发,一脸"我不知道你在讲什么"的懵懂表情。

彼时恰恰又人畜无害地靠到床边:"杨同学,我听夏葱茏的绯闻男友说,郭朗妮曾经给过你一封情书?既然夏葱茏和林渊立都看过了,我能不能也拜读一下?"

杨脩一从外套口袋里取出情书。

恰恰笑眯眯地接过:"杨同学真有心,随时把郭朗妮的情书带在身上。"

杨脩一是时尚圈的弄潮儿，尽管离国际时尚大腕还有段距离，但在同龄人里，绝对是时尚咖，是个见过不少世面的人，多年前就不知脸红为何物了。被当众拆穿，他也不觉羞愧，只是懒得再和颜悦色，埋怨地瞪了林渊立一眼："你绯闻女友的室友一个比一个坑，虽然我受的是皮外伤，但好歹还算伤员吧？个个都在给我下套，带她们走，留我一个人在这里自生自灭吧。"

　　许是他的话语太过幽怨，连树都被惊动了，寒风乍起，树影摇晃，不知谁在夜里打了个喷嚏。

　　医务室里，众人齐刷刷地看向门口，门仍然紧闭着，骤然响起的脚步声已远去。

　　松花蛋是行动派，第一时间便要去追。

　　杨脩一体贴喝止："别吓着她，别追了，应该是她吧。"来过就好。

　　那个躲在被窝的人，终是放不下在外头受伤的人。

　　郭朗妮的视频没被传上网，但关于郭朗妮的传说正以添油加醋的方式不胫而走。

　　那两个男生为了抹黑郭朗妮还挺勤奋，手机砸了，视频没了，便改用文字表述，凭他们的文学造诣，自然是狗嘴里吐不出象牙。

　　郭朗妮在他们粗鄙的内容里，成了一个恋树且自闭的怪小姐，后经过舆论加工，又成了树懒，动不动就要抱桑树。

　　郭朗妮同系的学生指出，郭朗妮或许有心理病，有树熊症，不然不会对抱抱那么执着。

　　谣言沉淀了几天，郭朗妮便从树懒变树熊，这种进化连达尔文听了都能气活过来。

　　大概是真怕达尔文会气活过来，有人认为有必要给这事一个定论，便以郭朗妮的围巾为证，坐实郭朗妮和桑树有着神经病一样的亲密关系。

　　虽说没图没视频，围巾上也没郭朗妮的签名，有签名也不见得是真迹，但口说无凭这事很考验个人素质，有的人就是愿意相信，你奈他何。

和郭朗妮同班的同学跳出来指出，那粉蓝格子围巾确实是郭朗妮所有，课堂上曾见她戴过。

413成员恨不得把那同学的嘴缝起来，这种时候这样的诚实意义何在啊？

原以为郭朗妮一朝被蛇咬，十年都不敢去找她的"桑桑"聊天了，不成想她风雨不改。

无聊的人太多，413成员担心她会被捉弄，便轮值陪她走访桑树。郭朗妮没拒绝这份好意，她也怕遇到其心不善的男同学，再者，被人呵护的感觉蛮好，她很享受室友送来的关心，还以为她们会嫌弃她呢，没想到她们这么在乎她。塞翁失马焉知非福，这回算她歪打正着了。

陶渊明独爱菊，郭朗妮钟爱桑树，她有什么错？有的人对一张海报就能直呼老公老婆，郭朗妮对待桑树的方式比较拟人，当"桑桑"是知心朋友，又有什么可耻的？她不应该被取笑，可惜这点道理换不来多少慈悲，否则世上也不会存在校园霸凌。

恶人只是为了欺负你而欺负你，原因不重要的。

这时候跟他们较劲毫无用处，得跟自己较劲，被欺负了，受委屈了，还能真心实意地笑出来，不为几句不知轻重的嘲笑就放弃快乐。

413少女天团在桑树暴增的存在感中，熬过了这学期，除了恰恰，都稳扎稳打地拿到了好成绩。

对此，恰恰极不平衡，哀怨地瞅着郭朗妮："你都被人身攻击十天了，怎么还能冷静地保持良好的学习状态，你活得可真不含糊，还每科都拿A，拿A除了给我暴击，还能给你带来什么乐趣？"

其他成员不想跟她说话。

最让恰恰生无可恋的，是夏葱茏的男朋友，明明无心课堂，却有脸公然许诺老师，只要坐在夏葱茏身边就能拿到A+，还真拿到了！

有没有天理啊？

别人谈恋爱,她也谈恋爱,怎么就她N门课程开红灯?夏葱茏是成绩锦鲤吗?坐她身边就能拿A+?

恰恰郁闷至极:"你们太不仗义了,陪我挂两科能掉肉啊?"

松花蛋无奈地摊摊手:"大姐,挂科这种事,也是需要忠于本我的,我总不能明知答案是B,还非要选C吧?我是个唯心主义不是违心主义。"

恰恰觉得松花蛋太没有人情味,郭朗妮太没有同情心,还剩下一言不发、埋头收拾、攻气十足的夏葱茏可以撒一下娇,便上前抱住她,整个人挂到她身上:"夏状元,她们真的很恶劣,你别跟她们学哦,下个学期怎么办,只有我要提前回来补考,太可怜了。"

"不想补考就别挂科,不想挂科就认真点。"夏葱茏的语气硬得像钢铁直男,"你也不轻,要在我身上趴多久?我快支持不住了。"

"再忍耐一下嘛。"恰恰扭了扭蛇腰,从后头凑上去亲她一口,"今天就要回家了,好舍不得你们这群书呆子哦。"

夏葱茏身板一僵,猛地起来肩膀一甩,把挂了好几科还不知反省,甚至企图传递负能量的某女丢到下铺。

敢骂她书呆子,她哪呆了?她还没嘲笑她脑残呢!

"好痛喔!"恰恰摔在床上揉揉胳膊,爬起来瞪了一眼又继续收拾的"钢铁直男","都要分开了,你就不能温柔点?!"

夏葱茏微不可察地叹了口气,她也是舍不得,才心情不好啊,可搂搂抱抱,哭哭啼啼真的不是她表达感情的方式,她只能憋在自己心里慢慢疏通。

夏葱茏不明白,不就是放假回家吗,哪个不盼着长假呢?怎么就她这么窝囊,就巴不得天天跟她们三只腻一起,虚度青春也辉煌?

四人各自整理好行李,在寝室里相互拥抱,约好下学期回来一起看桑桑,然后又一起下楼,出了宿舍楼愈发觉得不是滋味,硬是在门前又抱团取暖了十多分钟。

林渊立被晾在一旁吹了许久的冷风,才好不容易抓到那只属于他的手。

　　夏葱茏是本地人，行李不多，家也不远，林渊立却再三坚持把她送到楼下，抓紧机会默默记下了她的住址，仍不知足地追问："你家住哪座哪层几零几？"

　　"A座六层606。"夏葱茏答得爽快，从出租车上下来后，握紧他的手怎么都舍不得放开，"你没告诉我你家地址呢。"

　　林渊立忙从背包里拿出笔记本，从里头撕下一页，对折后交给夏葱茏。他早就写好了，只是不确定她想不想知道。

　　没想到她会开口问，他在心里窃喜了一下，半开玩笑地问："寒假到了，想不想像在学校那样，天天见到我？"

　　"想。"夏葱茏斩钉截铁地回答。

　　林渊立惊了，她的干脆直接，反倒让他有些手足无措，欲言又止。

　　夏葱茏知道他家庭特殊，一言难尽，体贴又豁达地摆了摆手："知道知道，实在不方便，我们可以开学再见。"

　　"就算我不能每天给你打电话，你也不生气？"

　　"不生气，我不是你妈，不要你每天汇报好多次，我只有一个要求，到家了给我报个平安。我上楼了。"

　　夏葱茏刚转身，便有双手从背后用力地把她抱住："如果……我连一星期联系你一次，都无法保证呢？"

　　夏葱茏一怔，这个问题她不是没想过，事实上，这些天晚上她一直都被这个问题折磨得睡不着觉。

　　在学校时，他争分夺秒地陪在她左右，她早就习惯了身边带着这么个好像长在自己身上的人，这个拖油瓶早在不知不觉间成了不可或缺。

　　突然回到没他黏着的日子，她不确定自己能不能适应。这个寒假对她来说就像惩罚，惩罚她当初不够迅速地接受他。

　　早知道对他一见钟情好了。

　　好在,寒假再长总会过去，春天也会如期而至,有一个期限,就可以等。

夏葱茏转身回应他的拥抱，扬起脸在他唇上浅吻："就算一个寒假都无法联系，我也会理解。你不用担心，我能自己应付过来。"

林渊立不禁笑了："你这样懂事，是因为很喜欢我呢，还是不够喜欢？"

"当然是喜欢啊，不然干吗还要费心理解。"

"那你有多喜欢我？"

她答不上来，她也不清楚自己有多喜欢他，这种事情，是可以量化的吗？

林渊立多少能从她困惑的脸上读出几分无助，抬手宠溺地捏了捏她的脸："不为难你了，只要你能做到，一个假期也忘不掉我就好。"

"那是一定的。"这回她相当自信。

林渊立苦涩地笑笑，犹豫了下，还是决定告诉她："我今晚就要搭乘前往洛杉矶的航班，我妈在机场等我。每个假期，我都要陪她到海外小住一阵，这次也不例外。"

嗯，好个"这次也不例外"。

夏葱茏的心"咯噔"了一下，紧接着一把无名火就把她点燃了，她气得能把整个地球掀个底朝天！

为什么不提前告诉她，她不需要时间做心理建设的啊？！

她都已经教育了自己好多个晚上，他妈是个人物，他爹也是个人物，他全家都被狗仔队围攻，有很多事情不是他想怎样就怎样，有些自由不是他想拥有就拥有。

就算不能联系不能见面，也要沉住气等到开学那天。可他何必等到最后一刻才向她发出最后通牒？还直接通到太平洋彼岸！

他在担心什么？！担心她扒着他的裤腿嗷嗷唱着《爱我别走》，还是怕她死缠烂打费时费力地追到美国去？！

更让夏葱茏窝火的是，她发现这两个狗血念头自己非但不抵触，还有点跃跃欲试的感觉……她还有没有出息啊？

夏葱茏面色一凛，迅速从他怀里离开，冷淡地拂开他伸过来的手：

"祝你一路平安,这种事要是没在最开始的时候告诉我,那在最后一刻也不用告诉我,何必呢?我要回去了,提前祝你新年快乐。"

夏葱茏转身走进玻璃门,没再看一眼身后眼巴巴望着她的少年郎。

都这样了,她无力装大方。如果她能体谅他的处境,他是否也能理解她的心情?他一放假就远走高飞漂洋过海,她可以不哭不闹不耍性子,可也没那么多好脸色供他观瞻。

她要好好消化一下,自己究竟在和一个什么样的人共度初恋时光,这样一个背景特殊的男孩,她真能扛下来吗?

她是第一次喜欢一个人,有很多事情她也不懂,更没把握能做到面面俱到。但有一点她相当坚定,生气了可以不发脾气,但不高兴绝对不装高兴。

林渊立在夏葱茏家楼下站了许久,久到他强烈地感知,自己根本不想走。他就喜欢黏她闹她欺负她,如果一个寒假都不能见面,对他来说就不止折磨这么简单了。

她转身的那一刻,他的心脏一下就空了,孤独感压过来,把他所有的脆弱都暴露了,他想冲上楼去砸她的家门,没出息地求她收留他。

他真想那么做,可手机响了,纽兰提醒他:"该出发了,别以为我不知道你在哪。"

"我不想去。为什么不能在中国过年啊?"

"可以啊,明年我们在中国过,但今年不行,今晚你必须跟我走。"

"妈,我真不想走。"

"你应该不希望狗仔队顺藤摸瓜找到夏葱茏,你希望她全家都被八卦记者骚扰吗?是不是太久没见你爸,你都忘了自己是谁的儿子了?"

"妈,我低调一点不就行了?"

电话那头传来刻薄的嘲笑声:"傻儿子,你以为低调就没新闻?你当狗仔队是考古专家呢,他们这些搞新闻的需要证据吗?别说你低调活着，就算你没了呼吸，他们不想放过你就不会放过你。"

"妈……"

"赶紧来机场，别废话，我等你半天了，有个夏葱茏就不要娘了？"

"要……"

"听着好像有点勉强？不要挥霍我的仁慈，再这样，从下学期开始，我让司机每周接你回家。"

"别，我马上出发。"

林渊立挂了电话，拦下出租车去了机场。

一路上，他忍不住自虐地拷问自己，假如亲妈和夏葱茏同时掉海里，应该先救谁？

他有点不孝地想，先救夏葱茏可不可以？别人的老婆应该由别人去救……

可是，亲妈毕竟是亲妈，法律上他有责任先救她，妈妈养大他多不容易啊，虽然她总是凶巴巴的。然而细想下去，又很舍不得夏葱茏，想她分分钟都待在身边，如果他能像葫芦娃那样，能把人装进葫芦里就好了，这样他就能随身携带她了。

他不停看手机，奢望着夏葱茏会打来，但她果然辜负了他，她那倔脾气啊。

可他又有些高兴，她竟然会生气，气他不提前告诉她自己的出国计划。他以为她不在乎，谁让她总是那么冷静，相识以来，她唯一一次冲动，还是因为郭朗妮。

而对他，她做过最失态的事，也就只是在他亲吻她的时候，可爱地红了脸，大多数时候，她都镇定得不像话，为此他相当恼火，他就那么不值得她偶尔狼狈一下吗？

这女人，甚至都不肯跟他发脾气……

她还会不会当别人女朋友啊，不知道男朋友是用来撒娇的吗？不会撒娇，撒气也行啊！就是别这么不咸不淡的。

林渊立苦笑了一下,想起刚刚她转身离去时,还不忘撂下一句体面话。

嗬,真有意思,她又不在他身边,还能指望他快乐到飞起来吗?好吧,他今晚确实要上天了……

第八章
那么多眷恋

CONG LONG
XIA YI ZHI

林渊立心不在焉地办好登机手续,魔怔了般,拿着手机每走几步就拨一次号,停下来听一听等一等,以至于安检口到登机口的那么点距离,他用了将近一小时。

可那头的人狠心起来真不是玩的,林渊立手机都快打没电了,她一概不理,他抓狂得直想往回走,这破航班他不想乘了!

他迫切地想要联系上夏葱茏,他从没这么渴望听到她的声音,只好用威胁的语气给她发信息:"不接电话,是要逼我放我妈鸽子,现在就出机场直奔你家吗?你赌我敢不敢。"

还是道德绑架最气人,夏状元果然马上给他回电话了:"别闹,我不是这意思。"

她不需要时间缓冲的啊?她在说服自己不要伤心难过,不需要他陪!

可惜林渊立高估了她的强大,比她更委屈:"我真的不喜欢你不接电话这臭毛病。"

"我才不接你几个电话你就受不了了?你手机开通国际漫游了吗?"

该死,他忘了。

他一沉默,她就懂了:"你看,你就只想着自己。你一出国境,我就彻底失去联系主动权了,我就受得了,嗯?"

她就活该受着,嗯?

"我等下马上开通!我怎么知道你会想着联系我,在学校你……"

她恼火地打断他:"你什么都不知道,怎么当我男朋友?你继续当我同学好了,我就不该对你有要求。我要吃饭了,你好好享受长途飞机,我祝你上天愉快。"

她能不能别再这样祝福他了?

林渊立气得额上的青筋突起,想一口气冲到机场播音室,让那些报道航班信息的播音员助他一臂之力通缉夏葱茏。

她挂电话的手速那叫一个干脆利落,林渊立觉得自己的脑袋已经在断头台上被人"咔嚓"斩了。

等等，她刚刚说让他继续当她的同学？她这是诚心不想让他出国度假啊！

林渊立很想打电话过去质问她是什么意思，但想想还是先开通国际长途更重要，虽然整个假期老妈会一直盯着，不太方便接电话，但至少他能知道她找过他，他会设法联系她。

然而……倒霉的，手机没电了！

林渊立一口老血堵在胸口，索性把手机摔了个粉碎，他真想放亲妈鸽子，反正她在美国不缺朋友。

纽兰在头等舱贵宾室坐着，隔着玻璃看亲儿子失魂落魄地路过，都懒得去叫他。呵呵，还把手机摔了呢，脾气越来越像她了。就让他在登机口候着吧，反正那里也有座，她没胃口对着他那张不想出国的哀怨脸。

开始登机，头等舱的乘客优先上机，纽兰很快就在自己的位置坐下，紧接着商务舱和经济舱的乘客也陆续登机，最后机舱门都要关闭了，播音员不得不点名提醒林渊立上机，他才闹着小性子姗姗来迟。

纽兰按捺着恼火，没去质问他为什么要浪费优先登机的优势。

林渊立待了一小会儿，扭头看着她说：“妈，手机借我用一下。”

"不借。"

语气冷得让林渊立马上招呼空姐给他送来一块披肩裹身上。

飞机起飞了，林渊立在无限郁闷中感受着身体在空中失重。这一晚，他可谓艰苦卓绝，不停地在亲妈和女友之间左右摇摆不定，偶尔他会出于愧疚审视自己算不算渣男，总想两面讨好，导致两边都照顾不周。

他最终决定上飞机，是因为他觉得很有必要利用这段时间，向亲妈坦白交代。

"妈，我有话对你说。"

"说吧。"

"我和夏葱茏，正式交往了。"

纽兰淡淡一笑，她早就知道了，但听儿子亲口告诉自己，那感觉还挺微妙。听他那语气，似是在对她宣布——以后我不只是属于你一个人的了，我生命中有第二个需要我对她负责的女人了。

"正式交往了？"她轻飘飘地问，"怎么个正式法？意思是你打算奔着一辈子去？"

"我没想那么远。"

"那你想得有多近？这个女孩你能喜欢多久？"

"这个我也无法预测啊，我不知道她能忍耐我多久，她好像现在就有点不喜欢我了。"

纽兰又笑了："你是谁的儿子，怎么在她面前这么不自信？"

林渊立竭力忍住没翻白眼："就因为是你们的儿子，才更没把握。"

"哦，父母给你的恋爱添麻烦了？"

"不是你，是我爸。不就是因为他，你才竭尽所能地保护我吗？为了阻止狗仔队拿我做文章，你干脆不让我外出，天天要我在家里坐牢。妈，我不能这样活着。"

纽兰无奈叹息一声："我知道，对不起。"

林渊立怔了怔，惊愕地看着纽兰仍然美丽动人的脸庞，有这样高贵优雅的女士给他当妈，他自然自豪，如果她能稍微讲点道理，就更好了。

这不，区区一句"对不起"，便如皇恩浩荡，吓得林渊立差点从座位上滑下去。

这可不像纽兰本尊会说的话，林渊立头一回听亲妈说对不起，觉得有些承受不起："妈，你不用感到抱歉。"

"当然，我不是为过去感到抱歉，是为将来，麻烦日子还没结束呢。"

"妈，夏葱茏真的比你可爱多了！我真的比较喜欢和她待在一起！"林渊立转过头小声地念叨着。

林渊立愈发后悔上了飞机，要不是他在家里看过一份叫《出生医学证明》的东西，他真怀疑纽女士是后妈。

纽兰从空姐那接过红酒，若有所思地说："如果我是你，就不会选在这时候谈恋爱。"

"为什么？"林渊立瞬间警铃大作。

纽兰会意地摇摇头："我不做棒打鸳鸯的无聊事，我是提醒你，现在真的不合时宜。儿子，夏葱茏和你受不受狗仔队打扰，完全取决于你爸的个人行为。他要是哪天绯闻缠身，你也清静不了，还连累你的小女朋友遭受骚扰。"

"可我总不能因为我爸，就这辈子都躲起来不与外界接触吧？"

纽兰放下酒杯，伸手摸摸他的头，眼神透着几分怜爱："对我来说，你和那个女孩都还太小了。我不赞成你大学毕业前恋爱，我相信更成熟的你才能更坦然地面对更恶劣的舆论。"

"妈，你是不是多虑了？"

纽兰笑笑："孩子，是你想得太少。如果真出什么事，那点恋爱的甜度是解决不了丑闻的添堵的。你和我都是狗仔队眼中的一块肥肉，又何必再拉一个无辜的女孩给他们狩猎。这些我都不怕，我就怕那个女孩经受不住，会离开你伤害你。"

林渊立无言以对。

这点他不是没想过，但他没法在意那么多，如果他瞻前顾后，那便什么都做不了，什么也不敢做。

喜欢就是喜欢，他喜欢夏葱茏，想和她在一起，他诚实地面对自己，本能地遵从内心。至于将来会发生什么，他不会怕的。狗仔队？见鬼去吧。

思及此，林渊立才反应过来老爸并没有在飞机上："爸工作很忙吗？"

"嗯，又接了新戏。"

"他忙得连电话都不能给我们打一通？"

"你就当你是单亲家庭好了。"

嗯，其实他早就习惯这家里没父亲了，可听亲妈如此劝说，还是免不了皱眉头："妈，你和爸，还好吗？"

"还是老样子，没什么好不好的。"看出宝贝儿子在担心，纽兰又摸摸他的头,"大人的事用不着你考虑,多想想你自己和你那个小女朋友吧。"

"那我要每天和她保持联系。"

"想都别想。"

"为什么?"

"不为什么,花我的钱谈恋爱,你想得美,有本事自己出去打工赚钱。"

"我倒是想,你倒是让啊!"林渊立感觉自己上的不是飞机而是贼船。

他去美国,拿的是旅游签证,打工是违法的。

纽兰就算不屑做棒打鸳鸯那种事,也不愿意助长这股"歪风"。热恋男女你侬我侬很正常,她看得出儿子对那个女孩很重视,她就怕他陷得太深,尤其是在这时候,绝不能纵容他。

这些年为了这个家,一掷千金的事她做过多少回,她真的累了,如果残忍是这个世界重要的构成部分,那就让宝贝儿子看看吧。

楚门的世界再单纯明媚,终究不过是个谎言,他也该长大了,她再没多余的精力,去粉饰太平,她受够了。

林渊立没多少人身自由,从另一方面看,说明他从小到大被保护得极好。这些年他唯一遇到的不如意,就是纽兰对他的严厉管制,可比起世间万千丑恶,这又算什么呢?他从没受过挫,也没受过伤,没经历过贫困与疾苦,甚至没真正失望过,现实的丑陋都是新闻,离他养尊处优的生活太远了。

他言谈间透着与生俱来的自信,因为生活太眷顾他了,他做任何事都可以不顾后果,自会有人替他担着,但他从未意识到这一点,也不会意识到这一点,他是温室里长大的王子啊,从小就理所当然地享有这一切。

除非有一天,他不得不走出温室,在这个不着边际的世界里碰壁。

最初的几天夏葱茏感觉特别难熬,她试着拨打林渊立的号码,但他并没有开通国际长途,一直打不通。

对此，夏葱茏倒没特别生气。那个笨蛋在去机场的路上就一直给她打电话，中途安静了一阵子后又是新一轮来电轰炸，她一猜就知道那家伙办完登机手续过完安检了。

给她打了那么多电话，手机大概没电了吧。

夏葱茏是故意不接电话的，就是不想如他的意，当然不是为了伤害他，只是想耍点小心机，总不能把人放跑了，还让他安心地认为，她是心甘情愿且特别荣幸这么干吧。

她就是要让他知道她千般不愿，让他觉得自己对她有所亏欠，那么整个假期，他就不容易忘掉她。

距离和时间现在都没站在她这边，她真担心一个假期过后，林渊立会发现少了她，他的日子依然可以快活顺畅，黏着她不过是一场校园游戏。

一开始她还能说服自己，联系不上就算了，只要他不转学，总能再见面的。可才三五天过去，她便被日渐浓烈的思念折服了。要不是没有他在洛杉矶的地址，她已经买上机票出发美国了。

最懊恼的是，她在电话里口不择言，瞎说什么继续当她的同学，万一那家伙当真，以为那就是分手宣言，可一点都不罗曼蒂克。

她怎么会说这种气话呢？她应该时刻保持理智冷静才对。最过分的是，就算不小心说了一句蠢话，至于后悔到这种程度吗，她在怕什么？她觉得这样的自己弱爆了。

再想想那家伙，不能打电话，就不能上网吗？怎么就不给她发个邮件之类的千里传情一下？

夏葱茏抱着手机窝在床上，iPad 正在播放的美剧已经跳到了第六集，她一眼都没看。

微博热搜上，一个狗血话题势如破竹地登顶，看着抓人眼球的字，夏葱茏感觉心脏被狠狠揪着，点击查看详情后，顿时气息一窒。

照片里，影帝林逸夫搂着一位长发女士进入豪华别墅，身后跟着一个年轻男子，年纪与林渊立相仿，有着与林渊立一般迷人的侧脸线条，但他不是林渊立,而那女士也不是纽兰。

乍一看,还真有点像一家三口。

紧跟在话题＃林逸夫出轨＃之后,便是＃林逸夫私生子＃＃林逍立＃＃纽兰＃这几个话题。一时间,整个微博都被影帝一家霸屏,甚至有程序员抱怨,都这个点了,还闹出这种劲爆新闻,为什么要难为服务器?

让夏葱茏惊讶的是,无所不能的狗仔队连私生子的名字都扒出来了,网上却没一个人提及林渊立,好像他压根不存在。

但网友就是网友,侦察能力不容小觑,他们很快便发现有漏网之鱼,没一会儿,＃纽兰女儿＃这个话题便突围而出,以压倒性的热度空降热搜第一,大家都在议论纽兰和影帝的女儿是何方神圣。

有人指出,影帝长女在威尔斯利学院念大二,身体娇贵得很,动不动就生病,因此极少外出,没多少人见过她真容,坊间也没能流出她的照片。还有人自称是影帝长女闺密,表示影帝长女是个安静的孩子,恳请网友和记者都别打扰她,还她一片养病净土。

还真有不少富有同情心的网友正气凛然地呵斥狗仔队:"打扰谁都不能打扰病秧子啊。影帝出轨,孩子是无辜的啊,折腾人家孩子做什么?纽兰当年为渣男影帝息影退圈,如今落得个悲剧收场,大家都安慰她了吗?声讨渣男人人有责,今晚我们都是影帝正室!"

网友终于不再纠结到底谁才是影帝长女,也不再关心她的健康怎么了,纷纷组成慰问团去拜见纽兰。可是纽兰太不给力,不玩微博不玩 ins(Instagram 照片墙),连脸书都不碰,大家翻墙都找不到合适的渠道给她送去温暖。

夏葱茏被胡乱带了一波节奏,整个人处于迷糊的状态,懂了影帝的狗血情路,了解了林渊立的迷之家庭。他现在有个弟弟了,可他是不是还有个姐姐?她无法确定。

真庆幸放林渊立远走高飞,此刻他在太平洋彼岸,在母亲纽兰无缝的监管陪同下,是否有幸躲过这场乱七八糟的丑闻灾难?

但愿他没看到,虽然他早晚会知道。

偏就在这时,失联多时的那位,从太平洋彼岸来电话了。夏葱茏一看那串乱七八糟的号码,就知道是国际长途,吓得她打了一个激灵,手机险些从手中滑落。

她稍微调整情绪,带着些忐忑接听。

那头传来的声音有着难以掩饰的兴奋:"女人,猜猜我在哪?给你个提示,我现在用的是投币电话。"

"路边吗?反正不在中国。"

看他高兴的,大概是对发生的一切浑然不知吧。

"我在机场,手续都办好了,马上就要回来了,我要一下飞机就见到你,你来机场接我。"

"不行!"夏葱茏脱口而出,"你别回来,给我在美国好好待着!"

一阵要命的沉默。

"怎么了?"那家伙的声音冷冷的,兴奋的情绪骤然降温,愤怒的心情正在急升。

夏葱茏意识到自己的反应过激,很有可能会引起他的猜忌,便立马调整状态,重新说道:"我的意思是,你既然已经到了美国,就多陪陪你妈,也给自己放个假,过好这个新年再回来。"

"夏葱茏,你什么意思?"林渊立丝毫没被安慰到。

夏葱茏懊悔得有点无语:"就是字面意思,别多想,赶紧回去待着,这样跑出来,是要害家人担心的。"

又是一阵折磨人的沉默。

"你真想和我分手?"

"不是!"他怎么会得出这种结论?"我是舍不得你两头奔波。你才到美国不到一个星期,就急着回来,两趟长途飞机,不累吗?"

"你一点都不想我。"

"我想,想死了,我是……"

林渊立急躁地打断她:"我才走几天就这样了,没了我你小日子过得挺滋润的吧?那就当我白痴好了,为了见你还爬窗逃跑!我家里没网,想给你发个信息都难,还以为你会着急呢,是我判断错了。"

夏葱茏抓着头发,真想把手机扣到他脸上,可他根本不可能理解她的心情,他还什么都不知道呢,只知道喋喋不休地抱怨:"我妈不但没收了我的手机,连电脑、电视这些电子设备都统统不给我用,还把我的卡拿走了,还好我偷偷备了点现金,机票是杨脩一给我买的。"

很好,待会儿挂了电话,她就可以去找杨脩一出气了。

"林渊立,你听话,先回去,你这样你妈会担心的。"

"嗬,我好不容易来到机场,还以为你会跟我一样高兴,你居然让我回去?!"

"是!你回去,赶紧的!"

"我不回。"

夏葱茏急眼了:"你要敢回来,我就不要你!你听见没?你给我回家去,回你美国的家,回到你妈身边!现在!赶紧!马上!"

"夏葱茏!你敢再说一句不要我试试!你当我是好打发的?!"林渊立感觉心口堵得慌,竭力压住想咆哮的冲动,连喉结都颤抖了,"告诉你,不可能倒退了,牵过手,接过吻,拥抱过,还想让我继续当你同学,门都没有,你别做梦!"

不是这样的……林渊立。

"我爱你。"

夏葱茏真没办法了,劝又劝不住,骂又骂不走,她真怕再这样闹下去,会把他气回来。

她猜得八九不离十,就她这解释不通的态度,让林渊立铁了心要回来。

他要看看这女人心里是不是住了一条变色龙,怎么才几天不见,就从冷静理智变成冷酷无情了?一听说他要回去,她表现得很不欢迎,还说些不痛不痒的场面话让他好好在美国待着,这不是变节的征兆是什么？！

她是不是在外头有狗啊？他要再晚两天回去，她怕是要改旗易帜了吧！

林渊立有气无处撒，又不能把电话里那个人揪出来当面对质，暴怒驱使下正打算把投币电话砸了，冷不防听到那一句话，简直惊天动地。焦灼的世界仿佛突然停下了，聒噪的声音全没了，他瞬间石化，唯有心脏剧烈地跳动，握住电话的手逐渐滚烫。

"夏葱茏，再说一次。"

"回去，不然我就不要你。"

"谁要听这句啊。"

"回去，别让你妈一个人过春节，你连孝顺都做不到，怎么做我男朋友？"

"这……你是希望我对你孝顺吗？"

"我妈有外公外婆陪着，不是一个人，我才是一个人。没有网络，没有你，没有任何电子设备，还不允许外出，我又不是囚犯，这种日子要我怎么过？"

"乖，再忍耐一下好不好，你可以找你妈谈谈人生啊。"

"是啊，我找她谈了呀，我开口闭口都是你，三句不离你的名字，她听烦了，让我闭嘴，不然就打我。"

夏葱茏揉揉太阳穴，一时找不到合适的词汇说服男朋友回那个会挨揍的家庭，便只好守着尴尬的立场硬说："那个，我跟你说，你妈怀胎十月不容易，她打你你就当打针，忍一下就过去了，回去好不好？"

"哼，除非……你把我想听的话再说一次，我就回去，好不好？"

大哥，刚刚那是情急，现在稍微冷静下来，她也不气急了，还怎么敢说那种话？

夏葱茏委实难以启齿："林渊立，我以女朋友的身份，命令你回家陪你妈，行不行？是我的话不好使，还是我的身份不好使？"

林渊立不依不饶，好歹也是一米八三的个头，竟靠在投币电话边上撒娇："哎呀女朋友，你就说嘛说嘛，再说一次嘛！"

　　说他个大头鬼！

　　夏葱茏强硬起来："赶紧回去，你妈该着急了。"

　　"哎。"林渊立在地球的另一边笑着摇摇头，有些事在有的人身上，是可一不可再的，珍贵得如同他的心，只有一颗，只能托付给一人，"你不说，那我说好了，我也爱你。"

　　这一瞬间，夏葱茏的心跳加快了许多。

　　"听到了吗？夏葱茏，我也爱你。"

　　"听到了。"快别说了，她的心脏没那么好！

　　林渊立像一头得到抚慰的狮子，忽而变得无比温顺："那我回去了，你要每天想我，默念我的名字一万次。"

　　"嗯。"

　　挂断电话后，夏葱茏猛地松了一口气，转瞬又是一阵落寞。

　　谁说她没有每天想他？她每分每秒都在想他，她想他，想疯了。要是他知道她这么喜欢他，肯定会得意坏了。

　　在这样一个风雨飘摇的晚上，夏葱茏根本不可能安然入眠，她想了很多，想林渊立，想他的家庭。

　　或许，林渊立压根没有什么姐姐，那个所谓的影帝长女，根本不存在，那不过是纽兰用来给亲儿子打掩护而制造的热搜话题。

　　不然，一个活生生的人，怎么可能无迹可寻，就连私生子都已水落石出。如果真有什么影帝长女，夏葱茏敢保证，她会像林渊立那样，被悉心安排在众目睽睽之外，让公众根本察觉不到她存在的痕迹，怎么可能这么高调地上热搜。

　　目前，影帝家庭都被曝光了，只有林渊立无人问津。他活了这么多年，从未被哪个缺德的狗仔送进公众视野，纽兰怕是花费了不少心思。

　　她对林渊立的管制严格到变态的程度，怕是有她自己的苦衷，曾听闻她在家里装监控，逼得他要发疯，如今看来，也许她是不得已而为之。但她一定很爱她的儿子，那个她曾经深爱的男人已经远去，她便把全部的爱都归于林渊立。

林逸夫的私生子比林渊立小不了几岁，也就是说，他早就另有家庭。这等猛料对狗仔队来说无疑是个宝藏，他们在没有丧失视力和八卦实力的情况下，晾着这么个宝藏十多年，怎么可能。

不论是纽兰或是林逸夫，总有一个在狗仔队那里做过交易，才能把这么劲爆的消息压下来。

至于这个沉寂多年的炸弹怎会突然引爆，大概是有人想它爆吧，或许是林逸夫，或许是小三，也有可能是纽兰本人，谁知道呢。

夏葱茏唯一能确定的是，原本可以用钱掩盖起来的丑闻，再也没人愿意在这上面白白投入了。或许，是当中某个当事人，厌倦了靠金钱维系的圆满家庭吧。又或许，是小三想转正，自爆。

人心难测，不论是谁干的，不管出于什么动机，林渊立泡沫般的平静生活，终究还是被戳破了。

松花蛋朋友多交际广，夏葱茏通过她的关系轻松找到杨脩一的联系方式。

对于杨脩一这个人和他的私生活，夏葱茏从松花蛋那探得一二。他跟林渊立一样，家庭优渥，从没为人民币发过愁。

他初中就进入时尚圈，偶尔干干走秀模特的活。家里人都是金融圈的专家，整天满世界飞，坐飞机像打的一样，后来可能觉得打飞的不划算，杨脩一他爹索性给自家买了飞机，顺便养几个帅气的飞行员撑撑场面。

杨脩一是企业继承人，却有着当模特吃青春饭的梦想，杨家上下皆是嗤之以鼻，就连用人都觉得自家少爷不务正业。

但不务正业归不务正业，杨脩一的零花钱从没少过，他的家长认为他的梦想不靠谱，但会穿衣不算缺点，可以酌情纵容一下。

可杨脩一没兴趣玩"衣冠禽兽"那一套,要指望他整天穿着笔挺的西装,人前人后地表演绅士风度,那就想多了,这位公子哥爱穿奇装异服扮演新新人类,简称弄潮儿。

当家里人发现,这崽子画风新奇到全家都掌控不住的时候,已经太迟了。杨脩一顺利在国际时尚舞台崭露头角,但凡要走红毯的地方,都会邀请他。

杨家父母能怎么办,总不能买了飞机还不给他用,再上演一段经济封锁的戏码,让这个生来就是富二代的儿子流落街头,体验一回贫困贵公子的生活?父母经济霸权这种事,在杨家不流行。

他们乐观地想,只要给他进行文化改造,多少能拯救一点他的玩物丧志。然而杨脩一该读名牌大学读名牌大学,该拿A拿A,该玩转时尚玩转时尚,一样都没落下。这点倒和郭朗妮很像,只要是自己喜欢的,就算与世界为敌也要坚持到底。

琼林玉树是硕都最具盛名的私人会所,今晚这里有个时尚秀,出席的都是有头有脸有权势的纨绔子弟,身为本市最受瞩目的时尚咖,杨脩一必会到场。究其原因,就不那么纯粹了,怎么可能只为时尚,当然还有声色犬马的鸡尾酒会。

夏葱茏最讨厌这种场合,不管场地多豪华,有酒的地方就乌烟瘴气,没多少人能在酒精的作用下保持仪态。夏葱茏是个极度自律的人,人前人后都习惯保持清醒,所以总给人一种冷酷无情的错觉。

讽刺的是,这些假正经的酒会,还不是普通人随随便便就能去的,得有通行证,夏葱茏没有,但她有杨脩一的电话。

杨脩一一听她的声音就差点跪了:"林渊立不会高兴你来这种地方,我不能答应,我还想要他这个朋友。"

"那太好了,我也不想进去,要不……麻烦你出来一下。"我有事要骂你,当面骂那种。

"你找我有事?"

"嗯。你出来再说,里面太吵了。"我怕咆哮的效果出不来,夏葱茏腹黑地想。

"也好,那请你稍等。"杨脩一没察觉到半点危险,毕竟夏葱茏的语气太平静了。

深宵时分,城市的灯黑了一大半,道德模范和良家妇女都已歇下,只有狐朋狗友和寂寞的男女不肯回家。

这么一想,夏葱茏不禁笑了,没有林渊立,身边少了闹腾的声音,所到之处都变得分外寂寥。尽管已经接受了事实,但她仍然惊讶自己竟对另一个人那么眷恋。

从前不觉得,分开才知情深。

和林渊立结束通话已经两小时,夏葱茏站在琼林玉树门外,被冷风一吹,两眼干涩,有些犯困了,可一想起杨脩一是林渊立第一个求救对象,她就有点羡慕妒忌恨,再带点恼火加精神振奋,为什么要给他买机票啊?

她打了个哈欠,杨脩一便走出电梯,推开玻璃门,从里头探出头来:"不冷吗?"

"冷。"夏葱茏走进去。

会所第一层是个类似酒店大堂的地方,隔音极好,不论楼下嗨得多沸腾,楼上闹得多像轰炸,这里完全听不见。

杨脩一领着夏葱茏到沙发坐下,他那舒适的状态就像回到自己家,显然是这里的常客。反倒是不大爱来这种地方的夏葱茏有些无所适从。

冷清的大堂不知从哪钻出一个穿着深蓝制服的男侍应,对方毕恭毕敬来到杨脩一身旁,向他这种愿意一掷千金的富二代提供得体又贴心的服务:"杨公子,您和您的朋友需要喝点什么吗,需要把您留在四楼的酒拿下来吗?"

"不用。"

杨脩一连头都没抬一下,对这种俯首称臣的服务姿态习以为常,问夏葱茏:"想喝点什么?"

她想喝一碗热腾腾的大酱汤，让全身上下都暖和，可在这种地方提这种要求，未免太低俗了："你们这儿，有没有不带酒精的饮品？"

不等男侍应开口，杨脩一侧过头去不咸不淡道："给她做杯生姜热可乐，可以吧？"

他又回头看看夏葱茏："上回你给林渊立做过一杯，他吹嘘了三天三夜。"

冲这份生姜可乐，待会儿不能朝他吼了，做人要知恩图报。

男侍应服服帖帖地去了，看逢场作戏的杨脩一对那女孩有着不同寻常的保护姿态，以为她对杨脩一特别重要，便丝毫不敢怠慢。

出于"职业病"，杨脩一忍不住上下打量夏葱茏的衣着，还是那副格式化的老样子，牛仔裤黑外套，不必细想，就知道里头搭配着卫衣，今天是星期天，粉红色？

该死！

杨脩一一拍脑门，感觉自己的时尚感快要被这小两口腐蚀了。他真不明白林渊立那家伙怎会喜欢她到那种程度？

自从遇上她，那家伙就放弃了自家牛轰轰的衣帽间，满橱的Armani（阿玛尼）、Versace（范思哲）、Dior（迪奥）、Hermes（爱马仕）等昂贵衣物成了一堆摆设，林渊立再没宠幸过，从前那一身国际名牌换成索然无味的纯色卫衣。他还为她穿"少女粉"！

一想到这里，杨脩一就感到太阳穴突突地疼。偷瞄一眼夏葱茏，要说这女孩不好吧，她又好像足够优秀，冲那傲人的成绩，就没人敢挑她的毛病，即便是他亲爹亲娘，也看过她的采访视频，她那不经意间流露出来的霸气，让人一言难尽又无懈可击。

只是……她身上有个臭毛病，是杨脩一穷其一生也无法姑息的。

她对时尚的轻蔑！

她怎么可以把穿衣变成一道工序，时装在她眼里难道只有星期一到星期天的区别？她是魔鬼吗？

"什么事让你跑这儿来找我？"他若无其事地问，"为那家伙？"

"嗯。"

"他明晚就到了，他没告诉你？"

什么？！

"明晚？他没回去，没出机场？"

"没。出了这种事，他在美国还待得下去？"

夏葱茏咬咬牙："他知道了？"

"嗯，我都告诉他了。"

"！！！"

夏葱茏面色一凛，双眸寒光闪闪，浑身杀气腾腾："你为什么要这么做？"

杨脩一摊摊手，满不在乎道："总得有一个人对他说实话。"说着又失望地对夏葱茏摇摇头，"他有知道真相的权利，你不是他妈，没必要把他当小孩。"

夏葱茏面色铁青："嗯，你不把他当小孩，所以就给他买一张机票，让他这时候杀回来，到他爸那大闹一场，然后被记者曝光，通过一条热搜正式出道？"

"他要做什么都理所当然，我无条件地支持他。"杨脩一很仗义地说，"如果他真要拿他爸问罪，我就亲自开车送他去。有狗仔队扒他，我就帮他拦着，但我绝对不会对他隐瞒一丝一毫。成年人的世界不全是快乐，他已经不是小孩，应该懂得这一点。"

"他应该懂得这一点，但这一点不该由你来告诉他。"夏葱茏极力克制着即将爆发的小宇宙，要是那男侍应现在就把生姜可乐送上来，她怕是要给杨脩一当头浇一杯，"你在电话里对他乱坦白一通，他在飞机上十多个小时怎么熬？他有权知道真相，但这个真相非要现在就知道吗？我不是他妈，你也不是，我没把他当小孩，可你也不必逼着他一夜长大。"

"我逼着他一夜长大？"杨脩一像听到一个荒诞笑话，忍不住笑了，"我只是没剥夺他痛苦的权利，我对他更公平，也比你更了解他。"

或许吧，所以林渊立在需要协助时，首先联系的是杨脩一而不是她。

她不是玻璃心，但这个认知有点伤人，她拿不出底气反驳。

"夏状元，你还真让人刮目相看，我没想到你也这么婆婆妈妈，这样溺爱他。"

是，她不知道怎么正确地爱一个人，只能先从溺爱做起了。

她愿意让林渊立知道所有的真相，前提是她守在他身边，让他可以放心地把脆弱交给她，而不是隔着汪洋，就把冷冰冰的事实丢给他，让他独自承受这一切，一边无力解决自己的脆弱，一边默默承受残酷的现实。

夏葱茏相信林渊立能应付得来，她只是舍不得他心里那么苦，他在她面前，从来都是阳光明媚的。

电梯门"叮"一声开了，男侍应走出来，把危险的生姜可乐送到夏葱茏面前。

"拿走。"夏葱茏冷冷道，"除非你想让我把可乐扣到这个男人身上。"她指指杨脩一。

男侍应顿时诚惶诚恐。

杨脩一挑挑眉，也冷冷道："我倒想看看，是不是真有女人敢揍我。"

嚯，夏葱茏接受挑衅，淡定端起生姜可乐，对准对方的名牌鞋子浇下去。

杨脩一被烫得跳起来："夏葱茏，我这双鞋是限量版！"

"林渊立的心也是限量版，是孤品，全世界只有一颗！"谁都别想捣碎他的心，连她都不可以，就算是现实，也不准添乱！

夏葱茏急红了眼，吼完便搁下杯子转身离开，却发现有人站在消防通道口，那人并没有刻意藏匿，堂而皇之地听完了整场谈话，没人察觉他早就站在那里。

夏葱茏朝那张俊俏的脸看过去时，那张脸的主人也大方地对她报以好看的微笑，露出了几颗皓齿。

林逍立？！

面对面才看得真切，这厮虽比林渊立年幼一点，却更显得成熟，身材也高挑。秀气是天成，贵气是养成，或许是他没有一个像纽兰那样善于保护儿子的妈，身上少了几分林渊立的华贵，更具年轻男子血气方刚的敏锐，那双琥珀色的眼睛透着这个年纪不该有的魅惑和戾气。

夏葱茏像见鬼一样，险些失声尖叫。刚从热搜上看到的人，突然出现在眼前，是不是太刺激了点？

杨脩一顾不得那双限量版鞋子，伸手把夏葱茏抓到身边，警惕地看着那个比林渊立更像影帝儿子的男孩："小鬼，你满十八岁了吗？来这种地方。"

"有钱使得鬼推磨，看样子你们都认得我？"林逍立的声音低沉而浑厚。

夏葱茏不愿继续逗留，甩开杨脩一的庇护，一言不发地走出琼林玉树。

身后响起轻快的脚步声，她忐忑地回头，迎面遇上林逍立，还没反应过来，那早熟的小鬼便一把将她拉到怀里，俯脸吻上去。

夏葱茏急切地推开他，一记耳光狠狠地抽过去，还没开口吼他，杨脩一朝他脸上追加了一拳。

林逍立及时扶住路边的树才不至于跌倒，扬起脸时，一道血痕从嘴角流下来，可想而知杨脩一的力道凶猛。

他沉着脸，那份阴狠就像冷冽的风："小鬼，你家教不及格，我来给你补上，现在你应该知道，什么人你不该碰。"

林逍立看着夏葱茏，充满恶意地笑了笑，抬起手背满不在乎地往嘴角一抹："你是我哥的女朋友？味道挺好，他要是个男人，就来找我算账，我等着。"

"他才没工夫理你。"杨脩一冷声道。

林逍立却胸有成竹："他会的，除非她一点都不重要。他应该知道怎么找到我，毕竟我和他有同一个爸爸。"

　　他从容不迫地走向黑夜，与夏葱茏擦肩时，还伸手拍了下她的头。

　　苍天，都什么破事啊！

　　夏葱茏"啪啪"打了自己两嘴巴，恨不得自毁双唇。

　　"喂，坐我的车回去，我让司机送你。"

　　"不用。"

　　"不用？你要再出什么乱子，林渊立得杀了我，你不知道他那个紧张劲？"

第九章
我喜欢她,别的谁我都不要

CONG LONG
XIA YI ZHI

在飞机上苦闷地熬过十七个小时，是林渊立有记忆而来，最为痛苦的一段时间。他发现自己完全不了解父母，他不知道父亲是一个薄情人，也不知道母亲究竟还默默承受了多少事情。

但有一点他弄清楚了，他的家庭是幻象，是母亲纽兰精心布置的，他对父亲的印象也是幻象，也是母亲蓄意隐瞒维护的。以至于刚被告知真相，他还不能完全痛恨起自己的父亲来。

纽兰从没说过林逸夫一句不是，林逸夫常年不在家，她只说他忙，家里总得有人负责赚钱。林逸夫不来电话不常问候，她只说他行程紧记者更紧，顾不上那么多烦琐事。哪怕在真相曝光后，林渊立在机场打电话质问纽兰，她也只是淡淡地说："恭喜你啦，走出童话世界了，妈妈累了，想歇会儿，不跟你耍小把戏了。"

林渊立说："我要回国。"

"想回就回吧。"

"你不抓我了？"

纽兰笑笑："你妈我从没想抓过谁，我连你爸都不抓，还抓你？"

"那你以前管我管得那么厉害？"

"我以前是防狗仔队，怕他们冲上来问你一堆有的没的，你要怎么答？所以我干脆就不让你外出，待在我身边最安全。你回去计划做什么？见女朋友，还是找你爸？"

林渊沉默了一会："原本想见夏葱茏，现在……不一定了。"

"哦？"

"我怕给她添麻烦，狗仔队……"

"狗仔队不会曝光你，你就放心吧。"纽兰从容道，"你妈我花大钱了，狗仔队只会折腾你爸，不会折腾你，他们现在还不知道你小女朋友的存在。"

言下之意是知道了，就不得了了？所以他不能打扰夏葱茏了？

林渊立自认为做不到。

可那句"你妈我花大钱了"，纽兰不咸不淡的语气里流露出几分倦意，林渊立免不了猜测，这些年她为了这个家，到底花了多少钱压下一桩桩丑闻，她是真累了吧？

"妈，这些年，辛苦了。"

"没关系。"纽兰在电话里豁达地笑笑，先一步挂断了电话。

母子通话先挂断电话的居然是她，这对林渊立也是陌生的，他真心佩服母亲的忍耐力，都这样了，还不肯骂一句重话指责对方，简直涵养爆棚。

他从没这么强烈地渴望过陪在母亲身边，可他必须要离开，知道林逍立的存在后，林渊立回国的决心更加坚定了。母亲那里有外婆外公陪着，不会出乱子的，他有更重要的事情要做，母亲的委屈，他要亲手处理。

至于夏葱茏，他突然有点不知该怎么办才好，他想过要好好牵她的手给她快乐，但从没想过要把她扯到自己即将面对的破事里来。

难怪纽兰会说，现在不是他谈恋爱的最佳时机。

林渊立没带多少行李，就一个背包，下机后直接往出口走，看到来接机的杨脩一，他并不感到意外，可看到一旁面色冷峻的夏葱茏，莫名有些心虚。

他答应了她会放弃"逃亡"回到纽兰身边，他没做到，改变主意要回来，也没告诉她。

她在生气吧？

林渊立感觉更加疲惫了，没顾得上与好友打招呼，径直走到夏葱茏身边，勉强打起精神要解释两句，却听她轻描淡写地说："坐飞机很累吧，黑眼圈这么重，是不是没能合上眼睡一觉？我们回家好好休息。"

我们？

林渊立忍不住多想了些，却不敢跟夏葱茏较真，追问她"我们回家"是什么意思，也不敢妄自猜想，怕她嫌他低俗不堪。

都什么时候了，他居然还盼着她能陪在他身边，最好二十四小时都不要离开。

算了,他急着回国,是要办正事的,儿女情长先放一边。

不过,该牵手还是要牵手,林渊立不客气得像向失物认领处讨回自己的手机似的,忙紧握那只手,她手心微凉,他便张臂搂过去,让她半倚在自己怀里,两人相互依偎走出了机场。

杨脩一嫌这两人碍眼,加快了脚步走在最前,恨恨地想,早知道不来了,压根没人需要他。

不过今晚他是司机,上了驾驶座,他把一部新手机递给林渊立:"你原来那部在你妈那吧?满足你所有要求,已经开通国际长途。想去哪?先送她回去,然后去我那?"

林渊立接过手机,低头看看怀里的人,疲倦的双眼隐含不舍,还没开口,便听她轻声道:"回你家。"

"那你呢?"

"我陪你。"

林渊立犹豫了下:"你想好了?"

"当然,绝非意气用事。"

"不。"林渊立提醒她,"不要忘了狗仔队。"

"没忘,没在怕的。"夏葱茏耸耸肩,酷酷地说,"我们过我们的,他们拍他们的,咱们各司其职,各得其所,让偷拍与被拍之间擦出文明的火花。你不用为我担心,姐姐我 Hold 得住。"

林渊立不禁笑了,这是这段难熬的时间里,他唯一一次发自内心的笑,起初他还担心天塌了一半往后的日子要怎么过,没想到见了夏葱茏后,自己竟还笑得出来……

她是他的吉祥物。

林渊立把她抱得更紧了,夏葱茏却挣脱出来,又重新把他抱住,让他靠到自己肩上:"你睡会儿,从机场到你家至少一小时呢。"

林渊立稍微靠了靠,便起来捏了一把她瘦削的肩:"你要长胖点,肩膀硌死人了，要我怎么睡。"说着便平躺下去，枕到她腿上。

杨脩一幽怨地从后视镜里看到这腻歪的一幕，免不了埋怨："喂，影帝儿子，你女朋友把我一双限量版鞋子弄脏了，我现在看了就烦。"

"那就别看。"

"那鞋子谁来善后？"

"你家没用人啊？"

"我家用人不负责替她善后。"

"那我赔钱。反正是我女人犯的事，我来买单天经地义。"

"呵……"杨脩一轻蔑地冷笑，"钱就不用了，这东西我也不缺，可我也不喜欢白糟蹋东西，鞋子是不是该拿回去，让她清理干净？"

林渊立一脚踹向驾驶座，杨脩一猝不及防地颠了一下："林渊立，你想死？方向盘在我手里，你女朋友和你的命也在我手里，别搞这种危险的动作，我警告你！"

"杨脩一，我看你是活得不耐烦？让她给你洗鞋子，想都别想！"她给他洗他都舍不得呢。

林渊立从没想象过夏葱茏干家务活的样子，在他印象里，她就应该舒舒服服、安安静静地做自己喜欢的事，但凡要耗体力的活，他都不情愿她做。

他看过她看书的样子，那样子多好看啊，没有杀伤力，像个充满好奇的孩子。他想，她睡觉的样子一定也会那么无害，不像平时那般冷冰冰的，总带着生人勿近的疏离感。

不过，只要她开口，冷酷的姿态便透出几分挑衅，让他总想听她多说两句，想更靠近她一些。

以前他只想斗赢她，后来觉得她有点好玩，现在觉得她很善解人意。

从下机到现在，她一句指责的话都不曾说过，甚至没提起任何令他不愉快的事，她的体贴让林渊立觉得，自己还能更喜欢她一点。

杨脩一还想说些什么，却被夏葱茏冷声打断："杨公子，夜路危险，好好开车。"

她伸手抚上林渊立的眼睛:"还有你,累了就别逼自己废话,睡会儿。"

林渊立下意识地合了合眼,忍不住抬手按住她的手,抓下来,轻吻一下:"谢谢你来接我,是杨脩一告诉你我要回来的?"

林渊立后知后觉,皱了皱眉:"等等,你是怎么弄脏他的鞋子的?你们私下碰过面?"

糟了!

夏葱茏埋怨地看看前方那个握着方向盘的人,真想一巴掌朝他后脑勺拍去!

空气瞬间凝固,突然的安静让"久别胜新婚"的甜蜜气氛变得极其诡异。

明明没做过对不起男朋友的事,夏葱茏却有些心虚,想起自己被林逍立轻薄过,林渊立要是知道了,会不会气得整个人炸起来?

那晚的事该不该告诉他?

夏葱茏朝前头甩了记眼刀,杨脩一不必回头就感受到后方恶意满满,他自知多嘴,悔得想把林渊立送回机场让他赶紧乘飞机回美国。

林渊立静静观察了一会儿,敏锐地发现事情不妙,瞥了眼夏葱茏,没舍得朝她发脾气,便抬脚踹驾驶座出气:"说。"

杨脩一想着要不自己还是下车吧,反正林渊立会开车,他是真不敢让林渊立那醋坛子知道,他那个好弟弟亲吻过夏葱茏,还是嘴对嘴那种……

"咳咳。"杨脩一硬着头皮说,"确实见过一面。"

林渊立握着夏葱茏的手一紧,眉头深锁,冷冷地盯着方向盘,好像这个错误理应由杨脩一全部承担:"什么时候见的面?"

"昨天晚上。"

"呵,还是晚上?晚上几点?"

"差不多午夜的样子。"

又是一阵静默，诡异的气氛中飘荡着一种不容忽视的杀气。

杨脩一忙解释："是你女朋友给我打电话的，她都跑到琼林玉树了，我总不能不管她吧？"

这会儿林渊立彻底被惹怒了，猛地坐起来瞪着夏葱茏："你一个良家妇女，去那种地方做什么？"

良家妇女……

夏葱茏从没想过这么女德的词会被用到自己身上。

"你别激动，我顶着大寒天三更半夜去见他，当然是因为你啊。"越到这时候，夏葱茏便越是平和，"我本来想痛骂他一顿，居然给你买机票帮你跑路，后来知道他还对你乱说一通，我就更生气了，担心你一个人在飞机上伤心难过胡思乱想，怕你吃不下饭，喝不下水，连觉都睡不了，我是关心则乱，一急就慌不择路横冲直撞，我当时的心情……"

她唇上一痛，林渊立霸道地覆上来，稍稍用力咬了一口，然后舔了舔被他伤过的地方，又印上去，攻势犹如春风化雨，温柔的亲吻中透着无限眷恋。

林渊立当然是生气的，这女人居然敢私下和他的好友接触，她就是他一个人的，怎么可以和别人单独相处，尤其是在夜里！可一看到她为他紧张的样子，他就什么都不怨了，原来她在为他担心。

他怎么就想不到呢，他还以为他的家事只是他自己的事，没想到那些照片，那些新闻，那些言论，对她也是有影响的。他还以为，只要她不受伤害、干扰就可以置身事外，不曾想只要他受到牵连，她便自乱方寸。

夏葱茏推了推他，示意他这是在杨脩一车里呢。林渊立却不管不顾，紧紧把她抱在怀里，讨债似的向她索要过去一周的温存。夏葱茏甚至能感觉到他的心脏怦怦地跳，剧烈又直接，如同一场炽热的告白。

从前她怀疑过他对她的认真，现在他的心跳不会说谎。

杨脩一瞥了眼后视镜，希望夏葱茏聪明点，林渊立想要什么就给什么，总好过给他刨根问底的机会不是？谁都不想跟他分享林逍立那晚逾越之事，好在林渊立是个好哄的孩子，必要时候给他一颗喜欢的糖，就能让他忘乎所以。

可杨脩一忘了，在对待夏葱茏的事情上，林渊立是锱铢必较的，吃过糖后，他又不依不饶地追问："之后呢？还有什么事？"

夏葱茏警铃大作，越过林逍立的部分，半虚半实地交代："之后我用可乐泼湿了他的鞋子，然后就回家了。"

"就这样？"

"就这样。"

"以后不管什么事，再担心再着急，也不能半夜出门，除非有我陪着。"

"嗯。"

夏葱茏靠在林渊立怀里，竟迷迷糊糊地先睡过去了。

长这么大，她还是第一次对另一个人有所隐瞒。从前对父母对师长，她都是坦荡荡的，哪会像现在这样小心翼翼的。

恋爱，把在乎的人都变成了胆小鬼。

沉睡中，夏葱茏感到身体一坠，意识到自己落入一双有力的臂弯里。她无力睁眼，继续睡，移动间身边响起低沉的交谈声。

杨脩一两手都提着行李，一手是林渊立的，一手是夏葱茏的，他埋怨道："你们两个，真当我是男保姆了？"

"少废话，这是给你一个赎罪的机会，私下里跟我女朋友见面，也不考虑一下我的心情。"

杨脩一不怒反笑："明知道她是因为紧张你才来见我，还要瞎吃醋？你是脑子有病还是喜欢自虐，非得跟自己过不去？"

"总之以后不许跟她私下见面。哼，今晚到机场接我，你和她是什么行程？是在机场里刚好碰着呢，还是你去接的她？"

果真超级小气醋劲又大呢。

杨脩一暗笑:"是我好心,不想她一个姑娘家怀揣着思念的心情挤公交,才顺路去接她,这你都不能理解?"

"不能。"某人的语气硬邦邦的,"麻烦你以后别这么顺路。我不会让她坐公交的,我明天就把我的车给她,让她开着到处招摇。总之,我的女朋友,用不着你来关怀,明白吗?"

杨脩一不屑回答,提着背包朝他掷了一下:"当她是什么抢手货呢,整天瞎紧张,她还没她那个室友可爱。"

"嗬……"林渊立瞪他一眼,"像你这种花花公子,还是不要打她室友的主意为好。"

"这种事你也管?"

"管啊,我女朋友最疼郭朗妮了,万一她受了伤,我女朋友会心疼的,她心疼,我也心疼。"

"哦,你心疼得好有纪律。"杨脩一控制不住自己,恨恨地抬脚踢了林渊立一下。

这没良心的,他好心带他女朋友去接机,被数落成这副样子。想他堂堂华启集团唯一继承人,何曾吃过这样的瘪?

看夏葱茏在林渊立怀里睡得踏实,杨脩一无奈地叹了口气:"她还真敢跟你回来,你也真敢带她回来。"

"有什么不敢的,我的女人回我的家,不是理所当然吗?"

杨脩一好心提醒:"不知道她恋爱观怎么样,万一她以后要你负责……"

"我不负责谁负责?"林渊立冷声打断,"我就没想过她和别人牵手的画面,也不想想,你不要跟我来'丑话在前头'那一套,我没想过要跟她分手。"

杨脩一只觉得他幼稚可笑,"难道你想过和她结婚?"

林渊立低头看着那张可爱的睡脸:"结婚就结婚,谁怕谁。"

这是可以置气的事吗?

杨脩一愈发觉得林渊立是个长不大的男孩："林同学，你第一次恋爱，容易冲昏头脑，我就不泼你冷水了，反正经历多了，你就会明白。"

"我现在就很明白，我喜欢她，谁我都不要。"林渊立翻了个白眼，"别用你那些乱七八糟的恋爱态度来揣测我，我这人有感情洁癖，不需要那么多感情经历，一个就够我回味了。"

杨脩一同情地看看半睡半醒的夏葱茏，替她捏了把冷汗，但愿林逍立别再来捣乱才好。

林渊立有感情洁癖，杨脩一是知道的，那家伙看起来玩世不恭，实则比谁都较真，所以长这么大初吻都珍藏得好好的，直到遇到夏葱茏，才一时冲动豁出去了。

杨脩一怀疑，夏葱茏究竟知不知道自己捡了个什么样的男孩？林渊立可不像表面上那么纨绔。同理，那家伙有多认真就有多霸道，她扛得住吗？

林渊立家用的是密码锁，杨脩一看他腾不出手来，便熟练地输入密码，一路把男保姆的角色演到底，替他们把行李拎到客厅。

林渊立随意踢掉鞋子，回头对杨脩一说："这么晚了，你也早点回去休息吧。"

杨脩一的脸色一黑："我以为你会说，这么晚了，你也别走了。"

"呵呵，不行哦，我家里有女孩了，不方便留你过夜。"

杨脩一的脸色更难看了："你就是那种重色轻友的人，以后失恋了，我一定会开香槟恭喜你的。"

"呵呵，我不会失恋的哦，我不会允许这个女人在我掌心里逃掉。"

"这可说不准。"杨脩一诅咒了一句，算是出了口怨气，一脸不悦道，"我走了，我要去琼林玉树寻求安慰。"

"慢走不送。"

林渊立都懒得回头看他，直接上楼进了房间。

他住的是独立别墅，有泳池，有后花园，还有私人车库，夏葱茏要是白天走进别墅,必会感叹纽兰品味独到,难怪能把林渊立养得这么华贵高雅。

　　林渊立之所以选择历史专业,也是从小受到纽兰启蒙引导。纽兰觉得孩子就得多读好书,对品格和审美都有帮助,她不需要林渊立当明星做名人赚大钱,只要求他有一身好修养。

　　不曾想林渊立读着读着,就钻进去了。阅读是他毫不费力就能坚持下来的事,所以上大学后,他毫不犹豫地选择读历史,反正他也不需要考虑就业问题,还不如继续做自己喜欢的事。

　　纽兰对此十分支持,她宁愿林渊立一辈子沉迷在书堆里,当一个快乐的学者,历史比未来安全,历史既成定局,伤害不了任何人,而未来可以。

　　再者,纽兰不觉得自己是个优秀的母亲,她无法教会他的,历史和伟人可以,林逸夫根本没时间陪伴孩子,那就让历史当林渊立的父亲好了。

　　林渊立的卧室没什么花哨的装潢,只有必备的家具,一幅风景油画挂在床头的墙壁上,那是整个空间唯一的点缀。

　　林渊立把夏葱茏放到床上,替她掖好了蚕丝被,还体贴地在床头柜上放一杯温水,让她醒来的时候伸手就能喝一口。

　　他转头走进浴室,坐了将近十七个小时的飞机,他要好好冲刷下身上的疲惫和气馁,明天醒来还有正事要做。

　　毕竟是陌生的床,不远处又有梦境一般的水流声传来,夏葱茏睡了会儿便醒了,看到旁边有个透明水杯,她伸手就拿起来喝。

　　夏葱茏知道这是哪,所以即便是陌生的环境,她也不会觉得不安,反而很好奇,眼珠子骨碌碌地转着观察四周。

　　浴室的门突然开了,林渊立从里头走出来,身上只挂着一条浴巾,在擦着刚洗完的脸。

　　夏葱茏来不及欣赏他完美的线条,吓得呛了一口水,咳得满脸通红。

　　林渊立没想到她已经醒了,有些意外,但不惊慌。

　　"你慢点喝啊。"他快步走过去,打算替她拍拍背。

夏葱茏急急摆手阻止："你别过来……咳咳咳……咳咳咳咳咳……"咳得肺都要出来了，还要小心做好视觉管理，一心一意地注视地面。

林渊立白皙的脚印入眼帘，夏葱茏更紧张了，没敢抬头，光听声音就知道他在笑："害羞了？"

呵呵，这家伙真是……三更半夜的，站那说什么废话！这晚她要能淡定地应付过去，该害怕的是他吧！从小到大，她还没这么直接地目击过男性身体。

夏葱茏又摆了摆手："快滚一边去，还让不让我喝水了？"

"哦。"林渊立十分听话，马上就绕开了，从另一侧上了床，钻进了被窝。

夏葱茏刚放松了点，马上又提起了心，浑身都僵了，梗着脖子回不过头来。

林渊立坦荡得像献宝一样，带着滚烫的热度来到她身边，伸手夺过她的水杯，把她喝剩的半杯水一口干掉，在这一系列动作行云流水地进行时，他的胳膊和胸膛不经意间碰到了那个紧张到定格的人。

"睡吧。"富有磁性的声音响起。

夏葱茏红着脸道："我还没洗漱，我先去刷牙，我的行李呢？"

"在客厅，没拿上来哦。"

"那我下去拿。"

"不用，你用我的就好啦，我的牙刷和毛巾都在浴室，睡衣也可以穿我的，我去给你拿件T恤。"

"不用。"

"啊，你也不穿吗？"

夏葱茏马上就后悔了，忙点头道："穿穿穿，我穿！"

"嗯，那我去给你拿。"说完他就下床了。

夏葱茏想跪下，求他放过她的心脏和鼻血。

她不敢多待一秒，扭头走进了浴室。拿起他的牙刷往嘴里上下刷的时候,夏葱茏幡然醒悟,不对喔,她明明可以拒绝的啊,凭什么他说不用就不用,她就应该坚持下楼取行李啊!

然而更深的套路还在后头……

洗漱一番后,夏葱茏壮着胆子走出浴室,林渊立已经回到被窝里了,很好,视觉清新。

夏葱茏走到床头她睡的那侧,一件白色T恤被随意搁在枕头上,她拿起看了看,稍稍平复下来的心情又紧张起来:"喂,只有T恤吗?"

林渊立侧卧着面向她,眨了眨无辜的眼,露出了无害的笑容:"对啊,睡觉穿T恤还不够吗?有我还有被窝,你不怕热吗?"

"我要穿睡裤。"

"我的裤子对你来说太长了点,你穿着走路不怕摔吗?"

夏葱茏差点被绕进去了,思索几秒后扯着脖子吼他:"穿着睡觉摔什么摔啊?!"

林渊立笑出声:"瞧瞧,还不承认害羞?"

"我也没否认啊!"夏葱茏看似随意地把T恤丢开,刚好覆到他俊美的脸上,"我下楼拿行李。"

她转身就走,经过床尾时,手腕忽地一紧,随之身体一轻,她被整个卷走,跌到林渊立怀里,熟悉而陌生的气息扑来,熟悉的是他的呼吸,陌生的是初次闻到清香的沐浴露味。

夏葱茏脸上红扑扑的,林渊立认为这是他看过最好看的妆容,那是情人间才有的甜蜜的悸动。

他笑了笑,掌心轻抚她的脸庞:"你怕什么?"

"我什么都不怕,只是紧张。"她如实汇报。

他低下头去,她并未拒绝,用唇回应他的热烈。

良久,他离开她的唇,亲吻她的额她的眼,柔声道:"我累了,睡吧。"

"嗯。"

"别下楼了，连我都是你的，穿我的T恤干吗不好意思，这里又没外人。"

"我只是想多穿条裤子……"

"干吗要多穿，这里又没外人。"

他还真不把她当外人啊……

至于他对她有没有别的危险的想法，她早就做好了充分的思想准备，既然她做出要陪他回家的决定，就无所谓羊入虎口。

夏葱茏重新拿起T恤，背对着林渊立脱掉卫衣，忽而四周黑了，是他伸手关了灯。

"笨蛋。"他笑着躺回去。

夏葱茏一时没适应这突如其来的黑暗，但不可否认这让她自在了不少，她顿时放松下来，不急不躁地换上T恤，摸索着回到被窝。

林渊立一伸手把她拉到怀里，要她贴着他的胸膛入睡。

"你就不该陪我回来。"他轻声责备，"你是故意的吧，想考验我的定力？"

"才不是。"

"那你是做好准备了？"

"嗯。"

林渊立浅笑一声，把她抱得更紧了："我不会乱来的，虽然我真的很想。不过，你千万不要因为我今晚很乖，就怀疑我的能力，我这么忍着，也是很辛苦的。"

"那真是辛苦你了。"夏葱茏习惯地打趣一句，把自己也逗笑了。

林渊立忍不住又低下头吻了吻她，愈发觉得自己像个接吻狂，他没想到自己竟会这么喜欢亲吻一个女人。

能这样交换温存就很满足了，即便他想要的更多，但他珍惜她，不想利用她的关心拥有她。既然他有决心为她拒绝所有女人，也能为她克制住一时的冲动。

夏葱茏的呼吸声传入耳畔，林渊立宠溺地在她额间轻吻了一下："谢谢你，我爱你。"

"我也爱你。"她的声音透着慵懒的睡意，绵软动听。

手机接二连三来电，终于把夏葱茏闹醒了。

勉强睁开眼时，午后的日光倾泻而来，刺眼又温暖，让夏葱茏想走到窗边看一看。

她发现自己睡在正中央，被雪白的蚕丝被严严实实地包裹着，林渊立没在，她的行李已经被提进卧室，昨晚空了的水杯也已重新接满。

夏葱茏喝一口水，温度略凉，但也缓解了喉咙的干涩感。她拿起手机看了看，有数个陌生来电，都来自同一个号码，还有林渊立发来的几条信息："之前回美国，用人都放假了，我最晚一点到家，我们一起做饭。"

"一个人在家别怕，我家很安全，你可以随便参观，室内的摄像头都撤了。"

"我卧室你也可以随便翻随便看哦，我光明磊落。"

"快十一点了还没起来？醒了要给我回信息哦，我会担心。"

"我想你了，你在干吗啊懒虫，快起来快起来！"

夏葱茏马上给他打电话，才响一声便接通了："哼，才起来吗？我八点就出门了，没我你也睡得挺好的嘛。"

"这至少说明你的床很舒服……"

"那你以后住我家，不许走了。"

"看你表现，你在哪？"

"回来的路上。"

"你去哪了？"

"出门办点事，回来亲口告诉你。哦对了，我家开锁密码是19491001。"

"这不是我国开国大典日吗？"

"对啊。"

"以前不知道你这么爱国。"

"现在知道也不晚啊。我对国家和你都一心一意,天地可鉴。"

"路上慢点开车,回来再说。"

"你再陪我聊会儿嘛,万一我因为想你而无法集中精神开车,出车祸怎么办?"

"那我就可以换新的男朋友啦。"

"夏葱茏!"

夏葱茏嗤笑:"边打电话边开车不安全,回来再说,乖啦。"

挂掉电话不到一分钟,夏葱茏甚至没来得及从行李里翻出牛仔裤,手机又响个不停,还是那个陌生号码。

夏葱茏之所以没回电,是想回避这个号码,说不上具体原因,就是隐隐感到不安。

可对方那么执着,这样下去不是办法,林渊立就要到家了,她不接他也会替她接的,他是个敢于接受挑衅的人,最喜欢别人给他制造难题。

"哪位?"夏葱茏按下接听键,好奇与忐忑兼有。

那头浑厚的男声有些耳熟:"夏葱茏,原来你是状元,网上你的采访视频挺有意思,我从昨晚到现在也就看了二十多遍。"

"你得多无聊才这么干。"她认出他了,林逍立。

他干笑两声,笑声邪里邪气的:"我只是想好好看看那个夺走我初吻的女人,这算无聊吗?"

"是你硬塞给我的。"夏葱茏纠正道,"你以为我稀罕?小鬼,你到底想干什么?我没工夫陪你闲聊。"

"我哥回来了吧?"

"与你无关。"

"哦,他真不来见我?"

"有什么好见的?"夏葱茏翻了翻白眼,"你和他本就毫无交集,就不能互不相干地继续过下去？"

"他妈做了那样的事，你指望我能大发慈悲地放过他们？也不是不可以，你和林渊立分手，和我在一起，那之前的事就一笔勾销。"

"之前的事？什么事？"

"你认为我们一家三口是谁让狗仔队曝光的？这事总得有人付出代价。只要林渊立痛苦，就当扯平了。你离开他，他就会痛苦，你和我在一起，他会更痛苦，他痛苦，他妈才会后悔。"

夏葱茏按捺住想摔手机的冲动，嘴角抽搐了两下："父辈的事与你和林渊立都无关，你们不应该牵扯进来。"

"你都上大学了还这么天真？我有自己的母亲要保护，正如林渊立会保护他母亲。他确定不见我了？那就别怪我，他会后悔的。"

夏葱茏十分好奇："你见他要做什么？"

"没有原因，就是想见。"

夏葱茏暗暗好笑："这些年你是否孤独寂寞？"

林渊立是不想见光，林逍立是见不得光。

那头突然沉默，夏葱茏接着说："你妈无名无分，必须小心取悦林影帝，才能把他留在身边，恐怕在你身上没投入太多精力，你是孤独的吧？所以一知道有个哥哥，就作天作地地想引起他的注意？"

"激怒我对你没好处。"通话被切断。

夏葱茏看看手机，愈发觉得好笑，纸老虎，就他那点心思，能瞒得住她？她果断把这号码拉黑。

有个问题越来越困扰夏葱茏了——该不该向林渊立坦白这一切？

该。好的恋人不该有所隐瞒，夏葱茏拿定了主意。

林渊立推门走进卧室时，夏葱茏正在穿衣服，还没适应有异性这么堂而皇之地闯入私生活，她吓了一跳尖叫一声。

林渊立面色一黑，并没退避，理直气壮地走过去，帮助她把穿了一半的柠檬黄卫衣穿完。

"你啊。"他敲敲她的脑袋,"防我像防狼一样,麻烦你把这份警惕用来对付别的异性行不行?"

夏葱茏略显窘迫:"那个,林渊立,我有重要的事必须向你汇报。"

"这么巧,我也是,先陪我打个电话。"林渊立颇有仪式感地握住她的手,两人特端正地坐在床尾,好像要携手创一番大事业似的。他正要拨通太平洋彼岸的号码,微博不合时宜地弹出一条热搜信息。

一个词条分外刺眼,林渊立沉着脸打开微博,一条带着"爆"字的热搜话题以摧毁服务器之势刺激着网友神经:#影帝私生子PK华启独子#。

夏葱茏忙抓起自己的手机一看究竟。

热搜配图里,林逍立和杨脩一正为一个女孩大打出手,乍一看有点争风吃醋的意味,那女孩没有曝光正脸,但光看背影夏葱茏就认出了自己。

那是前天晚上,林逍立扑上来亲吻她后,杨脩一气不过便替林渊立出了口恶气,送了林逍立一拳,拳头还挺重,林逍立迅速扶住树干才没跌倒,夏葱茏记得他嘴角流下血丝的模样。

如果只是这样,林渊立的坏情绪还可以抢救,偏偏第二张配图里,恰好捕捉到林逍立拥吻夏葱茏的画面。

照片里两人十分般配,像极了一对年轻的小情人,夏葱茏的倩影在镜头下显得弱不禁风,林逍立一条胳膊便能完全搂住她的腰。

刚买的新手机,林渊立扬手一掷砸到墙上,瞬间五马分尸,屏幕的碎片散落到地上,就像他现在的心。

他还没从父亲与母亲的互相伤害中缓过气来,就要面对弟弟与女友的"意外事故"?

他百分之百相信夏葱茏的为人,这里头必定有误会,九成九是那个不要脸的林逍立打她主意,她的力气哪里敌得过那个比她高出大半个脑袋的男生？从前自己不也仗着力气欺负她吗？

可一时间要他怎么冷静地说服自己大方释怀？他不是圣人，他只是个霸道的酷王啊！他就是在意，在意得要死，妒忌得发狂！

坐在林渊立身旁的夏葱茏一哆嗦，本能地想离他远点，她真不喜欢他这种暴君式的愤怒，暴力又野蛮。看他那样子，也不太需要解释，只想一味地发泄，那就躁起来吧。

"我这部也给你摔。"夏葱茏把自己的手机留在床尾，起身往外走。

她不会在这时候安慰他，更不会在这时候迁就他，省得他少爷脾气愈发来劲，她不妨碍他失控发狂，已是她全部的体贴。

林渊立追出去，冲到走廊看她走下楼梯，冷声喊住她："夏葱茏。"

她脚下一顿，回头，迎上他凛凛的目光。

"你收拾一下，回家去吧。"

夏葱茏怔了怔，很快反应过来，按捺住委屈的情绪，颔首："好。"这是他最后一次赶她走，她以后都不会来了，不会再给他赶她出门的机会！

夏葱茏沉着脸收拾，动作迅速干脆，足够暴露她愤怒不满的心情。这时候她应该留下来看着他，不让他做更冲动的事，可她也需要消化自己被赶走这种糟心事，昨晚是她要陪他回来的，今天就要收拾东西回家了，还有比这更伤她心的事吗？！

夏葱茏完全把冷静理智抛诸脑后，恨不得把那大少爷拍扁到墙上，抠都抠不下来！

收拾好后，她拉起拉杆箱朝站在房门口的人张望了一眼，咬了咬牙，极力克制着怒火，道："那晚我不知道林道立为什么突然扑上来吻我，现在知道了，原来他早就安排了记者，难怪他那么有把握，说你一定会见他，你最好别去。"

"嚯，你一个收拾好包袱就要潇洒离开的人，凭什么要我听你的？"

夏葱茏扯高了嗓音："总之我不准你去，不许你和他见面，一句话都别对他说！这时候你最明智的做法就是保持静默！静默你懂吗？如果你不听话，我就不要你！不信你就试试看！"

"嘀，不要我？"他面色冷得就像北极冰封的海洋，"那你打算要谁？要林逍立吗？！"

他走过来把她揪住，指尖恨恨地抹过她的唇："你想要我怎样？夏葱茏，如果是你看到我和别的女人抱在一起接吻，不管出于什么原因，你还愿意碰我吗，你会原谅我吗？换作是我做了这种事，恐怕我跪下你都不会看我一眼！"

"对！"夏葱茏怄火得半死，一怒之下直戳他敏感的心，"你有感情洁癖是不是？如果嫌弃就不用勉强在一起，分开好了！少跟我来这套！"

"分开？！这种话也能随随便便说出口？！"他抓住她的肩膀拼命地摇，恨不得把她脑海里有关林逍立的一切统统晃掉。

看她那收拾东西的果断劲他就来气，平时不见她这么听话，这种时候她的执行力倒是突飞猛进啊！她是存心要气死他的吧？

他生气摔手机，她扭头就出门，她怎么就这么洒脱啊？他才是受伤的那个好不好，她怎么能那样毫无负担地走掉，把他留在这里，他是说扔就扔的垃圾吗？

夏葱茏试着挣脱："林渊立，你放手！我要再留下来，算我污辱你！"

手机铃声如丧钟般响起，当然是夏葱茏的，林渊立那部手机已经不能运作了。

是新的陌生来电，夏葱茏不必细想就知道是谁，顿感一阵无望，林逍立这个混蛋！

林渊立从她的表情里察觉出异常，抢先一步去接听，响起的男声让他攥紧了拳头。

"夏葱茏，拉黑我就能躲开我吗？不缺钱就不缺号码，这么简单的道理你都不懂吗？照片喜欢吗？你发现没，你和我也很登对，要考虑换男朋友吗？"

　　林渊立没说话，一点一点地回头，两眼冒火地看着夏葱茏，额间青筋突起。

　　夏葱茏不知道林逍立说了什么丧心病狂的话，真担心那家伙会被这个同父异母的便宜弟弟给直接逼疯，她忽而不想离开了，就算会被嘲笑成牛皮膏药也要赖着不走……

　　果然，下一秒，林渊立咧了咧嘴邪魅一笑，吓得夏葱茏不寒而栗。

　　太、太可怕了……他这样子，还不如直接发脾气来得友善……

　　林渊立索性按了免提，把手机递到夏葱茏面前。

　　林逍立作死的声音还在继续："我会比我哥对你更好，要不要试试看？姐弟恋也有火花……"

　　夏葱茏果断挂了电话，将这串新号码拉黑。

　　林渊立面如死灰，转身下楼，夏葱茏还没追出去，便听见楼下传来"咣当"一声巨响。

　　她下楼，看见满地玻璃碎片，酒柜竟被林渊立重拳击碎了。他满手是血，却不觉得疼，伸进手去取出白酒，"咕噜咕噜"地喝。

　　夏葱茏冲过去要夺酒瓶，林渊立一把推开了她，手上的血染到她的卫衣上，在她心上晕开。

　　"你走。"他颓丧道，"不是要走吗？洒脱一个给我看，我就不信，没有你我就活不成了！"

　　夏葱茏知道他受伤了，后悔刚才说了重话，眼下最重要的是给他处理伤口。她给杨脩一打了电话，询问他林渊立家有没有急救箱，在哪里？

　　得知杨脩一看了热搜便往这边赶了，而且马上就到，夏葱茏松口气，这花花公子对待朋友倒是重情重义。

　　夏葱茏在杨公子的指示下找到急救箱，坐到林渊立身边要给他处理伤口，岂料那家伙却耍小性子转过身去，躲开了她的手："关你什么事？我就喜欢这样伤痕累累，用不着你管！你这女人，说走就走，不配当我女朋友！我不要你这种狠心的，我喜欢那种听话乖巧的！是我不要你！"

林渊立说着把手里空了的酒瓶摔了个粉碎，又从酒柜上拿下一支全新的红酒，猛灌。

夏葱茏手忙脚乱，本身力气就输他一大截，现在他半醉半醒的，借着酒劲就更难摆平了，真不明白他受了伤怎么还能使出那么多力气来，不疼吗？

夏葱茏扑上去抱住他，企图夺过酒瓶把他按下，可他根本不配合，把受伤的手举得高高的，让她够不着酒瓶，也治愈不了他。

血丝顺着酒瓶流下来，夏葱茏一阵心疼，急得泪花自眼角涌出："林渊立，对不起，你别糟蹋自己了好不好？是我的错，是我不好，可我也不是故意的啊，我怎么知道那个人会突然冲上来……我还真没养成那种走在路上就提防着别人扑过来吻我的警惕，我又不是自恋狂，哪会有这种危机感啊。我以后注意一点就是了，我去学咏春拳、格斗术什么的，好不好？再随身带点辣椒水，谁敢碰我一下我就折腾死对方，好不好？你听话，让我给你包扎伤口，好不好？"

他对她失望透顶，不理她就是了，何必这样苦着自己呢。

夏葱茏苦涩地想，要是他不喜欢她了，她绝对不会纠缠他，她给他足够的安宁，才对得起现在那么深的喜欢。

谢天谢地，杨脩一来了。

一进门就看到那个高举酒瓶不能自己的失落青年，身上挂着个泪眼汪汪的"挂件"，杨脩一竟有了拍照发朋友圈的冲动……

他极力压住笑意，堆起满脸严肃走来，没质问夏葱茏怎么当的小护士，不但没把伤口处理好，还把自己弄成这副泪眼模糊的狼狈样子。

夏葱茏抹了把泪，破天荒地对杨脩一流露出热情："你终于来了，快把他制服！"

杨脩一没耽搁，三两下就把林渊立按在沙发，顺手接过他手里的酒瓶，没好气道："搞什么？瞧你这副样子，不知道的还以为你失恋呢。"

醉醺醺的青年早就意识模糊了，完全无视蹲在地上给他包扎伤口的女孩，哀怨道："她不要我了，跟闪电一样，溜得可真快，她才是闪电侠吧。"

夏葱茏当头就想给他一拳，低声啐一句："我是背锅侠才对！"

杨脩一玩心大起，偷偷开了手机录音："她怎么不要你了？"

林渊立道："我瞎吃醋，说气话赶她走，她就真走了！哼，不可饶恕，不知好歹！全世界那么多女人，有的是愿意花心思取悦我的！"

夏葱茏神色黯淡，不愿跟一个醉汉搭腔，佯装没听见。

杨脩一道："果然，你吃林逍立的醋？我就知道。"

"哼，真恶心，连名字都跟我这么像！"

"想揍他吗？"

"想啊，可我不能见他，见不着怎么揍啊？"

"怎么就不能见他了？我有的是办法找到他。"

"不行！夏葱茏不准我去，她说不许和他见面，连一句话都不能对他说，不然就不要我……刚刚接了那个人的电话，我硬是一声没吭，真是条能屈能伸的英雄好汉啊。"

杨脩一埋怨地瞪了夏葱茏一眼，怒其不争地拍了林渊立一下："就那么怕她不要你啊？"

"不怕，我怕过什么，我什么都不怕……"

夏葱茏总算处理完伤口，腾出工夫逗逗他："那要不你别要她了，让杨脩一给你介新的女朋友，好不好？"

突然听到熟悉的女声，林渊立勉强睁了睁眼，看了看她略显红肿的眼："好啊，等我有了新女朋友，她就可以吃醋了，她也该尝尝我心里的滋味了……"

此话听着，连杨脩一都觉得酸楚，他瞅了瞅夏葱茏，只见她无奈笑着摸摸林渊立的头："嗯，你女朋友交给我来惩罚，你上楼好好睡一觉，好吗？"

"不去。"林渊立胡乱摆手,"她不回来,我哪儿也不去,看谁耗得过谁!"

"出息。"杨脩一摇摇头,对夏葱茏说,"就让他睡这儿吧,他现在可沉了,我可不想扛他上去,万一摔着就不好了,客房在那边,你抱一床被子出来吧。"

夏葱茏顺着杨脩一指着的某个方向去了,抱了一席蚕丝被出来,替林渊立掖好,然后稍作打扫,把地上的玻璃碎片统统处理掉。

一晃眼,已是夕阳西下时,想想自己醒来以后还没吃过东西,却一点不感觉饿,再看看那家伙,已经迷迷糊糊地睡过去了。

夏葱茏打了个哈欠,也乏了,决定上楼睡一觉,等清醒了,冷静了,精神了,再决定去留。

夏葱茏躺下睡着没多久,便听见楼下杨脩一亮起嗓门吼道:"夏葱茏,快下来,这家伙又耍酒疯了,这酒后劲忒大了!"

夏葱茏挣扎着爬起来,感到一阵头疼,和喜欢的人争吵太伤元气了,只冲他吼了几句,就累成这样,他把自己折腾成那副样子,得休息多久才能恢复过来?

夏葱茏下了楼,林渊立已经爬起来了,那床蚕丝被他随意丢到地上,洁白的脸庞透着茜红,他在客厅四处摸索,最后又回到酒柜前,伸手就要抓酒瓶。

杨脩一马上过去制住他:"你别喝了,别逼我动手!"

岂料林渊立瞪他一眼,甩开他的手,反过来教训他:"哼,当然不能喝,这是要拿去送礼的!"

杨脩一怔了怔:"送礼?"

"对啊,我要去606送礼!"

"606是什么地方,新开的酒吧吗?不可能啊,我怎么没听说过?"

夏葱茏满脸黑线,没好气道:"606是我家。"

"哦。"杨脩一困惑地问那清醒不过来的傻子，"搞半天，你是要去夏葱苁家？"

"对啊。"傻子猛点头，"她逃走了！哼，居然丢下我，居然真的不要我！不把她抓回来，我就不姓林！哦，我现在真的不姓林了喔！"

没人注意到后半截……

杨脩一一把扳正傻子的脸，让那傻子的视线瞄准夏葱苁："她逃走了？那这个是谁？嗯，这个是鬼吗？"

林渊立突然安静下来，皱着眉头打量夏葱苁，作如梦初醒状："啊，这个啊，这个是我新女朋友。"

杨脩一看着他，不想说话。

"喂。"林渊立指指门口，催促夏葱苁，"你赶紧走吧，我原配就要回来了，她看到你，会生气的。

"我跟你就是逢场作戏，我就是为了气气她，我对你没有真感情的，我只喜欢她一个。

"快走啊！还愣着干吗？"林渊立上前抓住夏葱苁，用她无法挣脱的力气拽她出去。

杨脩一在一旁围观，极其苦恼地捶捶额头："你这个大白痴！"

夏葱苁摆了摆手，柔声笑道："没事，我先出去，待会儿再回来好了。"

为配合那傻子演戏，夏葱苁一秒都没耽搁，穿上了鞋子就出门，岂料那傻子怕她走得不够彻底，把她推出家门老远还不停在路边吆喝："赶紧消失！敢惹我夫人不高兴，看我怎么收拾你！"

酒精害人啊，酒精害人！

夏葱苁苦笑不迭，只好先找个地方躲起来，不然林渊立看她还在，势必不肯罢休。刚刚出门，她没带手机没带钱呢。

好在杨脩一在身后跟着，知道她大概藏在哪，也能平安护送林渊立回去。

林渊立一到家便又开始翻箱倒柜，杨脩一放弃治疗他了，索性坐在沙发看他失常。

"喂，傻子，在倒腾什么啊？"

"我在找贵重物品，没点家底人家怎么肯把女儿给我，上门提亲总得带点金子吧。"

"带点脑子就行了，不过这东西你现在没有。至于贵重物品呢，这里除了我，最贵重的就是你了。"

"对喔。"林渊立认同地点点头，"那我把自己送到606就可以了。"

"你真去啊？"

"当然啊！再不去，夏葱茏就不要我了！她肯定在等我接她回来！"

"说不定她根本不想回来呢，把人赶走又把人接回来，你说你是不是犯贱？"

"我以后不敢了，怎么能赶她呢，要走也是我走啊！嗯，我走！我妈去了美国，我老婆也跑了，我还留在这里做什么！"

林渊立满怀激动地往外走，杨脩一忙把他拉住："傻子，你干什么？"

"我要去606！"

"去那干吗啊？在自己家丢丢脸就行了，别去打扰人家父母。"

"怎么会打扰呢，我是女婿啊！"

"别自来熟了，没人要你。"

"没人要我……没人要我……"林渊立跌坐在家门口，失魂落魄地说，"嗯，没人要我……我爸不要我，夏葱茏也不要我，她真不要我了，是我赶她走的……怪我！"

林渊立实打实地抽了自己一耳光，泪水从眼角潸潸落下，把杨脩一惊得眼珠子都快掉出来了："你这是……把自己打哭了？"

杨脩一生出几分悔意来，试着把地上的青年扶起："我逗你玩呢，别人家女婿，一个大男人哭什么哭！给我起来！"

然而那家伙自暴自弃扶不上墙："她不要我了，像我爸那样，只要

171

林逍立，不要我。"

杨脩一忽然有点心疼林渊立，两人是发小，他知道林渊立何其骄傲，小时候腿伤了，哪怕不打麻醉缝针，他连眉头也不会皱一下，更别说掉泪了，如今竟然哭得这么伤心。

"我陪你去606。"杨脩一放弃搀扶，在林渊立身旁坐下，"就算丢脸，我奉陪了。我和你一起把她追回来怎么样？她要敢不要你，跟别人跑了，我帮你打断她的腿。"

"她要敢和林逍立有半点苟且，我第一个不放过林逍立。你爸不要你，我爸要你，你是我爸义子啊，忘了？你未来还要给人当女婿，夏葱茏他爸也是你爸，你不缺爸爸啊，何必计较一个林逸夫。"

"怎么样，傻子，走不走？"杨脩一动手拉他。

"别、别……"

"不想去了？"

"别打断她的腿，我不想她坐着轮椅穿婚纱。"

夏葱茏刚走进前院，便看见林渊立呆坐在别墅门口，哭得那叫一个伤心。生怕他情绪宣泄了一半被打扰，她便小心退到车边，利用杨脩一的路虎挡住自己。

她想，这家伙闹也闹了，哭也哭了，该把这些天的打击和挫败都排解出来了吧？酒醒之后，他是不是可以重新出发，好好面对家庭变化？

听见脚步声，夏葱茏抬头，看见杨脩一正扶着林渊立朝这边走来。

杨脩一略显疲态地笑笑："上车吧。"

夏葱茏一句废话也没说，配合地拉开车门，帮着把那两眼无神的家伙塞进后座。

"说要去你家提亲呢。"杨脩一撇撇嘴埋怨道，"把我累得够呛，真不知谁逗谁玩呢。"

夏葱茏觉得好笑，带上车门后看看那个浑身酒气的家伙，凑过去扶住他，让他枕到自己腿上。

他平躺着，眼巴巴地看她，老实不过三秒又打算闹起来，夏葱茏低下头去，温柔地吻住他。她的气息如一剂解药，瞬间让他安稳下来。

杨脩一松了口气，无视后方，平稳地发动了车子。

夏葱茏扶住林渊立，另一只手按上他额头："看清楚没，我是谁？"

林渊立动了动唇，没说话，见夏葱茏未领略到真意，便急着挺起身来。夏葱茏复又俯下去，他安静下来，全心全意地迎接她送来的吻，如火焰般炽热。

"女朋友……"他啜嚅道。

"嗯？"

"夏葱茏。"

"嗯。"

"不许走。"

"嗯。"

"林逍立，不可以。"

"哎。"她一手握住他，"不管你醉了，还是醒了，有些事情你得自己想通，旁人帮不了你，我也帮不了。"

他睁着醉眼注视她，仿佛这样她便不会转身不见。

夏葱茏的掌心在他额间来回摩挲，柔暖的触感逐渐抚平他心上的伤口，难得的绵言细语也透着治愈的魔力："林渊立，我最喜欢你，只喜欢你。你知道自己多闹腾吧，我是那么喜欢清静的人，有你一个，够够的了。不准你在这时候和林逍立接触，是怕你做出过激的事，是想保护你。你心里难过，你吃醋、抓狂，没地方发泄，就在家里摔东西发脾气，跟我吵架，跟杨脩一打架。但再怎么胡闹，也要有胡闹的限度，绝对绝对不能伤害自己。你不是你一个人的，还是我的，明白吗？"

"那你呢？"他声音沙哑地问，"你是我的吗？"

"当然了。"

"那你为什么要走啊？"刚清醒了点，就又开始计较了……

夏葱茏根本懒得搭理他。

"就算我赶你，你也不能走啊，更何况那是气话，我不懂事，你也不懂事吗？"

第十章
谁说只有他想娶，她也很想嫁

CONG LONG
XIA YI ZHI

原以为林渊立酒醒了，车子就该调头回别墅，可那家伙再三坚持要到606。

夏葱茏想，他大概没彻底醒吧。

杨脩一是个很够意思的朋友，果真说到做到，陪林渊立登门拜访。如果问夏葱茏什么时候开始对杨脩一有了"好人"的印象，便是从这一刻开始。

"见家长"这种事，很讲运气，碰上对方家长人品不好，诸多挑剔，是吃力不讨好，这远不是朋友该尽的本分，但杨脩一不计较，即便立场尴尬也不怕冒险，能有他这个朋友，林渊立便不算孤单。

夏葱茏是空着手出门的，手里只有林渊立这个半醒半迷糊的男朋友，即便到家了也只能按门铃。

夏爸爸夏傲亭在家，他和夏葱茏一样，有一套自己的行为准则，譬如冬天一定不工作，完全放空自己，他怕冷，一到冬天就不愿出门。

夏傲亭在全球最大的拍卖行工作，是为数不多的在海外执槌的内地拍卖师，对中国字画颇有研究，把中国字画卖给一窍不通的外国收藏家，对他来说是非常有意思的工作。

夏傲亭是个务实的人，他觉得"把中华文化发扬光大"这种理想太虚了，什么才叫发扬光大？就好比梵高，不是人人都懂得他作品之精髓，但人人都知道那价值很多个亿。

尽可能地把中华文化兑现到最高价值，也是发扬光大。

夏傲亭热衷于拍卖事业，每年至少有一半时间漂泊在海外，就是为了让那些个即便看不懂中华字画艺术的外国人，也愿意一掷千金买下来。

为此，他会熟读各种历史书，给每幅字画找到它们被创作的原因和过程，偶尔累了，便让夏葱茏去整理资料，做成PPT向他汇报。

夏葱茏倒不介意成为父亲的副手，她只是不爱做PPT，更不喜欢做完以后煞有介事地站在投影幕布前给父亲讲述历史故事，讲不好还要挨批评。

有些字画能找到的资料零零碎碎，夏葱茏得费好些工夫东拼西凑，像拼图一样把有限的信息拼凑起来，堆砌出一个相对完整的故事。

"爸，你拍卖的时候要给人讲故事吗？"

"我拍卖的时候给人讲钱，不讲故事。"

"那干吗要为难我啊？"

"每幅字画就像每个人，有属于它的过去和未来，我看待它们就像看待你，你的过去和未来我都不想错过，它们的也是。"

理由这么清新脱俗，夏葱茏熟读上下五千年历史都无法反驳，那么多年的养育之恩，做PPT就做PPT吧。

至于夏妈妈王孜孜，早些年就和夏傲亭离婚了，是夏葱茏求着他们分开的。

双方都是个性极强的人，都不愿妥协，两人自带引爆器，一碰面就炸，夏葱茏在夹缝中生存苦不堪言。

王孜孜认为，像夏傲亭这种男人，总一副不食人间烟火的样子，空有皮囊，假高贵。婚姻期间他就没到过厨房一回，而她那么享受家庭生活，她热情似火地烧了一桌子菜，换来他客气谦和的几句提醒："太太，你的围裙多久没洗了？上面那么多油渍，看着不嫌碍眼吗？你要注意个人卫生。"

他的关注点总是那么令人无语。婚姻教会王孜孜，帅气不能当饭吃，即便夏傲亭说得也没错，但就是惹她不痛快。

而夏傲亭觉得当审计师的妻子太会算账太难养，不像女儿那么容易伺候，给口饱饭就行。王孜孜想要的很多，柴米油盐酱醋茶，陪伴体贴无微不至。前者他雇个用人就能解决，后者跟他的性格有冲突，他才是那个需要被体贴的人好不好？

两人婚前如胶似漆，婚后势同水火，所有的爱情都消耗在婚姻的琐事里。但为了夏葱茏，王孜孜觉得再混账的婚姻生活也能忍受，可夏葱茏不同意，爱有爱的原则，不爱就别勉强，别说为了孩子。

两人好不容易分开后，夏葱茏面临一个重大抉择，跟爹还是跟娘。夏葱茏没怎么犹豫就选了前者，爸爸看着不食人间烟火，但偶尔会给她煮碗面。

她喜欢这样的爸爸，有缺点，但可爱。至于妈妈，从不乏追求者，夏葱茏不想耽误她改嫁，反正爸爸这种性格，没哪个女人受得了，就由当女儿的受着吧。

一开门看见女儿身后跟着两个俊美的男孩，夏傲亭会意地笑笑，亲和地招呼客人进屋。

夏葱茏家采用浅咖啡色装修基调，淡雅的奢华像极了这家的男主人，莫名地就让人放松下来。杨脩一独自坐在单人沙发上，那小两口紧靠彼此坐在长沙发上。夏傲亭坐在一套精致的茶具前，怡然自得地烧水沏茶。

林渊立难得正经，一副来谈大生意的样子，再加上那一身酒气，夏傲亭猜想，这小子会不会醉醺醺地向天再借五百年？

"叔叔好，我是夏葱茏的男朋友。"这本该由夏葱茏说的，林渊立却抢先开口，特别郑重其事，"我叫林渊立，哦不，我今天改名了，以后我姓纽，叫纽渊，渊博的渊。"

什么？！

夏葱茏和杨脩一迅速地交换了惊讶的眼神。

"什么情况？"杨脩一问。

林渊立特严肃地道："我才不要和林逍立一样。"

"你们也没完全一样，不还差一个字吗？"

"呵，我就想和他差得更多，手续我都办好了。"林渊立忿忿不平道，"我那位爹也太缺德了点，有时间搞外遇没时间搞原创，给小三儿子取名字还占我妈便宜，我的名字本来就是我妈起的。"

原来他今天外出是办这事，夏葱茏回味过来，忽而有点同情林逍立，这私生子连名字都沾了哥哥的光，又能得到多少关爱？

夏葱茏不由得叹息一声。

林渊立皱皱眉："怎么了？"

"有点同情林逍立。"

"你同情他？"

"对，我同情他，连得到的名字都不是父母用心给予的。他有什么错？他又不能选择自己的出身，他只是个孩子，和你一样，你别太过了，该恨你爸恨你爸，别拿孩子撒气。"

"哼。"林渊立顾不上夏傲亭在场，酸溜溜地较劲，"他上高三了还算小孩？我看他是巨婴吧。太过的是他，想引起我注意就直接冲我来，亲我女朋友算怎么回事，我不会原谅他的！不去揍他是因为你不准我去，不然早把他打趴下了。"

默默聆听的夏傲亭不禁浅笑一声，林渊立马上肃静。

夏傲亭放下茶壶，摆了摆手，示意林渊立放轻松："别误会，我没有嘲笑的意思，我只是想起那张照片，一开始还以为认错了，原来真是我家葱葱。"

即便在长辈面前，一谈到这事林渊立还是绷着冷脸，没法强装大方。在意就是在意，他骗不了人的，也不觉得自己这么个吃醋法是丢人，他紧张夏葱茏，就不怕让全世界知道。他就是小气，就是不喜欢别人碰她一下，他有什么错？

感受到那小子在为女儿吃飞醋，夏傲亭觉得有点好玩，但也不愿再去刺激他，岔开话题说："你现在叫纽渊对吧，我记住了。"

夏葱茏暗暗好笑，忍不住捏了捏林渊立的臭脸："好了，纽渊同学，我会尽快适应你的名字，别去想那些破事了。"

名叫纽渊的某位严肃地点点头："以后不要叫我林渊立，我不会搭理的。"边说着边四下看看。

夏傲亭看出他在找寻什么，和颜悦色地告诉他："家里只有我和葱葱两个，我和她妈妈离婚了，葱葱跟了我。"

"哦，不好意思。"纽渊同学有点尴尬，"我不知道情况，只是想问候一下。"

"没关系。"夏傲亭瞥了女儿一眼,"在一起不久吧?还没来得及分享家里的事,很正常。"他怕那较真的小子会责备女儿没坦诚家里的情况,护犊子般要替她辩解一句。

然而纽渊同学并不计较,一心一意看着心仪的女孩:"以后你慢慢告诉我,关于你的事我都想知道,全部。"

"嗯。"

夏葱茏一手挽住他,一手指指被忽略的杨脩一:"爸,这是林渊立,哦不,纽渊的好朋友。纽渊同学最近家里出了点事,你这么英明神武,就刚才我们提到的那些信息,应该猜得差不多了吧?他爹是影帝先生,最近家变,他心情不好,今天喝多了,状态有点不对,你不要因为这样就对他印象不好哦。"

杨脩一接力似的补刀:"叔叔,纽渊同学这副样子跑来,是想借着酒劲提亲呢。因为觉得自己失去了父亲,他更想牢牢抓住夏葱茏。身为朋友,这一点我可以保证,他对令爱很紧张。"

"顺其自然就好。"夏傲亭保持一贯淡雅的笑容,"我不会干扰年轻人,你们都放轻松。茶好了,喝点吧,可以解酒。"

他转头又笑问夏葱茏:"这就是你昨晚夜不归宿的原因?"

除非上学,否则只要他在,夏葱茏一定会在家陪着,昨晚却那样跑出去,可以看出这小子对她很重要。

"嗯,爸,网上的消息你也看了吧?这家伙有点想不开,我想多陪着。"

"明白了,喝茶。"夏傲亭波澜不惊,连给客人斟茶递水的动作都优雅好看,举手投足间尽显不凡的魅力和一流的修养。

"谢谢。"林渊立安静地观察夏傲亭,许是极度缺乏父爱的关系,一见温文尔雅的夏傲亭,便马上对他有了好感,"叔叔,您不会介意吧?"

"介意什么?"

"我爸是个丑闻缠身的人,夏葱茏随时有可能受到莫须有的干扰,但我会保护好她，请您放心。"

夏傲亭笑笑："没什么不放心的，我认识比狗仔队厉害得多的人。"

"谁？"

夏葱茏顿时拉下脸："不要说我妈坏话。"

"开个玩笑。"夏傲亭还是淡淡地笑着，以至于在他提要求时，让人都无法拒绝，"葱葱，让你朋友去洗个澡吧，这身酒气对家里空气不好，去我房间给他拿套衣服。"

"爸，他今晚可以留宿吗？"

"可以，我们家不缺客房。"

纽渊同学忙朝夏葱茏使眼色，满脸的"不要不要"："叔叔，我只是来看看她家，上回送她到楼下的时候就想上来，但那天我要赶飞机。这回借着酒劲来，是想跟您表个态，我对她是认真的，我不会让她受半点委屈，我想她一直和我在一起，我会像她一样孝顺您。我今晚还是要回家，不在府上打扰了。"他才不要睡客房，他要和夏葱茏一起。

夏傲亭心如明镜，脸上还保持着笑容："既然你不喜欢客房，就换个房间，葱葱会安排好的，不用客气，以后少喝点酒就行。"

"爸……"夏葱茏脸色微红。

夏傲亭眨眨眼："他要回家，你要陪着，不是一个道理吗？你成年了，自己有分寸。"更何况她昨晚一夜没回来，真要发生什么也发生了。

夏傲亭不拿女德那一套要求女儿，也不谈女强那一套逼迫女儿，他只要她活得随心自在，快乐自由。不管将来她遇到什么，他都能供她一辈子，没什么可担心的。

"留下来吧。"他和善地说道。

纽渊对这种类似父爱的关怀根本没有抵抗力，即便那父爱是冲着夏葱茏，而他只凭着男友身份分得了一点，也让他倍感幸福。

他听话地去泡热水澡，把那一身酒气清洗干净，然后穿上夏葱茏买给夏傲亭的睡衣。回到夏葱茏房间，发现杨脩一已经离开了。

看夏葱茏正抱着小说坐在床头，不再姓林的纽同学为求关注，一手拿开了小说，挤进被窝把她抱住："觉得我的新名字怎么样？"

"不太习惯。"

"那你可以喊别的，有个称呼你一定会习惯，而且只有你可以喊。"

"滚。"

"哼，不滚，你要补偿我！我要补偿！来嘛来嘛……"

一个大男人，也好意思跟她撒娇……

夏葱茏咬咬牙，用自己都几乎听不见的声音挤出了两个字。纽渊同学听不真切，却分外激动，清澈的大眼睛神采飞扬："你再说一遍，再说一遍！我没听见呢！"

他凑过去，把耳朵送到她嘴边。

夏葱茏索性咬上去，却没舍得在他耳根用力。林渊立脸一热，猛地回头吻下去，越动情越贪婪。

"夏葱茏，你做我老婆好不好？"

"别说这种幼稚话。"

"哪里幼稚，我是认真的。"

"认真你个头，你才大一。"

"那又怎样，以前的人到这年纪，早结婚了，像你这么大的，都是孩子妈了。"

呵，孩子妈？

"林渊立，你少拿这种事情唬我。"

"你老公我改名了。"

夏葱茏不想搭理他，重新抱起小说清心寡欲地默读起来。偏偏她越逃避，他便越要征服攻克。

"老婆，你别看书，看看我嘛。"林渊立撩人地把脸凑过去，蹭了蹭夏葱茏的脸庞。

"老婆，书比我好看吗？"

"老婆，夜阑人静的，我们这么团结地抱在一起，不论是结拜还是结合，总得付出点行动吧。"

夏葱茏干脆合上书，"啪啪"在他身上敲两下，改名的那位忙一手扼住她手腕："打的是你自己男人，下手这么重？万一打傻了，后半辈子谁养你？"

"我可以自己养自己，我爸也愿意养我。"

"你做梦！"林渊立重新把她拉到怀里，一翻身把她按到枕头上，"只有我可以养你，你爸不可以，你也不可以。不过……如果你有闲钱，可以养我，给我买东西，譬如睡衣？你都没给我买过东西，你只给你爸买，你还是人吗，你到底爱不爱我？"

"爱！很爱很爱！"夏葱茏忍不住抬手捏捏那孩子气的俊脸。只要是两人独处，他便卸下所有坚强的盔甲和成熟的伪装，本真和脆弱暴露无遗，那个最真实的他，大概只有杨修一和她看过。

"你要给我买东西哦。"他还是不依不饶，挪到她肚皮上撒娇似的蹭了几下，"买很多很多，让我从里到外从上到下穿的都是你买的衣服。"

"嗯，好，我尽快落实。"夏葱茏嗤笑一声，"等你以后有能力了，我要一边不遗余力地花你的钱，一边辛辛苦苦地挣钱给你花。"

"嗯，我要一边养你，一边吃软饭。其实，我现在就可以养你。"

夏葱茏撇撇嘴："不用了，你现在花的还是你妈的钱呢。"

"谁说的？"林渊立一秒严肃，"你少瞧不起人，我可是杨家的义子，这些年跟着做了不少投资，我现在花的每一分钱都是自己赚来的。不过，以前我妈管得严，不允许我手里握有太多资金，大概是怕我有了钱就变成另一个她不喜欢的样子吧。为了让她放心，我大部分资产都在杨脩一名下。"

夏葱茏细想，突然明白过来："所以在美国的时候，你才会第一时间给杨脩一打电话？"

"不然呢？你该不会以为，我先找杨脩一是因为更依赖他吧？"

夏葱苈确实有过这种酸溜溜的想法,但她不打算承认。

然而林渊立目光如炬,一眼就看穿她的沉默,止不住狂笑,躺下去把她抱在怀里:"白痴,我告诉你,我这辈子就依赖过两个人,以前是我妈,现在是你。杨脩一和我情同手足,他对我很重要,但跟你是不一样的。你竟会因为这种事计较,我很高兴。"

顿了顿,他突然敛了笑意:"知道吗,夏葱苈,我真的很喜欢你。"

"我也是。"

"不。"他摇摇头,"你不会明白的,你根本不知道。"

"我怎么不明白,怎么不知道?"

林渊立嘴角微扬,淡淡的笑意中溢出一抹苦涩,他的手抚过她的脸庞,这是他希望每天醒来就能看到的面容。

"女人,你爸在国外工作,以前放暑假的时候,你应该出国探望过他吧?"

"嗯。"

这天晚上,夏葱苈和心爱的男孩讲了很多自己儿时的事,最后还聊到了父母的婚姻,把自己的过去坦白得干干净净彻彻底底。

入睡前,林渊立抱住她在她耳边问:"陪我做一件疯狂的事好不好?"

"嗯。"夏葱苈睡意来袭,迷糊间点了点头。

接下来整整一周,林渊立没皮没脸地赖在夏葱苈家,没有人赶他。家里还有夏傲亭这个脾气好到不行的爸爸,他住得特别温馨快乐,林逸夫带给他的创伤似乎在这里得到了治愈。

最重要的是,这些天足够他把夏葱苈的卧室翻个底朝天,他看过她的身份证、护照、往来港澳通行证,甚至还偷走她一张银行卡。

夏葱苈对林渊立暗中密谋的一切浑然不知,甚至想不起来自己在某个夜晚答应过他,要陪他做一件疯狂的事。

对她来说,在婚前把男孩带到家里来住,就已经足够惊世骇俗了,她的下限不能再低了。

林渊立倒是老实，整整一周过去，都只抱着她入睡，并没进行意料中的成人礼。

这天一早，夏葱茏被强行摇醒。

"女人，起来。"

夏葱茏看看窗外，天还是漆黑一片，竟要她从温热的被窝里出来，不可能的。

"不起。"

"不行，你必须起来，今天有重要的事。"

"多重要都没睡觉重要。"

林渊立邪恶一笑："今晚，你将要为这句话付出惨重代价，我忍你很久了，今晚不会再忍了。"

说着，他便残忍地掀开被子，夏葱茏瑟瑟发抖地卷缩起来，他也毫无怜香惜玉之意，从衣橱里找出一套衣服，手动给她换上，她因为犯困而放弃挣扎任他折腾。

林渊立端详着眼前的女孩，那眼神犹如在打量一盘美味佳肴，一想到今晚就能把她吃干抹净，便精神抖擞。

替她穿好衣服，林渊立把被子盖到她身上，转身上洗手间找出牙刷，挤上牙膏后回到卧室，发现夏葱茏已经睡过去了。

林渊立端起床头的水杯，喝了一口喂进去，夏葱茏猝不及防，险些呛着，好歹还是咽了下去，林渊立出其不意地把牙刷探进她口腔，牙膏的清新味道让她稍微清醒了些，夏葱茏勉强睁了睁眼，委屈地看着他，口齿不清地："你……去哪？"

"刷完牙你就可以接着睡。"

这回答牛头不对马嘴，但夏葱茏并未在意，刷完牙后合上眼又睡过去了。林渊立用温水替她擦了擦脸，横抱着她出了门。

这时还不到六点，别说夏葱茏起不来，就算林渊立要把这家里洗劫一空,这家的男主人夏傲亭也只会好脾气地劝告他,抢归抢,动作轻点,别扰他清梦。

除了林渊立,没人知道这家里天未亮就有客到访,杨脩一再一次发挥了友谊精神,帮助林渊立神不知鬼不觉地把睡梦中的女孩带上了私人飞机。

夏葱茏全程睡在林渊立怀里,偶尔听到杨脩一的声音,还以为自己在梦里精神出轨了,怎么敢梦见男朋友的好朋友呢。

"哎。"杨脩一坐在机舱另一侧的单人沙发上,瞟了瞟对面的夏葱茏,"状元又如何,睡着了照样是个白痴。"

"不要这样说我女人。"林渊立瞪了他一眼。

杨脩一呵呵冷笑:"你这条白眼狼,为了帮你偷人,我提供私人飞机不止,还要凌晨四点爬起来,我就不用睡觉?我不是人?"

"你不是,在我眼里你是禽兽,不然怎么会喜欢到琼林玉树那种地方。"林渊立有感情洁癖,对好朋友糜烂的私生活不敢恭维。

他就不明白了,杨脩一怎么那么有工夫浪费在满不在乎的女孩身上?他太清楚杨脩一的为人了,就算那些女孩对他百般讨好,他也不会真的往心里去。郭朗妮倒是个例外,杨脩一居然为一个连交谈都没几句的女孩打起来,可要说他喜欢她,又不太像。

"拜托,那只是一个私人会所。"杨脩一看不见林渊立的脑洞,不知道自己的私生活正遭受他强烈的鄙视,自顾不暇地打声哈欠,接着道,"人家合法经营,做的也是正规生意,没你说的那么不堪,咱们河水不犯井水,别用你情深意切那一套要求我,我注定是个多情的帅哥。"

"呵……滥情而已。"林渊立嘴角抽搐,"据我所知,你每晚从那里离开,总有女人在身后跟着。"

"完全正确,是别人跟着我,不是我拐走她,你以为人人都像你,天没亮透就把人从家里偷出来,回头你打算怎么跟夏叔叔交代?"

"我感觉夏叔叔不会当回事,我在那住了整整一个星期,就没听过他大声说话,他连笑都很节制,从来不会哈哈大笑,夏叔叔是唯一一个比我妈还仙里仙气的人。资产都转移了吧?"

一提这事,杨脩一就来气。

林渊立和杨脩一自小相识,由于杨脩一醉心时尚事业,踮脚都提不起对金融投资的兴趣,便拉着玩伴林渊立一起,听父亲杨靖平大谈特谈生意经,让林渊立帮忙应付。

日子久了,杨靖平偶尔外出谈项目,还会带上林渊立这个天资聪颖的义子,杨脩一也会跟着去,但他就是去玩的。

杨靖平很快就发现林渊立在投资方面眼光独到,很多不被看好的中小企业,譬如做芯片研发的中园微电子公司,便是在林渊立不依不饶地"撒娇"恳求下,杨靖平才勉强解囊,投入了一笔不大的资金,后来得到了远高于预期的回报。

杨靖平最后才知道,林渊立嫌他出资少,利用义母,就是杨脩一他妈对自己的宠爱,说服了她补投一笔资金。果然,中园微电子迅速崛起,很快便成为中国最大的芯片研发公司之一。

杨靖平问林渊立:"为什么这么看好这家公司?"

林渊立说:"芯片研发是我国目前最缺的技术,物以稀为贵嘛。"

"研发公司不少,你怎么偏就看中这一家?"

"很简单啊,我和杨脩一到过他们公司,他们的研发人员很愿意分享,一谈到芯片研发就滔滔不绝,一定是很热爱这个事业吧。"

那时的林渊立才初二,十四岁,没有人会把他当作投资人看待,大多公司都让他这个"熊孩子"别瞎闹。那个愿意跟他聊天的研发哥哥纯粹是乐于分享,他很欣赏这份没有目的没有杂质的热情。他看中的不是那家公司,而是研发人员的赤子之心。

杨靖平知道,纽兰为了不让林渊立脱离掌控,基本上不给他太多零花钱,当然也不会鼓励他在学业期间玩投资,但杨靖平认为林渊立是好苗子,便在他十五岁生日那年,给了他一百万。

这一百万对林渊立这种出身的孩子来说，真不算多，但他很知足，有了筹码，他就可以上战场。

杨靖平以为林渊立会继续跟在自己身边，这样回报最快风险也最低，毕竟他身边有专门的调研团队和分析专家，但这小子就如一匹脱缰的野马，手上有筹码就不愿跟他玩了，没日没夜地拉着杨脩一躲在书房里，没人知道他们在干什么。

四个月后，才十五岁的林渊立把一张一百二十万的支票送到杨靖平的办公室："义父，谢谢你当时的慷慨，多出的二十万当利息了。"

追问下，杨靖平才知，林渊立抓着杨脩一当副手，两人废寝忘食地研究医药行业，连作业都没写。林渊立看中了一家医药公司，除了潜入那家公司的研发工厂，围观制药人员的秘方之外，他把可以做的事情都做遍了，花钱买下那家公司近两年来的销售报告，找私家侦探跟踪了解那家公司的总裁和总裁家属都做了些什么，最后才拿定主意买那家公司的股票。

林渊立的目标很明确，他要尽快把本金还给杨靖平，他不能拿着人家的钱白白享受。

也是从那时开始，林渊立赚到了人生的第一桶金，但这些钱不能存到他名下，既然母亲要他安心学习当个普通学者，他很愿意制造这个假象，让妈妈放心。他一直在用自己的方式迁就着宠爱着母亲，尽管在杨脩一眼里有点窝囊。

"喜欢什么想做什么就直接说，藏着掖着干什么？"杨脩一总这么批评他。

林渊立总笑着摇摇头："我妈脾气倔，向来说一不二的，我不想跟她吵。况且我爸常年不在家，她一个人带着我够无聊的了，我想顺顺她的意。"

所以当他知道母亲为了让他幸福成长，常年对他隐瞒父亲真实的模样，他对她没有丝毫的责怪，只有心疼。

这些年林渊立投资的获利全都记在杨脩一名下，杨脩一曾经说过："别忘了你是靠我们杨家发家致富的啊，以后我无心经商贪图玩乐，你要养我啊，让我安心当一个时尚废物。"

"嗯，就算我不靠杨家发家致富，要养你这个废物也不是养不起，你就安心腐败吧。"

两人的君子协议，因为夏葱茏的出现彻底终止了，林渊立转走了所有资产，理由是老婆比天大，如果杨脩一还想靠他养的话，就好好巴结他老婆。

杨脩一气得差点心肌梗死，真想和那家伙彻底决裂，这么多年的手足情，就因为一个女人他要退居第二了。

岂料林渊立说："等毕业了我和她有了孩子以后，你连第二都算不上，好好珍惜现在的位置吧。"

杨脩一瞥了眼熟睡中的夏葱茏，真怕她会不知好歹辜负了林渊立的感情，不由得面露忧色："你是一切准备就绪了，她呢？她准备好了吗？你就不怕她不配合？"

"她答应过我的，她不会反悔。"林渊立的目光一旦触及怀里的人，便会流露出无限柔情。

杨脩一忙别开脸，不愿活生生被虐。他做错什么了啊？愿意为朋友两肋插刀，朋友还真插他两刀。

过分！过分啊！找到真爱了不起啊！他也会找到的！

飞机在香港降落。

他们搭乘的是私人飞机，安检环节没那么烦琐，也没那么严格。

夏葱茏还在林渊立怀里沉睡，大抵是身边的人是她最喜欢最信任的人，所以能睡得如此安心。

林渊立没舍得摇醒她，抱着她走出机场，又上了专车，车子直奔红棉路。离目的地越近，林渊立的心情便越紧张，压根没心思看路上的风景，只管抱紧怀里的人。

夏葱茏感到快要窒息了，半睡半醒地睁开眼，发现自己在车上，有气无力地问："我们去哪？"

林渊立继续卖关子："待会儿就知道了，怕吗？"

夏葱茏皱皱眉："怕？为什么要怕？"

"嗯，不怕就好。"

夏葱茏微微一笑："有你陪着，我什么都不怕。"

"嗯。"

坐在副驾驶座的杨脩一回头，恶毒地笑了笑："这可是你说的。我越来越期待了，你最好说到做到，待会儿可别跑。"

"跑？"夏葱茏眉头皱得更紧了，"我为什么要跑？"

"呵。"杨脩一生怕剧透太多，回过头去不再理她。这些事情，应该由那家伙亲口告诉她。

如此虎头蛇尾的几句交谈，足够引起夏葱茏警惕了，她从林渊立怀里坐起来，才惊觉自己已经离开了硕都，看着路牌上的繁体字，她有些吃惊："我们在香港？"

"嗯。"林渊立握住她的手，"要不要再睡会儿？"

"不用了！"她已经彻底清醒了，再睡下去恐怕自己就要被他卖了！

"林渊立，哦不，纽渊同学，你是怎么把我神不知鬼不觉地运到香港来的？"

"坐私人飞机，杨脩一友情赞助。至于把你带到这里，也没有神不知鬼不觉，早上的时候我不是还叫过你起床？是你不肯醒来。"

瞧瞧他那理直气壮的样子……

"我们来这干吗？"

"等下你就知道了。"

"我现在就要知道！"

"我们来办理结婚登记。"

"什么？！"

夏葱茏瞪大了杏眸，满脸惊惶，这副表情招致林渊立强烈的不满。

"停车。"他冷声命令。

司机赶紧靠边停下。

林渊立下车绕到另一侧车门，拉开门朝里头的人说："下来。"

夏葱茏愣了愣，沉着地看着林渊立，不过是稍微迟疑了下，他便急躁地猫腰探进来，张臂把她抱了出去，一如不久前把熟睡的她抱在怀里一般，娴熟的动作透着无穷爱意。

林渊立抱着她走到车尾，轻轻地把她放到后备厢上，双手扶在她两侧，把她困在两臂之间，注视她的目光中满怀期待又有点受伤。

"要嫁我吗？"

林渊立的声音轻柔，缥缈又真实地落在夏葱茏心上，她现在才知道，原来心跳可以这么快："你什么时候开始偷偷策划这一切的？"

"我说过，你根本不知道我有多喜欢你。要嫁我吗？"

"你居然敢这么把我带出来。"

"要嫁我吗？"他俯身抵住她的额头，眼睛在她眼睛前，交融的目光透着深情和脆弱，"要嫁我吗？说你愿意，我无法承受另一个答案。"

夏葱茏眼眶一热，伸手搂住他的脖子，唇紧紧地贴上他的唇，她的主动换来他接近疯狂的回应，他想把她揉到骨子里，想把她吞噬，想让两颗心牢牢地纠缠在一起。

松开他时，她有些喘气。

林渊立看着她移不开眼，声音比从前任何一刻都温柔："夏葱茏，我想成为你的丈夫，你愿意吗？"

夏葱茏知道自己该说"愿意"或"不愿意"，可她抬头望了望晴朗天空，用无比欢快的心情说："我觉得非常好。"

林渊立明媚一笑，从大衣里掏出一个别致的卡地亚小礼盒，取出其中一枚婚戒，戴在她的指间："以后你就是纽太太了。"

夏葱茏一拍脑门，差点忘了这家伙改名换姓了。不过，不管他姓纽或姓林，叫纽渊还是林渊立，都是她深深喜欢的人。

"纽渊，我爱你。"

"叫老公。"

"老公。"夏葱茏从礼盒里取出另一枚男士戒指，微微笑着给他戴上，这是她愿意花一辈子去宠爱的人啊。

她扬起脸，再次搂紧他的脖子，献上一个热吻。

林渊立从没感到如此心满意足，原来这就是幸福，拥有一个人就拥有全世界。

他抱着她回到车里，杨脩一一眼瞥见夏葱茏指间的铂金婚戒，款式简单而精致，没有浮夸的钻石，更像一个天然雕琢的钥匙扣，把两人的心紧密地扣在一起。

杨脩一莫名有点妒忌："夏状元，你这么轻易就答应了？还是他许诺你什么了吗？"

"嗯，他许诺我一辈子啊。"

杨脩一嫌弃地撇撇嘴："能不能实在点，一辈子这东西，说不准的，你们的字典里就没有'离婚'这个词吗？"

林渊立恨恨地甩了他一记眼刀："不要嘴贱，不要给她灌输这种知识点，她不需要懂这个。"

杨脩一"啧"了一声，扭头看夏葱茏："你也不闹一闹逃跑那套，假装不情愿趁机讹他一笔再大发慈悲地点头？你也太让我失望了，枉我用心良苦费尽心机，陪他做了好多个预防措施作战计划。"

"譬如？"

"你半路嚷嚷着要下车，就用暴力的手段把你非法打晕。"

还真有办法。

林渊立生怕好友剧透更多丧心病狂的计划，一脚狠踢副驾驶座："就你话多，祝福我就行了。"

"祝福你什么？早生贵子还是儿孙满堂？"

夏葱茏瞬间涨红了脸，差点没忍住动手去捶他的脑袋。

林渊立却乐在其中，掌心贴掌心地与她十指紧扣，笑眯眯道："晚点再早生贵子吧，我老婆还要念书。"

说完侧过脸来看夏葱茏："老婆，以前我是副班长，以后是你的陪读。"

夏葱茏不太了解香港登记结婚的流程，但林渊立准备得相当充分，不知从哪儿变出一堆证件，当然包括她的，其中还有纽兰和当地法院法官开出的同意书，和一份《拟结婚通知书》。

夏葱茏好奇地拿起纽兰签署的同意书，不敢置信道："你妈同意我们结婚？"

"什么'你妈你妈'的，我妈也是你妈，喊妈。"

"哦。"夏葱茏特讲究地纠正道，"妈同意我们结婚？"

"为什么不同意？她不也是在自己最红的时候为婚姻息影吗？"说到这里，一层阴影蒙上了林渊立幸福的笑脸，"算了，不提那些事，但我妈比谁都懂得爱情的可贵，即便她失去了，但她依然相信它们最初美好的样子。她懂我，不会因为自己的失败而否定真情的存在。"

夏葱茏紧紧地握住他："我也懂你。"是你不懂我。

他根本不知道她有多在乎他。在他的刻板印象里，他爱她比她爱他多，其实不然。她为了他，一直在打破原则；她为了他，愿意把身心都交出去。早在今天之前，在那晚到机场接他之前。

可他怎么就不懂呢，他今天就要成为她的丈夫了，却还不懂得她对他的感情，是她隐藏得太好了吗？

登记现场除了登记官和见证人杨脩一，还有两个十分严肃的律师，夏葱茏一看他们就紧张。她这是登记结婚，不是签署卖身契，他们干吗一副对簿公堂戒备森严的表情，高兴一点不行吗？

好不容易签完了文件走完了流程，夏葱茏才知道，这场文件大战远没结束,她和林渊立要在三个月内举行婚礼,否则就算白忙活一场,结婚登记的事也就作废。

在香港登记结婚好麻烦,在内地谁管你摆不摆酒,只要有红本子撑腰,谁都不能质疑婚姻的权威。不过,谁让他们还没到内地的法定结婚年龄呢。

走出婚姻登记处时,林渊立前所未有的高兴:"纽太太,给你两个月时间考虑清楚,两个月后我们举行婚礼,只宴请家人、朋友和律师。"律师要做婚姻监礼人,见证人自然是杨脩一了。

从这天起,杨脩一不仅对林渊立很重要,即便是对夏葱茏,也是意义非凡的一位。

两人没在香港逗留,办完了人生大事便搭乘私人飞机回到了硕都,余下的事都委托律师处理了。

林渊立约了夏傲亭吃晚饭。

当然,夏葱茏再一次被排除在知情人之外,她根本不知道林渊立是什么时候约的老爸,反正她负责出席饭局就可以了,就算她把脑子和双手都留在家里,林渊立也会不厌其烦地把饭菜喂到她嘴里。

至于这场饭局的用意,不必林渊立多说,夏葱茏也知道意义重大,那家伙要和她爸摊牌了。

说起来,夏葱茏对父亲多少心怀愧疚,这么重要的事,她至少应该先在电话里告诉他一声。可当时情况微妙,林渊立一副她敢犹豫一点就是不够爱他的委屈样子,她头脑一热,眼里全是他,早就忘了身后的世界。

她顾不上那些人情世故,她的冷静理智到他那里全部作废。她只想让他快乐,陪他疯狂陪他闹,别说把她带到香港,就算把她送到荒山野岭,只要他在身边陪着,她就敢和猛兽拼命,如若他饿了,遍地找不到食材,她就把自己给他吃。

回程路上,一想起夏傲亭那慈祥的脸上总透着宠爱的目光,夏葱茏不由得频频叹息:爸,这回任性了,对不起!

林渊立看她闷闷不乐,不禁有些生气:"这纽太太当得就这么不情不愿吗？"

夏葱茏瞪他一眼："这事和当不当纽太太没关系。我问你，既然敢和你妈坦白，为什么偏偏隐瞒我爸？你是瞧不起我爸，觉得他比不上你妈通情达理吗？"

林渊立瞬间拉下脸："什么'你妈你妈'的，都说我妈就是你妈，我是你老公。"

夏葱茏一点也高兴不起来："先说我爸的事，为什么要隐瞒他？"

"什么'你爸你爸'的，你爸就是我爸，我是你老公。"

"老公，为什么要隐瞒爸爸？"

"我没办法，我怕。"林渊立特别委屈。

他一服软，夏葱茏就强硬不起来，放缓语气问："你怕他不同意？"

"嗯，除非我有百分之百的把握，否则我不能冒险，我一定要娶你，一定要实现这件事，谁都别想添乱，爸不行，你也不行。"

"我才不会给你添乱。"夏葱茏白了他一眼，她就没见过比自己更配合的人质，就算他要把她关进小黑屋，只要他还愿意抱着她，她就无所谓能不能再看见日光。

谁说只有他想娶，她也很想嫁。

夏傲亭怕冷怕得要命，一般情况下是不会在大冬天出门的，平日都是夏葱茏负责他的生活起居，偶尔她有事外出，也会把三餐替他料理好，反正洗碗、煮饭、扫地、叠衣这种事，她不干用人也会干。

但他也不否认，更倾向让女儿为他做这种事，毕竟是亲生的，总比用人做得上心，而且他不喜欢陌生人进出他的卧室，所以他的卧室一直都是夏葱茏亲自打扫整理的。

林渊立郑重其事地告诉他，今晚有人生大事要谈，且事关他的宝贝女儿夏葱茏，那小子是怎么拿到他的联系方式的？是女儿默许了？看样子女儿是真宠那小子，明知道他不喜欢冬天出门，还不阻止他约他。

好在饭店离家不远，开车十分钟就到，可惜十分钟的路程还不够让暖气把车子完全热起来，一路上抓着冷冰冰的方向盘，把夏傲亭冻得够呛。

服务员把他领到包厢时，林渊立和夏葱茏已经坐在里头了，一看那两人略显鬼祟的模样，夏傲亭便察觉出他们大概做了什么事，不然怎会是那种"我知错了，但我不改"的负罪表情。

对于林渊立这小子，夏傲亭有点一言难尽。在见过林渊立之前，夏傲亭从不相信这世上除了自己和蚊子以及孩子她妈，竟会有不凭血缘就如此喜欢夏葱茏的生物，怎么可能，她有什么好的？

虽说那是他女儿，但平心而论，这孩子脾气真挺古怪的，从小就表现得与别人家的孩子不一样，不一样的可恶……

夏傲亭记忆犹新，曾经想把她打扮成小公主，她妈王孜孜想把她打扮成洋娃娃，两人就女儿的穿衣风格问题产生了极大分歧。最后是这孩子自己跳出来，让他们都闭嘴："爸，妈，你们真的很无聊，这都能吵起来？什么穿衣风格适合我，问我不就可以了？这是你们可以决定的吗？"

夏傲亭识相地放弃了，王孜孜却贼心不死，还是希望把夏葱茏变成洋娃娃，结果换来夏葱茏程序员一样的格式化抵制。

之后每一年，夏葱茏都会在特定的时间买七套春夏装和秋冬装，每天按照"流程表"搭配穿着，就算他是她爹也看倦了，都说鲜衣怒马少年时，他认为她没有这样的时候。

有一回他实在没忍住，慈祥地对她说："你总这么几身打扮，别人会以为我亏待你，你可以多买裙子，或者别的，都可以，是零花钱不够用吗？"

"够。"她非但不领情，还反过来责备他，"爸，如果你想要一个打扮精致的女儿，再娶个老婆重新造一个好了，不要挑剔我。你给我做水煮面条忘了放盐的时候，我是嫌弃过你，还是挑剔过你的面条？不照样感恩戴德地吃了个干干净净？"

"我是关心你,谢谢你不嫌弃我做的面条。"

"但你嫌弃我。"

"没这意思。"

"你是不是想要别的女儿?"

"不想。"

"那就别挑剔我。"

"好。"他不是喜欢争吵的人,不论面对女儿或是前妻,他总是先退出争论的那个。

他以为情况不会更糟了,直到见到夏葱茏的男朋友。他很想知道林渊立到底受了什么刺激,为什么要跟女儿穿同一身打扮?

家里又多一个格式化的"星期人",夏傲亭看那两人如同看俄罗斯方块一样,恨不得把他们叠一起消了。

他是何其精致的人,他更欣赏杨脩一,讲究品位,认真穿衣,尊重肉体,可夏葱茏不欣赏,而他不能也不屑左右她,他宠她宠惯了,会支持她所有决定。

饭店以中国风为装潢基调,不大的包厢挂着一幅中国山水画,在柔黄的灯光下,更显几分清静和惬意。

是个适合好好聊天的场所,林渊立那小子还挺用心,距离和喜好都迁就了他,他不免削弱了些寒天外出的抵触情绪。

他刚坐下,夏葱茏便体贴地为他斟一杯热茶,然后把菜谱递过去:"爸,你点。"

夏傲亭体质是真弱,从车里到饭店才几步距离,就足以把他冻得直哆嗦,他压根顾不上饱腹,伸手捂住茶杯暖手:"葱葱,你看着点就好,自家人不用客气,我喜欢吃什么你也清楚。"

"好。"夏葱茏翻开菜谱看起来。

她喜欢紧挨着夏傲亭坐,林渊立喜欢紧挨她坐,明明圆桌有不少空位,三人偏就这么彼此紧靠,服务员进来下单的时候,感觉这三个人十分诡异。

"爸。"

雄厚的男声响起,只发出了一个音节,任夏傲亭再见惯风浪处变不惊,也不免被这突如其来的一声呼唤刺激到。毕竟过去十九年,除了夏葱茏,再没有人这么称呼他。

夏傲亭看了看林渊立,那小子已经起来,绕过夏葱茏在他另一侧坐下,手里拿着一个牛皮纸档案袋。

林渊立不急不躁地打开,一副胸有成竹的模样,从里头取出一沓厚厚的文件和一张银行卡。总之,这场谈判,他志在必得。

夏葱茏当即认出了自己的私有品,那银行卡他什么时候要走的,她怎么不知道?

"林渊立,哦不,纽渊!"她咬咬牙,再次拍拍脑门,"你还有什么事瞒着我?能不能一次交代清楚了?!"

"马上就好。"

林渊立安抚似的笑笑,先拿起银行卡,把所有文件送到夏傲亭手里:"爸,这是这些年我投资过的所有项目,以及在各企业持有的股份,已经全部转到夏葱茏名下。"

"!!!"

"至于这张银行卡……"林渊立放到夏葱茏面前,"这里头有我所有存款。"

夏葱茏不知该怎么夸张地瞪眼,才能证明自己真的受惊了,她才不要接那张银行卡!

"你这是干什么?"她把银行卡推开,"我不要。"

林渊立没浪费时间说服她,而是眼巴巴地看着夏傲亭,可怜兮兮道:"爸,我现在就是一个穷光蛋,一无所有了,如果夏葱茏不要我不管我,我就会饿死。"

他、他不是来跟爸爸摊牌的吗?怎么对结婚登记的事只字不提?

夏葱茏隐隐觉得自己和英明神武的老爸都被套路了。

果然，不等夏傲亭开口，林渊立便把最后的包袱抖出来："爸，我和夏葱茏已经在香港登记结婚了……"

夏傲亭纤长的睫毛动了一下，察觉到他神色有异，林渊立马上噤声。

夏傲亭缓慢抬眸，左右看看身边两人，视线扫过夏葱茏那一身卫衣、牛仔裤，再看看林渊立那一身抄袭的穿衣风格，关注点完全偏离了航道："你们……穿这样去登记结婚？"

"有什么问题吗？"林渊立皱皱眉，"这是夏葱茏的习惯，她不需要改变，就算是婚礼当天，如果她更喜欢穿这身，也可以，我也会陪着。"

这小子真没救了！

夏傲亭脸色一黑，不想说一句话，一想到家里以后有两个行走的俄罗斯方块，心里就不痛快。

看出他情绪不对，林渊立心口一紧，再开口时，语气更加笃定，态度也更加强硬："爸，很抱歉，即便这件事违背了你的意愿，我们照样会在三个月内举行婚礼，她只能嫁给我，绝对不可以是别人。只要她敢离开我，我就让律师起诉她骗婚，反正除了她，我现在一无所有，光脚的不怕穿鞋的。"

岂有此理……这家伙！是威胁他们父女俩吗？

"纽渊！"夏葱茏不安地看看夏傲亭，不由得扯高嗓音，"你不要用这个吓唬我爸！你再胡说八道一句，我就不要你！"

最后五个字简直是撒手锏，百发百中，屡试不爽。

刚才还意气风发要手腕的林渊立顿时噤声，一句无关痛痒的废话也不敢说，无助地看着夏傲亭，似在乞求对方赶紧表态认了他这个好女婿。

夏傲亭有点适应不过来这种恳求的威胁，有点啼笑皆非，这小子已经那么喜欢他女儿了吗，整副家当都不要了？

再看他向女儿认怂的表情，夏傲亭真绷不住了，开怀笑出声来，那笑声虽是经过克制处理，但那笑到不能自已的状态，着实罕见至极，夏葱茏看得眼珠子都直了。

"爸,你没事吧……"她拍拍夏傲亭的背,真怕他这么个笑法会笑出毛病来,"爸,你稍微控制一下,别吓我。"

夏傲亭极力逼退笑意,可一看林渊立那副狗腿样子,就无法自持。哎,多好看的年轻人啊,比当年的他更迷人,居然就这么栽在女儿手里了。

夏傲亭替自己揉揉胸口,强装镇定看着林渊立:"没事,你接着往下说,怎么不说了?"

林渊立飞快地瞄了夏葱茏一眼,她刚刚说他再多说一句就不要他了,忙摇摇头,一副开不了口的为难表情。

夏傲亭拍拍他的肩膀,鼓励道:"别怕,还有什么要补充的,尽管说完。"

林渊立坚决摇头,绝不上当:"没了,爸,我不说了。"

夏傲亭按捺住大笑的冲动,依然是一副人淡如菊安之若素的表情:"你怕她?"

林渊立点点头。

这么巧,他也……但他绝对不会告诉那小子的!

看样子,家里以后要多一个害怕葱葱的可怜男人了。这么一想,夏傲亭觉得还不错。

"葱葱,客气点,瞧你把我女婿吓的。"

"!!!"

此话有如惊雷滚过,所听之人皆不淡定。

夏葱茏难以置信,林渊立受宠若惊:"爸,你不反对,不生气吗?"

他有什么好生气的?夏葱茏被人这样珍视着,当爹的高兴还来不及。

夏傲亭慈祥地笑笑,一时百感交集,索性逐页翻开每份文件,以此覆盖心里的波澜。这世上除了这小子,还会再有第二个人拿着全部家当来找他,告诉他自己是穷光蛋了,恳求他允许女儿管管他吗?

这小子为了爱,把自己变得一无所有,把女儿变成小富婆。即便是年轻人冲动使然,这份冲动的代价也太沉重了,他居然拿全部来交换女儿的喜欢。

夏傲亭的心也是肉做的,他不能无视林渊立对夏葱茏这份赤诚的珍视。他家葱葱上辈子是不是拯救了银河系,怎么就摊上这么个好男孩?

"你年纪轻轻就做了不少投资,各行各业都有涉猎。"

"嗯。爸你知道的,我那个影帝亲爹常年不在家,因为他的关系,我妈经常不准我外出。有时候我在家里待不下去,我妈就把我送到杨家寄住一段时间。杨脩一你还记得吧,我发小,他父母经营投资公司,从小就给杨脩一讲生意经,但他不怎么感兴趣,倒是我听进去了,不过我妈不知道我做过这些事,还一直以为可以对我经济管制,其实她早就管不了了。"

夏傲亭点点头:"夏葱茏和你母亲,你更怕谁?"

"夏葱茏。"

"为什么?"

"我妈不会不要我,但夏葱茏会。"

夏傲亭同情地看着林渊立,这小子被女儿吃得死死的,看那情深的样子怕是没什么逃生的机会了。

"都已经登记结婚了,还怕她不要你?"夏傲亭温和的声音竟透着几分关切和安慰。

林渊立瞅了瞅夏葱茏,无奈地叹气:"爸不是也结过婚,可又离了吗?可见婚姻并不是留住一个人的万全之策。"

"那你还急着做结婚登记?"

"我不想和她只是情侣关系,总想和她更亲密一点,想她做我妻子,想我自己成为她的责任,想她和我之间有更多牵绊。"

"你倒是坦白。"夏傲亭难得灿烂地笑着。

林渊立点点头:"我没什么好隐瞒的。"喜欢夏葱茏又不丢人,他就怕自己爱得还不够,留不住她,"爸,我之所以给你看这些文件,不是要你卖女儿,我只是想让你知道,我有能力有决心,同时也很有诚意,要照顾她一辈子,我恳请你,支持我们的决定。"

夏傲亭已恢复那副淡然的神态:"不管我支不支持,对你都不重要,不是吗?我看你,是志在必得。"

"确实。"林渊立坦荡荡地说,"人我是要定的了,就看是愉快地要还是霸道地抢。"

夏葱茏正想发作,让他不要把爸爸当假想敌,她爸才不是那种拆婚的人。

岂料夏傲亭不怒反笑,转头看夏葱茏,语重心长道:"你一直是个很有主见的人,只要你不后悔,爸爸无条件支持你,只要你喜欢他,爸爸也喜欢他。"

"爸。"夏葱茏扑上去抱住他。

"别高兴得太早。"夏傲亭冷静的声音如同当头泼下的冷水,"别忘了还有你妈,王女士可不好应付。"

苍天……

夏葱茏脑海里,条件反射地浮现出王孜孜冷艳的面容,连耳边都回响着那熟悉而尖锐的挖苦声。

有生之年,夏葱茏还没见过比王女士更刻薄的人,偏偏她还是她亲妈。

饭局过后,三人一起回家。

这回有林渊立在,夏傲亭不用再碰冷冰冰的方向盘,哆嗦着缩在后座。夏葱茏知道他怕冷怕得要命,一上车便拿出毯子把他裹住,还像儿时那般抱住他。

林渊立在后视镜里看到这一幕,绝对没有吃醋,就是踩油门的动作更猛了些,本就不远的路程,他用了更短的时间让三人迅速地回到了家。

尽管才在这家里住了十天八天,林渊立早把夏葱茏的卧室当成了自己的卧室,倒不是因为大男子主义,认为夏葱茏是他的女孩,所以肆无忌惮,恰恰相反,他认为自己是夏葱茏的人,一如她的被子、她的衣服、她的其他私有物，出现在她的卧室不是理所当然吗？他早把自己当成她卧室中的必需品。

一进房间，林渊立便二话不说脱下了外套随手丢到一旁，然后是卫衣、牛仔裤，身上的衣物转瞬一空，他不急不躁地钻进被窝，看着床下忙着帮他捡起衣服的人，冷声催促："先别管那个了，管床上这个。"

夏葱茏把衣服搭在椅子上，站在床尾看着那个裹进被窝里的男人，宣战似的问："你想怎么样？"

"想要老婆抱抱，你过来。"

哼，整天撒娇装可爱，犯规！

"你等一下，我去沐浴更衣，再回来和你完成结拜仪式。"她当然知道林渊立那个热血青年想干什么。

她刚一转身，便感觉手腕一紧，一回头，林渊立已经爬出了被窝，稍一用力，她便坠入他的臂弯，牢牢陷进他的怀抱里。

她心如鹿撞，难免慌张，略显畏缩地躺在他怀里，仰视那张年轻而俊美的脸，这样一个他，风景都看透了吗？急于成家，娶她为妻，在他最美好的年华。

他把她的掌心按上他结实的胸膛："感觉得到吗？我的心脏，只有在面对你的时候才跳得这么快。我要怎么办才好，怎么能这么喜欢你？"

都登记结婚了，但他觉得还不够，内心炽热的情感急需宣泄出来。

夏葱茏勉强坐直了些，呼吸离他的气息更近了，不过是稍微挣扎，便换来他更有力的紧握，他抓起被子把两人蒙在被窝里："不许走，今晚你每一秒钟都是我的，我来决定怎么过。"

"我只是想洗个热水澡。"

"不用了，等结束了一起洗。"

夏葱茏禁不住笑了："您想得真周全。"

她没有一秒的犹豫，利落地把卫衣扔出被窝，又把牛仔裤踢到床下。

林渊立心律不齐，从她的肌肤逐寸看过去，在他深情的注视下她的身体早已滚烫,她不自在地瞥开眼:"你在磨叽什么?"

"你都不看我,你看我,好好地看着我。"

她倒是想,她不敢啊!

夏葱茏面红耳赤,面前这个可是她最喜欢的人,要她如何做到若无其事坦荡荡地看着这样的他。

这一瞬间,夏葱茏猛然意识到,她对这份感情,珍视到敬畏的程度,以至于到了这个节骨眼,她还做不到堂堂正正地直视他。

他那么义无反顾、倾尽所有地爱着她,这颗赤诚的心使她觉得自己渺小。

夏葱茏不愿看,林渊立便决定来硬的,手动扳正她的脸:"你为什么不看我?"

夏葱茏终于迎上他炙热的目光,强装镇定道:"你……为什么……迟迟没有突破?"

"我又不急,你很急吗?"

"我,我也没有很急啦。"夏葱茏赶紧笨拙地补充一句。

林渊立笑了笑,躺下去抱住她:"我们有一辈子的时间,今晚对我来说是个重要的仪式,是比婚礼还要重要的仪式,是只属于我们两人的仪式。我要好好享受这段时光,我要我们以后回忆起来,都是满满的甜蜜,我才不要急急忙忙地结束它。你抱着我好不好?不要像条刚被海浪拍上岸的咸鱼一样,你在破坏我的宝贵时光。"

"对不起。"夏葱茏赶紧抱住他,掌心在他背部上下拍,像哄小孩睡觉一样。

下一秒,林渊立就背过手去制止她:"别把我哄睡着了,我正事还没做呢。"

这是要怎样嘛?怎么这么难伺候?!

夏葱茏想一脚把这个麻烦鬼踢下去,可她不能在这个特殊的晚上粗暴,只好忍耐着,抬手朝他漂亮的脸蛋轻轻拍了一下:"你就是享受我在你面前一副紧张怯懦的样子。"

"哈哈哈……"林渊立朗声笑着,笑声分外悦耳,"对啊,这个时候的你很可爱,脸红红的,眼神闪躲,和平时样子酷酷、成绩也酷酷的夏状元完全不一样。"

"那你直接找一个像郭朗妮那样温婉的女生不就好了。"

"哼,不一样。"林渊立在她臀上打了一下,像教训一个不讲道理的小孩,"我觉得你脸红红的样子可爱,是因为有反差。你平时都是冷冷的酷酷的,只有在我面前才会露出羞怯的样子,所以我很喜欢。这个样子只能给我看哦,你要是对别的男人这样,我会很抓狂的。"

"嗯,别的男人也没本事让我羞怯啊。"谁像他这么不要脸啊,还不熟悉就拉人家的手,强迫别人跟他做朋友……

夏葱茏记得只有幼稚园的小朋友会这么干,偏偏林渊立对她就是这种孩童式的追赶,以至于她从一开始就无法决绝地推开他,如今这个难缠的熊孩子变成了她的终身伴侣。

"老公。"她不由得唤了一声,感受着这个称呼带来的美好。

林渊立在她额上亲了一下:"老婆。"

"嗯,其实你没必要把资产都转到我名下,我虽没生在大富大贵的家庭,但家里条件还可以,我对物质没那么渴望,更不图你的存款,有你就足够了。"

"我知道,我只是想把我的所有都给你,那些又算得了什么呢?比起我高贵的肉体,根本一文不值。"

他忽而酸涩地笑笑:"夏葱茏,你知道吗,就算你爱我没我爱你多,也没关系,只要你愿意爱我,愿意留在我身边,只要你不再多看别人一眼,我就无比快乐。"

但终究还是在意的吧,他想要她更多的爱,想要她的整颗心,可他就是觉得自己没能占满她的全部。

好在余生很长,不必急在一时,就算结婚了,他也会一直追求她,让她再也离不开他。

　　他印上她的唇，缓慢地亲吻她，要她感受他心底的温柔，不容她错过他一丝一毫的爱意，把满腔的热血完完全全给她。

第十一章

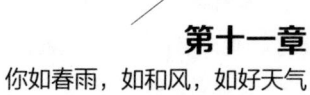

你如春雨,如和风,如好天气

CONG LONG
XIA YI ZHI

要说夏葱茏的睡相，那是绝不能对外人说的。

林渊立和她同床共枕第一晚就知道了，这女孩，在外人面前人模狗样装酷耍帅，睡着后却是一副野蛮睡姿，不像他。

林渊立平日顽劣不规矩，睡着后就是个恬静的小天使，基本上能平躺着到天亮，没夏葱茏那么具有攻击性，连睡觉都打人。

林渊立无故挨了数次拳头，不必猜想，他就知道她在梦里经历着什么暴力场景。看样子她近来压力很大，是因为要跟他结婚吗？

清晨睁开眼时，林渊立便感觉到那宛如白玉的腿横跨在他腰间，夏葱茏整张脸埋在他颈窝，轻柔的呼吸喷洒在他耳边。

林渊立握住她脚掌，稍稍挺身观瞻她狂放的睡姿，觉得好笑："你啊，就这样子揍老公。"哼，有压力也得嫁，他宁愿天天晚上挨揍。

不管她还在睡梦中，林渊立翻身把她亲吻个遍。

这避世的甜蜜生活并没有持续太久，林渊立一度想过要放弃他回国的第三个计划，他不恨了，他改名换姓，就当没那个父亲算了。

他放过了自己，绕开了痛苦，甚至饶恕了父亲对母亲的卑鄙，但生活并没有因为他的放弃而停止伤害。

林逸夫的好男人人设彻底崩塌，这些年他与不同女星、模特拥抱的亲密照片在网络上铺天盖地，都够出系列写真了。

林渊立看后脑袋嗡嗡作响，心里咒骂着那些家该死的八卦传媒，若真想摧毁他，能不能一次来，不要他刚愈合一点就撕裂他的伤疤，让他的伤口每一次都更深，让他的怨恨愈发难以平息。

林渊立默默起床，穿戴整齐出了门。

这是和夏葱茏相恋以来，他第一次没按照她的格式穿衣，他要去做的事有损教养，不配玷污他的恋爱规则。

他不能再忍了，即便爱情给了他甜蜜的安抚，也不能再忍了，即便接下来他会给自己施加更多痛苦也在所不惜，他怎么能容忍这样一个无耻的父亲。

林逍立能找到夏葱茏的联系方式，他当然也能轻易找到林逍立的住所。由于情绪太糟，林渊立开不了车，便让杨脩一当司机。愤怒归愤怒，他还是惜命的，现在他是有妻子的人。

　　杨脩一还是一如既往地重情重义，知道林渊立要去哪里以及干什么后，激动万分地把他送到了目的地。

　　林逍立所住的地段也是高档住宅区，但比不上林渊立家。息影后，纽兰不靠不忠的丈夫养活，她结识了很多像杨靖平这样卓越的企业家，有的是财路，根本不缺钱。

　　林逸夫不在家的这些年，纽兰也没闲着，致力于打造自己的商业帝国，她在美国和中国都拥有自己的媒体公司。除此之外，她还热爱体育运动，尤其是网球和花样滑冰，她在硕都和好几个海外城市都建有大型运动中心。

　　她是全球能上榜的阔太太，比当影帝的丈夫还多金。这么说吧，即便打离婚官司，她也瞧不上林逸夫净身出户那些钱。

　　林渊立那一身贵气，真不是林逸夫这种不着调的父亲能养出来的，是纽兰自尊自强，没因为丈夫出轨自暴自弃，才拯救了自己和儿子。

　　她爱林逸夫的时候，他是影帝，她放弃他的时候，他不过就是个戏子。要她为一个戏子跟别的女人哭天抢地大打出手？纽兰自认为身份尊贵，不屑这么做。

　　而她不屑去做的事情，总会有人纡尊降贵。

　　林渊立坐在杨脩一的车里，拿起手机给林逸夫打电话，响了很久才接，林逸夫慵懒的声音从那头传来，看样子他睡得不错。

　　"小渊？"

　　"影帝先生，我现在在您情妇家楼下，是您下来，还是我上去？"林渊立礼貌却疏远的语气透着不好惹的态度。

　　林逸夫不禁笑了："你上来吧，用得着我告诉你门房号吗？"

　　"用不着。"他挂断电话。

杨脩一把车子驶进停车场，门卫看他没有出入证，拦下他的车问他要上哪找谁，得到答复后联系了户主，才放行。

毕竟是高档住宅区，八卦记者进不来。林渊立和杨脩一走进停车场的电梯间，赶上夏葱茏来电，林渊立咬咬牙，还是把铃声关掉了。

他不能在这时候接听夏葱茏的电话，她一定会阻止他。她骨子里就是夏傲亭那样的人，表面淡漠内心温和，能用忍耐化解就用忍耐化解，不能就用冷酷冰封，绝不轻易动怒。这时候的他，不想粉饰太平。

但他不愿意关掉手机，便调了震动，夏葱茏联系他的每一秒他都知道。

"老婆，你等一下，我处理完事情就向你认错。"林渊立在心里呢喃。

上了顶层，林渊立刚按门铃，门便开了。

林逍立从门后龇着牙诡笑："哥。"

林渊立看都不看他，走进去，倒是杨脩一比较随和，瞟了他一眼，不客气地招呼："小鬼。"

"呵。"我看起来比那个家伙成熟，林逍立腹诽道。

他不屑与外人废话，靠在墙上往里看，目光紧盯林渊立。

这是一套复式房子，林渊立一走进客厅便看见沿墙而下的弧形楼梯，房子装修极尽奢华，与林渊立家极致的简欧风格差之甚远。

品位这东西，真不是用钱就能堆砌出来的，纽兰认为合适最重要，而这房子的女主人则认为贵的就是对的，可见没少向林逸夫要零花钱。

林逸夫坐在沙发上，茶几旁摆着一杯牛奶和一份三明治，显然是在用早餐。

无论男德如何，林逸夫确实是个风流倜傥的男人。年近半百反而比年轻时候更具魅力，眉宇间有着不减当年的英气，一双桃花眼似有电流，一颦一笑间魅力无限。这是个轻易就能吸引女人的男人，如果他愿意，一天可以换三个女朋友，且一个比一个年轻漂亮。

这世间没有一个女子能留住他的心，包括纽兰，但林逸夫不否认，纽兰是他遇到过的最令他着迷的女性，所以他愿意娶她。她会是唯一的影帝夫人，纽兰之后，再没有能让他倾倒的女人。

他一直流连于花花世界，却不肯离婚，不完全是为了保住好男人的人设。他承认自己贪婪，安定不下来，却想留住她。

这些年他一直想念她，想见她，是她拒他于千里之外。他在外头胡作非为，她居然一掷千金帮他压住丑闻。一开始他抱有幻想，以为她是爱他的，可他大错特错，她帮他保住那个廉价的好男人人设，完全是为了儿子，她根本不会姑息他。

早在婚前，林逸夫就一直绯闻缠身，但他说过最爱的是她，也确实做到了，他没做到的，也从未许诺过，是她混淆了最爱和独爱的区别。

婚后一年，林逸夫在片场里和一个女星共饮一杯热咖啡，纽兰知道后连审问的环节都省了，当即拒绝再与他见面。这个女人也太严苛了点，肉体都没出轨，就直接判了死刑。

更残忍的是，她不仅不让他见她，还不让他与林渊立有直接的接触，父子俩只能通过视频或电话联系，连次数都被限定。

纽兰说，怕他身上有其他女人的香水味，污了林渊立的鼻息。

林逸夫想念林渊立，想到控制不住地在林逍立面前反复提起，哥哥有多优秀多帅气，小时候多可爱多讨人喜欢。

儿时的林逍立不止一次诘问林逸夫："更喜欢哥哥还是我？"

尽管知道这会伤了幼子的心，林逸夫还是无法说谎，特别诚实地说："当然更喜欢哥哥了。"

林逍立不止一次黯然哭泣，林逸夫便安慰他："爸爸给你的陪伴更多，公平起见，就把更多的喜欢留给哥哥吧。"

之所以给二儿子取名林逍立，真不是林逸夫懒，是他太想念纽兰了。他卑鄙地幻想过，如果那是他和她生的第二个儿子该多好。

他只想和她有孩子，只想要他和她的孩子。没想到另一个女人没遵守约定，违背了他的意愿。那年他连续拍了一部电视剧和两部电影，几乎整年都待在片场里，那个女人便偷偷诞下了林逍立。

他能怎么办，虎毒不食子，总不能不认这儿子吧。

这些年，林逸夫不止找过纽兰一次，家里的密码没换，大概是纽兰怕儿子看出端倪，才默许他自由进出的资格。

可他连一面也没见着纽兰，这个女人好像完全掌握了他的行程，只要他回去，她就外出。

为了刺激她，有一回林逸夫恶意满满地带了个女人回去。果然，一进门他的手机便响了，纽兰的秘书冷冷地警告他："林先生，纽女士让我原话转告你，如果你不想她一把火烧了这房子，就赶紧带着你的肮脏女人离开。"

"我想见她。"林逸夫特别淡定地提要求，可那头连脾气都强硬过人的秘书小姐已经挂断了电话。

之后，纽兰便在家里装了监控，只要林逸夫敢脏了她的家，她将不顾一切地把视频放到网上，让林逸夫跪下都求不来网友口下留德。

林渊立追问过纽兰装监控的原因，纽兰不肯坦白，便说自己要掌控这家里的一切。林渊立觉得这样的妈妈好变态，很长时间都不愿回家，不愿在监视下生活，他宁愿待在学校里。

林逸夫从没想过，他会因为一杯咖啡而失去一个女人。

他懊悔过，但他知道自己没法子一辈子忠于一个人，他拷问过自己，早知如此，何必当初，为什么要结婚啊？

在往后的时光里，他找到了答案。林太太这个称呼，他只愿意给纽兰，他愿意用一切去交换纽兰的心，可他得到后却没办法守护。

万千女人中，他最欣赏她，他可以给她自己的所有，除了绝对的忠诚，可偏偏这就是她要的。

林逸夫看着多年来只在视频里见过的亲儿子，一时有点移不开眼，这孩子长得真像他母亲，一样的漂亮，一样的优雅，连举止都像他母亲那般从容不迫，却又继承了自己骨子里那种及时行乐不拘于时的气度。

林渊立走去坐下，视线飞快扫过四周，尚未开口，便听见林逸夫淡淡地说:"我让她上楼了,省得碍你的眼。"

"影帝先生真体贴。"和夏葱茏在一起久了,林渊立也学习了她那种礼貌的刻薄,不着痕迹却令人听得刺耳。

林逸夫不怒反笑,不想难得见面就惹这个长子不痛快,没特地介绍林逍立是他弟弟。可是,就算林逸夫避免不痛快,在这个地方见面,也注定没有好结果。

"麻烦您和我妈离婚吧,她值得更好的人。"林渊立早把离婚协议准备好了。

林逸夫懒得动手去翻:"让她自己来跟我谈,家长的事你别管。"

"家长?"林渊立冷笑一声,"这些年您是养过我还是教过我?就您这靠花天酒地上热搜的本事也配当我家长?"

话音未落,林渊立上前揪住林逸夫的衣领,不遗余力地连挥两拳:"让你辜负我妈!"

杨脩一已做好准备,只要林逍立敢冲上去,他便趁机狠揍这小鬼一顿,他正缺一个开战的理由呢,这小鬼让林渊立和夏葱茏之间生出那么多事端。

然而这小鬼无心观战,打开家门走了出去。

林逸夫没想过会挨揍,为了不至于被揍得太惨没脸见人,他迅速反扑,将林渊立按到沙发上:"你小子敢打老子?!"

"你欺负我妈!"林渊立一抬膝盖猛顶林逸夫的腹部,身手敏捷地挣脱开,重新揪住对方的衣领迎头痛击。

林渊立真想让这个滥情的中年男人在医院躺上三个月,让他知道洁身自好也能把日子过好。然而毕竟是亲父子,除了开始那两拳,之后的反击林渊立都保留了实力,真怕愤怒之下乱拳把亲爹打死。

林逸夫多年来坚持健身,就算体力上敌不过年轻人,体格上也不输林渊立半点,林渊立要成功扳倒他,只能杀敌一千自损八百,这场肉搏声响之大,状况之惨烈,连婚姻插足者都按捺不住下来看个究竟。

林逸夫挥手催赶，她却不愿离去，妄想挡在他身前，杨脩一只好把那女士半拽半请地送回楼上："女士，父子间的矛盾，就由他们自己解决吧，拦是拦不住的，打碎的物件我来赔。"

生怕她让林逸夫分心，杨脩一干脆守在二楼楼梯口，男人间的战争要公平，不能让林渊立胜之不武。

父子俩最终气喘吁吁地倒在地上，林渊立觉得那女人可笑，可悲，可恨，她能忍受林逸夫寻欢作乐，却不能忍受他挨揍？

这是爱吗？愚蠢。或许，这恰恰是她留得住林逸夫的原因，唯有甘愿糊涂委曲求全的人，才能和这种男人厮守。

门开了又关上，没人有力气在意，躺在地上的人累得只想躺着，世界总算安静下来，杨脩一舒了口气下楼去。

同时响起的，还有从门口传来的急促的脚步声，林渊立疲乏地眨眨眼，眼前惊现夏葱茏略带愠色的面容。

他猛地打了一个激灵，瞬间坐起来："老婆，你怎么来了？"

从这一刻开始，林渊立的视线就没离开过夏葱茏。

状元姐姐却懒得搭理他，绕过去在林逸夫身边蹲下："叔叔，要给您叫救护车吗？"

林逸夫摇摇头，忍痛打量夏葱茏，这女孩并没刻意打扮，反而显得个性大气，清秀的脸庞白皙如霜，让他想起了茉莉花，开于仲夏却独具冷韵。

刚才……儿子好像叫她老婆？

夏葱茏见林逸夫这般沉默，以为他身受重伤，愈发不安，想扶他吧，又怕个人力量微薄，扶不稳反而伤着他，便扭头命令林渊立："过来，扶你爸起来。"

"我才懒得管他。"

"行，林道立，你来帮我一把。"

林道立的眼睑动了一下，阴鸷的目光瞟了一眼地上的中年男人，面无表情走过去,没人知道他在想什么。

林渊立忙起身拦截,瞪着夏葱茏咬牙切齿地说:"我不喜欢别人靠近你!"

气成这样了,还不忘当初夏葱茏不让他对林逍立说一句话的规定,只管对夏葱茏耍脾气。他真心想吼她,是林逍立带她来的吧,她又私下联系林逍立?她有没有被欺负,有没有吃亏?早知道我接她电话好了!这女人少盯一会儿都不行,麻烦!

"你没必要这么紧张。"杨脩一挺身而出,主动走去帮夏葱茏扶起林逸夫。

他虽是挨了点拳头,也不至于起不来,听得夏葱茏命令林渊立过来搀扶自己,才故意装弱,没想到那小子对他厌恶到这程度。

林渊立一个箭步上前,粗暴地把夏葱茏抓到身后,避免她与林逸夫有半点肢体接触,与杨脩一联手,不情不愿地把他扶上沙发,另一只手不忘抓紧夏葱茏,好像她会随时被人抢了去:"和这老男人好过的女人很多,有的比你大不了几岁,你离他远点!"

林逸夫有点哭笑不得:"你把我当什么,把她当什么?我用得着打儿媳主意?"

"呵呵。"林渊立反驳,"不好意思,影帝先生,我看过太多你和嫩模女星的亲密合照,真不知道你的界限在哪里。"

"幼稚。"林逍立贸然开口,稍微缓和的气氛又紧绷起来。

他直勾勾地盯着林逸夫:"爸,哪怕是这样,你也更喜欢哥?"

然后又偏头问夏葱茏:"你也是?"

他的语气有着这个年纪不该有的深沉,目光中蕴含着几分深意,当他静静地站在那里不徐不疾地说话时,让人不自觉地静下来听他把话说完。

他没有得到回答。

但他并不感到意外,不屑地摇头笑笑,径直走到夏葱茏面前,看着她,却没对她说话:"林渊立,她是你第一个亲吻的女人吗?是就巧了,你和我分享一个父亲,还和我分享一个初吻。"

字字铿锵,字字诛心。

其余人尚未从惊愕中恢复过来,便看他猝然倒下,林渊立出手迅猛。夏葱茏忙去抓住他,他如一头受伤的兽,回头看着效忠的主,被激怒的情绪在眼底漾开。

林渊立的指尖在她唇间抹了一下,揽住她的腰际欺身上前,以吻向她寻求安慰。

夏葱茏有些躲闪,想要推开,却从他的目光中读出几分威胁的意味。恋人间的默契使她保持理智却无法选择理智,即便林逸夫在场,也只能忘乎所以,把自己交出去。

林渊立越是激烈,她便越诚恳,他的怨怼在她的纵容里得到了平息。

他放开她,旁若无人地笑着问:"你只会回应我一个,对吗?"

"嗯,只有你得到过爱的回应。"

这就够了。

林渊立紧扣她的手,不留遗憾地走出这个不属于他的地方,宛如从战场骄荣退下的英雄,不顾伤不恋胜负,只愿带着心爱的公主回家。

林逸夫的好丈夫形象深入人心,以至于真相揭破后,他的工作室官博成了轰炸区,舆论轰炸机持续半个月的人身攻击都不肯停息,恨不得把他骂得皮开肉绽,不想把他留到过年。

个别黑粉见他没开微博,自发给他注册了一个"渣男林逸夫"的账号,迅速涨粉八万八,可见他为键盘侠带来了多少欢乐。

夏葱茏担心林渊立再冲动生事,没收了他的手机,自己也断了与外界的联系,安心陪他在家里看书刷剧,夏傲亭刚好是冬季宅男,一家三口闭关坐等春天也算其乐融融。

那天回来后,林渊立时不时地会闹小脾气,特别是到了夜里和夏葱茏二人独处时。

夏葱茏家具不多的卧室显得空间很大，角落的书桌旁拼着一张长沙发，从前夏葱茏最爱抱着 iPad 躺在上面刷剧，如今身边多了一个人，她还是改不掉这习惯，上了沙发窝在林渊立怀里看一整晚的剧，这样平淡的生活她能毫无怨言地过一辈子。

他的怀抱就像他的手一样暖和，夏葱茏钻进去后，脸颊不时地接触到他呼出的气息，亲切又温柔，偶尔被剧里的主人公逗得失声大笑时，撞上他的胸膛听到的心跳总让她有种窃喜。

他的体味她也特别迷恋，她从不知道，男孩子也有这么香，追问下才知，纽兰一直把他当女孩子养，总爱用一些干花香料把他泡在水里。

正看到男二舍身替女主挡枪的戏码，林渊立突然抢过 iPad，一阵烦躁地丢到脚边。

连续剧戛然而止，夏葱茏皱着眉抬头："怎么了？"

"烦。"

"在家待太久了？"

"烦你。"

"那你明天去杨脩一家小住几天。"

"烦你和别人好。"

"我只和你好过，别给我乱加情史，我履历清白。"

"如果没有我，你会喜欢上别的什么人吧？"

"你就不会吗？"

"我才不会呢，哪像你这么花心。"

夏葱茏气结，揪了揪他的耳朵："你莫名其妙。"

林渊立抱起她走下沙发，到了床尾时恶狠狠地把她抛出去，她身体一空，随即陷入柔软的棉被里。

林渊立还守在床尾，看她要坐起来，便抓住她脚踝把她拉到眼皮底下，虎视眈眈："我们必须交换手机号，以后你用我的，看那个林逍立怎么找你！"

"上回是我主动找他，让你不接我电话，我一看热搜就知道你肯定跑去找你爸了。喂，纽渊，你很爱你妈吧？"

"那肯定的，我也很爱你，你多学着点吧。"林渊立有点怨妇的味道。

夏葱茏嗤笑："你心里有事。"

"哼，你才发现？"

"早发现了。"

"早发现也不管管我？"

"想看看你能憋到什么时候。"夏葱茏躺在床上，掰着手指头数，"挺厉害的，忍了半个多月，眼瞧着都要换季了。"

可恶的女人！林渊立朝她肩上咬了一口，力度拿捏得刚好，无伤大雅的小疼痛。

"说，那天有没有被他怎么样？"

"没有，我带辣椒水了。"她搂住他脖子，指尖刮了刮他高耸的鼻梁，"门口到处是记者，他让一个保安到门卫那接我，全程只和我乘了趟电梯。"

"呵，你还嫌不够多？都进小区门口了，他有必要陪你乘电梯吗？"

"不服就去骂他啊。"

"算了。"林渊立撇撇嘴，环抱着她一个翻身，便让她趴到了自己身上，她很轻，让他觉得怎么抱都不够紧，"你不喜欢我和他接触，我怕做了你不喜欢的事，你就不喜欢我了。"

唉，在他看来，她对他的喜欢这么脆弱？

夏葱茏有点恼火又有点无奈，伏在他胸膛上感受着他的呼吸，脚心摩挲着他的脚背，趾尖不时地掠过他脚踝，稍纵即逝的触碰有丝丝甜蜜。

"为什么总觉得我爱你很少？"

林渊立把手放到她脸上，低声控诉："你都没为我激动过，你总是这么冷静。可我因为你，狼狈过失控过，还出过糗、打过架、哭过、醉过，窘态百出。"

"你嫌我不够失常？"

"额……你为郭朗妮还攻击过别的男生呢,为我……好像一直都是淡淡的,有时候我会想,你喜欢郭朗妮是不是比喜欢我更多?"

"不是,我喜欢你最多。"

她总是及时地给他最坚定的答案,可林渊立总觉得缺点什么,导致那个不假思索地回应不够分量。她处事那种四两拨千斤的态度令他着迷,又令他惶恐,他想感受到自己在她心里的重量。

"老婆。"

"嗯?"她撑住他的胸膛起身,让他可以用双手捧住她脸庞。

"我最好了,你只能对我一个好。"

"嗯。"

"我给你的就是最好的,你不用再去寻找了,对别人也不用有期待。"

"嗯。"

"别只说嗯,说你爱我。"

唉。她拂开他的手,爬上去,俯下身,狠狠地吻住他,毫无预兆地发动一场风驰雨骤的反攻。

林渊立经不住挑衅,按住她的后腰一翻身,把她牢牢扣在棉被上,温热的掌心攀上她颈窝,放肆地想要更多。

"我爱你。"她在他耳边呢喃,"很爱很爱很爱很爱很爱很爱很爱,爱到只要你提起勇气,我就马上答应嫁给你,对你来说,这还不够疯狂吗?我才不会对别人有期待,我所有的未来都给你。"

林渊立像吃到一颗糖,顿时笑得明朗动人。

她忍不住捏了捏他帅气的脸,温声道:"我也没有不喜欢你和林逍立接触,正常接触当然可以,我只是不想你跟他过不去。出不出生又不是他说了算,叫什么名字是父母给的,这些他得到的都不是他选择的,他性格是奇奇怪怪的,生在这样的家庭也在所难免,好歹他还叫过你几声哥,你不认就算了,没必要拿他当敌人。"

她捧住他的脸,指尖在他眉间轻按:"你说过你只爱我,要说到做到,连恨都不要分给别人,所有的感情都用来爱我。"

"一言为定。"林渊立上瘾似的又吻了吻她的唇,咬咬牙恨恨地说,"哼,真想把你关起来,好在我心里有个法治社会,让你侥幸躲过这一劫。"

夏葱茏忍不住笑了:"还是我厉害,我已经把你关起来了。"

"老婆。"

"嗯?"

"你要一直关着我,不要把我放出去哦,外面风大雨大,很危险的。"

长夜长吻,屋里的春天比窗外的春天来得更早。

每年总有些事悬而未决,跟随春节的钟声到来。

比起林逍立这个弟弟和林逸夫这个亲爹,更让林渊立头疼的事来了,开学。

夏葱茏是个可恶至极的女人,居然要他在学校里保持常态喊她班长。

哼,见鬼的常态!他和她的常态难道不是你侬我侬,老公老婆?怎么就成同学和班长了?他才不要喊她班长!

可这个女人根本不能明白他的心情,再三地严肃警告他:"不要胡来。"

喊她老婆是胡来吗?他有凭据为证!

可她根本就是个颠倒黑白的女暴君,让他别用结婚登记道德绑架她,他哪有,他不过是想威胁她公开承认自己的身份。

到了久违的413寝室楼下,林渊立与夏葱茏难舍难分:"我们家就在本市,干吗还要住寝室啊?"

夏葱茏搂住他安慰道:"学校到家里得一个多小时的车程,来回就三个小时了,不想你天天这么累,开车辛苦呀。"

"一个人睡也很辛苦啊。"

"别闹,就当是陪陪杨脩一,他不也住寝室吗?"

"他关我什么事啊,我干吗要陪他,我要你陪!"

夏葱茏靠上他的胸膛把他紧紧抱住："好了，我得上楼收拾一下，你也赶紧去，一个小时后在这集合，我们一起去吃饭。"

"一破下铺有什么好收拾的，你别走嘛。"

"宿舍要稍微打扫下卫生，不然怎么住？"

林渊立不依不饶："不是有四个人嘛，就那么点地方还得一个小时？我给你十五分钟，我就在这等着，你稍微弄一下就赶紧下来。或者我给她们付劳务费，你尽管让她们干活好了。"

"不行。"夏葱茏揪揪他的耳朵，"我上去了，你也回去收拾，到了宿舍给我打电话。"

她刚转身，手腕便被他狠狠地抓住，再回头，已重新回他的怀里。

"这就想走了？你是不是忘了什么？"

夏葱茏搂住他脖子与他拥吻，经过的同学眼观鼻鼻观心，不屑用嫉妒的目光打扰这对恋人。

好不容易回到413，郭朗妮已经在默默打扫了，一个假期过去她气色好了不少，脸上略微见肉，体态还是那般纤瘦苗条。

奇怪了，夏葱茏皱皱眉："恰恰呢？"

郭朗妮摇摇头："好像还没回来，她不是要补考吗？"

对啊，她应该提前一周就到了。

夏葱茏隐隐觉得不安，便给恰恰打了电话，关机。

这就不太妙了，夏葱茏试着联系松花蛋，"嘟"了一声那头便接了："尼古拉斯·发才？"

"是我。"

机智如松花蛋，瞬间明白过来："你们是交换了手机号？要不要这么虐狗啊，我马上就到了。"

"恰恰没回来，她找过你吗？"

"我试试给那个渣男打电话。"

"谁？"

"她男朋友。"

据恰恰那个渣男男友说,他和她已经在大年初一分手了,原因很简单,他妈受不了葛妙棋这种女孩。

葛妙棋是恰恰本名。

与413室其他女孩不同,葛妙棋对爱情有很多不切实际的幻想,极容易被甜蜜冲昏头脑,连对象是个什么货色都没摸清楚,就敢糊里糊涂奔一辈子去,所以她才会在春节这种重要时刻,选择待在男友身边,结果被男友那个厉害的妈轰了出来。

葛妙棋当然也不好欺负,别人欺负她,她也会欺负回去。然而对待感情,光靠坚强不够,最重要的是援兵,偏偏那男友选择了他妈的阵营,葛妙棋成了孤军,负隅顽抗最终失守。

要说渣男男友的妈为什么受不了葛妙棋,夏葱茏也猜到一点。

葛妙棋有个特殊的宣泄方式,一不高兴就要把所有锅碗瓢盆都拿出来洗一遍,注意,是一不高兴,她有时候不高兴得很不是时候。

有回饭点高峰期,夏葱茏艰苦卓绝地排队打好了饭回到宿舍,放下饭盒去洗手。葛妙棋从外头败兴而回,看到桌上有个饭盒,不管三七二十一,拿起来就把饭倒掉,愤怒地帮助夏葱茏把饭盒洗了个亮洁如新。

夏葱茏那个气啊,恨不得接过饭盒把她敲死过去。所幸有一个夏傲亭那样的爹,夏葱茏自小被教导不要受情绪操控,就咬牙忍了下来,憋着一口老血外出觅食时,还能做到轻轻带上门,这就是家教。

之后葛妙棋回过神来恢复了理智,几乎就要跪着感激夏葱茏的不杀之恩。

夏葱茏冷冷地说:"感激的废话就不用多说了,你以后上食堂去。"

"啊?"

"以后你要发泄,就到食堂洗碗,能帮到人又不至于牵连我们。"

于是往后,葛妙棋一不高兴就到食堂助人为乐,颇得食堂大叔大妈的钟爱。

她在大年初一被男友的妈扫地出门，是因为受了气急需发泄，便把年三十留下的饭菜统统倒掉，顺便把厨房洗刷得焕然一新。

老一辈的人不喜浪费，哪里受得了辛辛苦苦做的饭菜被这么白白糟蹋，加上她又不合眼缘，一怒之下当家长的便逼迫儿子和女友分手。

葛妙棋在大年初一惹长辈生气，也不能完全怪她。换作任何人，在大年初一发现男朋友花光了自己所有积蓄给别的女生买包，也会一顿火大。

葛妙棋没骂街，没摔东西，没打架，甚至没哭，只是到厨房气势汹汹地勤劳了一番而已。

一连等了两天，葛妙棋杳无音信，413的气压极低，甚至联系过她的班主任，听说她请假了，便又想知道她家长的联系方式，想确认她的情况有多糟糕，反正她一定不好。

要是还好，怎么不回来补考？放弃补考机会，就要重修了。

夜里，夏葱茏在床上辗转反侧，越想越不是滋味，大年初一被赶出家门，葛妙棋是怎么度过的，去了哪里，有即刻回家吗，为什么不给她们打电话？

手机震动，夏葱茏看看手机，是她家那位，连忙起床走出阳台，压着声音接听："还不睡？"

"老婆，我睡不着，我要见你。"

"门禁时间过了，大门锁着，怎么出去？"

"反正拦不住我。"他挂断电话。

夏葱茏再打过去，那家伙就是不接，分明想要她着急。

夏葱茏果真急了，穿上卫衣、牛仔裤，抓起外套就往外跑，初春的夜并不比寒冬温暖多少。

宿管阿姨一看她半夜溜出来，关怀备至地问："夏状元，已经很晚了，有什么事吗？"

"阿姨，十分抱歉，我家里人有急事，我必须出去一趟，麻烦您给我开下门可以吗？"

她也不算撒谎，某程度上林渊立确实是她的家人。

夏葱茏平时待人冷淡有礼，但凡进出宿舍大楼必定会向宿管阿姨点头问候，因此宿管阿姨对她印象特别好，现如今看她一脸焦急，也不像是闹着玩的，便开门放了她出去。

要说夏葱茏有没有过不客气的时候，答案是肯定的，譬如一开始对林渊立。她可以忍受各种毛病，可一旦有人刻意靠近，她便会全身戒备，用缺乏友善的态度向对方说"不"。

事实证明，这点招数对林渊立并没奏效，她非但没能成功把他推远，还把自己搭进去了。

夏葱茏出了门走了几步，便看见站在宿舍楼对面的林渊立，挺拔的身材裹在一袭海军绿英式风衣里，陪衬的白色卫衣从风衣后露出了连衣帽，下身搭配着黑长裤和黑板鞋。

看见心心念念的人，林渊立长腿一迈就大步流星走去，才三五米的距离也觉得太远，恨不能一跨步就把它走完，一靠近就把她拥进怀里："哼！"

夏葱茏靠上他胸膛浅声说："哼什么哼。"

"我不要住学校了，我真的睡得很不好。"

"这学期我们周二、周三、周五早上第一节第二节都有课。"

"那又怎样，有课是常态啊，就算天天早上八点有课也很正常。"

夏葱茏叹口气："早上八点钟的课，如果回家，六点就得出门了，五点多就得起床。"

"那就不回家，我们在学校附近租套房子，这个方案你能同意吗？"林渊立极力为同居生活苦心争取，"总之我要和你在一起，我不能天天住宿舍了，你嫁给我却不陪着我，这是折磨我啊。"

夏葱茏拢了拢双臂，紧紧抱住他："那我们明天下课去看房子。"

"真的吗？！"林渊立两眼冒精光。

早知道会让他这样高兴，她就该在开学前做好这样的准备，她不禁有些自责。

早在开学前，林渊立就对住寝室提出过抗议，但夏葱茏觉得集体生活有助于他忘掉那些破事，便想试试，可见效果奇差无比。才回校两天便这样煎熬，瞧他那双黑眼圈，就知道他的睡眠质量负分一万。

林渊立拉着她的手往校门口走。

夏葱茏问："这么晚还要去哪？"

"去睡觉呀。"林渊立揉揉眼，打了个哈欠，可怜巴巴地说，"昨晚都没怎么睡，今天又上了一天课，困死了。"

"真困死了躺床上能直接睡着。"

"嗨，你低估了我需要你的程度。"林渊立又打一个哈欠，才接着道，"我确实一躺下就睡着了，一翻身发现怀里空落落的，就惊醒了。没有安全感，想再接着睡，发现睡不着了，忍耐了好一会儿才爬起来给你打电话，你都不心疼我。"

"对不起。"夏葱茏上去抱抱他，踮起脚在他唇上印了一下，略感不安道，"我们要怎么出去？"

"就这么出去啊。"

"门卫能放行？"

"不放也得放，实在不行我让班主任跟他通话。"

班主任？

"哦，老婆，忘了说，我已经告诉班主任我们登记结婚了。寒假期间发生那么多事，他也担心我，刚好聊到，我就顺便告诉他我们去香港的事了。"

哪里是刚好聊到，明明是这家伙偷偷办理走读申请，班主任一看还有夏葱茏的名字，便询问是怎么回事，于是林渊立光明磊落地拿出了在港登记结婚的凭证。最重要的是，夏傲亭和纽兰都陆续来电，表示希望两个孩子走读，双方家长都提了要求，当班主任的有什么理由不配合，况且林渊立家庭特殊，住校不一定适合他。

至于林渊立耍了什么手段，让夏傲亭心中的天秤倾向他，还得从开学前某个深夜说起。

那晚，这个心机Boy早早地把夏葱茏哄睡着了，然后走出卧室给纽兰拨了通越洋电话，聊了几句后，他敲响了夏傲亭的房门。

夏傲亭有点意外，毕竟两个孩子都不曾在深夜里打扰过他，好在他是夜猫子，习惯了一两点才睡。

"门没锁，进来吧。"

他知道是林渊立，夏葱茏从不敲门，找他的时候会直截了当地喊"爸"。

林渊立推门进去，笑盈盈地说："爸，我妈想和你聊两句。"

夏傲亭挑挑眉，从容地接过手机："你好，新年快乐。"

电话那头动听的女声不急不躁地说了几句话，夏傲亭谦和地回应："言重了，不打扰，小渊在家里很乖，这阵子就没出去过，还帮着葱葱做饭。哦？这个……要看葱葱的意思。"

林渊立没想到把母亲搬来都未能撼动夏傲亭，当即浮夸地跪下："爸，男人何苦为难男人，你就帮帮我嘛，我真不想住校了。"

夏傲亭和善地笑笑："你起来，别跟我来这套。"这小子居然用膝盖要挟他？

"爸，你必须答应我，不然就太不给我妈面子了。"

夏傲亭不慌不忙地先应付通话："你放心，这事我先和小渊谈谈，嗯，没事，别客气。"

通话结束，夏傲亭把手机还回去，脸上始终带着笑意："万一葱葱不同意怎么办？"

"她会同意的。"

"那你为什么要在深夜里求助？"

"爸……"

"好了，你先起来，我会打电话跟你们班主任沟通。"

"谢谢爸！"

林渊立一口一个爸，如亲儿子一般，夏傲亭的心热了几分，一想到孩子以后要组建自己的家庭，一丝不舍的情绪便不合时宜地涌上心头。

林渊立目光如炬，一眼看出丈人情绪反常："爸，你哪儿不舒服了吗？"

"没事，你早点休息。"

"我不急啊。"林渊立不太放心，"爸，想一边喝茶一边聊聊吗？"

"太晚了喝茶不好，容易睡不着。"

"那就纯聊聊？"他索性往里走，在靠窗的沙发坐下。

女婿算是半个儿子，即便没看着长大，也容易生出亲切感来，更何况林渊立在家乖巧，轻易就博得他的欢心，夏傲亭对他是相当满意。

既然他愿意陪自己聊聊，夏傲亭也不矫情，走到落地窗前，在另一张单人沙发坐下，直截了当地问："婚礼过后，你们打算搬出去吗？"

林渊立一怔，想不到向来温和的丈人会这么直接，这是要赶他走吗？难道他还表现得不够好，没有通过夏傲亭的审核？

"爸……"林渊立有些艰难地开口，"我有哪些地方没做好，你尽管告诉我，我可以改。"

"你很好。"夏傲亭摆摆手，"刚在电话里我说你很乖，那不是一句场面话。"

"那……婚礼之后，我可以继续住在这里吗？我不太想和葱葱搬出去。她会想你的，我也会。"

夏傲亭心头一热，从未想过林渊立能够接受一个这么难伺候的自己，前妻不正是受不了他才天天挤兑的吗？

"你不嫌我这个老头子碍事？"

"爸你还很年轻啊，哪里是老头子，就算是老头子，也不会碍事啊。你那么安静，是我在打扰你吧。"

"哪里。"夏傲亭宽慰地笑笑，他虽然淡漠，但从不吝啬笑容，"你是个好孩子，难怪葱葱会喜欢，她的眼光一向很好，除了……"

"穿衣。"林渊立捧腹笑道，"爸，你别再挑剔她的卫衣了，她会不高兴的。"

"嗯。"夏傲亭强忍住翻白眼的冲动，温和道，"时候不早了，你快回去吧，待会儿葱葱醒了，肯定要说你半夜跑我这里来。"

"嗯，爸，晚安。"

二人几乎同时起来，夏傲亭自然而然地伸出掌心，慈父般地拍拍他的头。如此细微简单的动作，让林渊立当场红了眼眶。

他没有被父亲摸头的记忆，多年的缺失竟被夏傲亭意外填补了。

学校附近没什么像样的星级酒店，林渊立也不在意，一到房间躺下就睡，夏葱茏的发香让他心安。

后半夜，夏葱茏感觉有只手在身边摸索，直到握住她与她十指相扣，枕边的人才安稳下来。

夏葱茏睁开眼，转过去看林渊立，熟睡的他那一脸疲态尤为明显。

清晨来得比想象中快，让夏葱茏醒过来的不是日光，而是手机的响声。

一接电话，那头便传来松花蛋凝重的声音："恰恰回来了，她身上好像有伤，碰一下小臂就说疼。"

夏葱茏心下一沉："是那个渣男？"

"她不肯说，九成九是。"

夏葱茏攥紧了拳头，真想把心里暴力的困兽释放出来，把那个渣男虐得体无完肤。

"你放心。"松花蛋异常平静又狠戾，"恰恰遭受的每一点委屈，我都会从那个渣男身上讨回来，我是法律系的学生。"

"好，如果有需要的话，林渊立出钱。"夏葱茏理直气壮地掏丈夫的腰包，这种时候，她不矫情。

松花蛋略感意外:"他?我知道他大方,不过恰恰是我们的室友不是他的,提这种要求会不会很过分?你不要利用自己女友的身份为我们谋取福利了,万一他误会你当他凯子……"

"权当我借他的。"夏葱茏应付说,那家伙才不会对她有这种误会,他要怕她花他的钱,就不会把所有资产转到她名下了。这份信任,她视作殊荣。

虽说林渊立改了名字,但这事在校内保密。

校方知道他身份特殊,也体谅他因为家事做了这个决定,要是公开他改名的事实,恐怕会引起同学不必要的猜想,把纽渊和林渊立联系起来也没那么难,影帝姓林,传奇般的纽兰女士姓纽,后者的姓很罕见呢。

林逍立和林渊立毕竟有一字之差,这世上名字雷同的案例多了去了,只要不透露林渊立妈妈姓纽,大家便不会注意到那么多巧合。

与校方决策层商榷,林渊立继续在学校里当林渊立,等毕业时再把学籍档案等材料更改过来。

对此,夏葱茏感觉自己快人格分裂了,这家伙一会儿纽渊一会儿林渊立,真怕她哪天不小心叫错了名字,暴露了他的身份。

眼下,她很想回宿舍见一见恰恰,可身边的人仍在酣睡,她不忍心摇醒他,若就这么独自离开,这家伙一定会很生气。

算了,再等等,不差这一时半会儿。

夏葱茏背靠床头守在林渊立身边,静静地看着他沉睡的脸,他继承了纽兰那身冰肌雪肤,胜在轮廓线条冷峻分明,完美地勾勒出男性特有的英气硬朗,使这俊美的脸庞并不显得娘气。

夏葱茏轻抚他的脸,刚要抽手,冷不防地被他一手握住。

他缓慢地睁开会笑的眼,迷人的男声能从耳朵钻到人心里去:"很高兴醒来就能见到你,老婆。"

她低头落下一个吻,如蜜般香甜,让林渊立放不开。

"你在荼毒我。"林渊立作颓废状,"我变得不思进取,沉沦温柔乡了。"

夏葱茏一脚把他踹下去："这个学期，少拿一个 A，下个学期就继续住寝室。"

"不行！"

"嗬，让你不思进取，沉沦温柔乡！"

"这样不公平，既然有罚就要有奖！"林渊立爬回去，讨价还价问，"如果我全部拿 A+，你打算以哪种方式更加爱我？"

"额……"夏葱茏想了想，特别钢铁直男地说，"好好学习不是一个学生该尽的本分吗？还要什么奖？"

"你会不会激励人啊？"林渊立双臂环胸靠上床头，愤然抗议，"你这是霸权主义，我要推翻你的统治！我要奖励！老婆，你要奖励我！"

"你想要什么？"

"如果我全部科目拿 A+，暑假你就陪我去夏威夷度假，穿泳衣给我看。"

泳衣有什么好看的……

夏葱茏嘴角抽搐："你喜欢那种东西啊？"

"嗯，我都没见过你穿。"

"谁没事穿那种暴露的玩意，我小时候都是穿 T 恤、短裤进的泳池。"

这回轮到林渊立嘴角抽搐："到时候你别想用那种东西打发我！我已经接受了你的卫衣装，你总得奖励我看看比基尼养养眼吧。"

"可是……我不大习惯穿那么少的布料在公共场合四处晃荡。"

林渊立莞尔一笑，伸手把她拉进怀里："哼，我才没那么傻呢，怎么可能让我老婆在公共场合穿比基尼，那我岂不是要吃大亏？只能在房间穿给我一个人看。"

他低头亲吻她："原来，'醒来觉得甚是爱你'是这种感觉。"

她以长吻回应，如春雨，如和风，如好天气。

第十二章
你已经得到我的一切,请你为我拒绝这个世界

CONG LONG
XIA YI ZHI

上午的最后一节课上到一半，夏葱茏突然收到413群信息，是郭朗妮发的，她上午只有两节课："那个……恰恰在楼下和一个大哥拉拉扯扯，那个大哥会不会是打她的男朋友？"

松花蛋火速回复："渣男就渣男，大什么哥啊，对这种人讲什么礼貌？！"

柔弱如郭朗妮，也有不甘示弱的时候，她快速且经过哲学思考地回复："骂人的终极奥义，是问候人。"

夏葱茏咬咬牙，连回复都免了，把手机塞给林渊立，意思是不解释了让他自己看，然后起身走出了教室。

任课老师的目光一直追随着夏葱茏的身影，大概是她那一脸杀气极具威慑力，使在场的人有种事态严重的感觉，竟没一人阻挠她，连老师都没喊住她。

林渊立生怕年轻的纽太太会吃亏，忙追出去，经过一排排座位时，听见一名好事的同学小声嘀咕："林渊立把女朋友惹生气了？"

"她才不是我女朋友。"

他腾出工夫回了一句，使对方更来劲了："果然吵架了！这是要分手的节奏？"

林渊立淡定抬眼望着老师："老师，对不起，有点急事。"

等出了教室，他才迈步奋起直追。

夏葱茏一路马不停蹄，半途遇到了松花蛋，不由得停了下来："你也翘课了？"

"对，恰恰一个哪里打得过，回来支援了。"

二人又开始往前跑。

宿舍楼下，恰恰被暴力前任抓住小臂："我都跟你道歉了，还没完没了的，你到底想怎样？"

恰恰试着甩开他的手，换来对方更有力的纠缠："我不会再跟人不清不楚，不会再乱给人买包，更不会再对你做那种事，行不行？我发誓！"

恰恰气红了眼:"苟泽!你对我做了那些事,就算现在给我跪下磕破了头,我都不会原谅你!我没钱了,你没必要跟我和好了!"

"啊?"苟泽松开手,"你过年回家,没要到压岁钱吗?"

这就是他支持他妈把她赶回去的理由?

恰恰气不打一处来:"苟泽,你和我一起,是为了钱吗?"

不等苟泽回答,夏葱茏和松花蛋已到他身后,两女孩对视一眼,一起抬脚,正要狠狠蹬上去,然而林渊立眼疾手快,一手拉住一条胳膊,把两个女孩甩到身后。

"我来!"他抬脚猛踹苟泽后腰。

恰恰下意识地避开,没让前摔的前任砸向自己。

苟泽趴在地上,还没起来便急急扭头往上看:"林渊立?"

不愧是校草,学校里是个人都能叫得出他的名字。

林渊立居高临下,满脸不屑,一言不发。

苟泽瞪了恰恰一眼,狼狈地爬起来:"难怪要分手,原来是傍上了校草!"他一边整理衣服一边卑劣地邪笑,"没想到校草喜欢和我玩一样的,真荣幸啊。"

瞧他那嘴脸,倒像是二人看上了同一款游戏装备似的,真会侮辱人啊!

恰恰急火攻心,上前抽了他一记耳光,苟泽猝不及防,一下子蒙了,真实的疼痛感让他意识到自己被当众掌掴了,为了不在校草面前丢这个人,他伸手抓住恰恰肩膀,欲要反击。

林渊立迅速提膝,侧踹一脚,再次把对方击倒。他从没想过,以前为了强身健体才学的自由搏击,最近会如此频繁地派上用场。

"嘴巴放干净点。"林渊立正言厉色道,"对女生说这种话,你没父母还是没家教?"说着一手把夏葱茏抓到怀里,"废物,看清楚了,这个才是我女人。"

苟泽正想开口,眼瞧着校草又要走近,有阴影地往后缩。

"别动。"林渊立不徐不疾地来到他面前,提了提膝,盖章似的在对方脸上按了一脚,留下一个痕迹鲜明的鞋印。

"滚。"

苟泽一秒都不敢耽搁,来不及站稳就麻溜地跑了。

夏葱茏感慨,原来人在逃生的时候是这种速度啊……

林渊立冷着脸回到夏葱茏身边:"刚才走得那么急,想吓死我啊?"

四周一片死寂,只余林渊立关切的责备声在春风里散开:"夏葱茏,我以前是不是说过,你的安全不是你一个人的事?逞英雄这种事,是你应该做的吗?"

然后是三秒难熬的停顿。

他接着道:"你有没有想过我?你觉得你受伤了,我不会疼?"

夏葱茏连一个反驳的标点符号都使不上来。

林渊立就站在她面前,冷冽的目光就像冬日最后一场飓风,让围观的人不由得裹紧了外套。

恰恰壮着胆子道:"林同学,都是因为我,你别怪她。"

林渊立扭头,一阵窒息的压迫感袭来,恰恰紧张地咽了一口唾沫,再也不敢发声。

"就刚才那种男人,扔了就当倒垃圾了。"他冷淡的语气露出酷似夏状元的威严,果然近墨者黑……

恰恰猛点头,恨不得当即跪下叩谢皇恩然后溜之大吉。

好在林渊立已经转移了视线,继续旁若无人地盯着夏葱茏:"过来。"

夏葱茏一动不动:"我已经在你面前了,还能怎么'过来'?"

"来我怀里。"

夏葱茏顾不得在场还有两位室友,乖巧地靠上去,以免进一步激怒他。

林渊立收拢双臂抱紧她:"以后还敢吗?"

"不敢了。"

"刚才有没有吓到？"

"刚才没有，现在有。"

现在？林渊立皱皱眉："怎么了？"

"你很凶。"

林渊立下颌贴着她的脑袋，笑得肩膀抖了一抖："哼，让你不老实。"

松花蛋在一旁看得白眼都翻不过来了："喂，你们两个，够了，这里还有其他人。"

林渊立哪里肯撒手："诸位还有别的事吗？没有请回避。"

"啧，这地是你买的吗？"松花蛋寸步不让，就不愿惯着他，可有人愿意。

夏葱茏在林渊立腰间摆了摆手，示意松花蛋先上楼。恰恰倒识趣，主动过去挽着松花蛋往宿舍楼走，毕竟林渊立刚救过自己，尽管是沾了夏葱茏的光，但也不能恩将仇报。

林渊立其实并不在乎四周都有什么人，反正他眼里只有她。他爱意满满地在她额上短促地浅吻，笑道："我的女孩，就该在我怀里。"

夏葱茏抬起头，亲昵地搂住他的脖子："我想上楼看看恰恰，她身上有伤，我们不打算就这么放过那混蛋。"

"你们打算怎么做？"

"我们想起诉他故意伤害，不过这得看恰恰的个人意愿。"

"需要我联系律师吗？"

夏葱茏摇摇头："不用了，不能让你又出钱又出力。"

"哦？"林渊立笑意更甚，抬手捏了捏她下巴，"看样子，我老婆学会花她老公的钱了。"

"这种事情我不必学就能精通。"

"哈哈哈……"林渊立开怀笑道，"如果恰恰真受伤了，个人财物又长期被对方侵占挪用，那这场官司赢的概率还是很大的。有经验的律师会把律师费也算到赔偿金里面，你其实就是预支付，钱是能讨回来的，所以我也没怎么出钱，帮忙出点力不算什么，你不需要有心理负担，老公和钱一样，都是用来花的。"

才不，老公是用来疼的，夏葱茏忍住没反驳。

"这事交给松花蛋吧，你有那么多事要烦。"

林渊立摸摸她的头："那你要随时跟我分享这件破事的进度，你关心的就是我关心的，你的事就是我的事，要是她们处理不了，就把那个垃圾交给我。到时候你会发现，我是个很好的'清道夫'。"

"嗯。"

夏葱茏当然知道，让林渊立去解决苟泽，会更迅速有效且干净利落。但她知道，像林渊立这种十九岁就实现财务自由的人，时间比金钱更珍贵。她可以毫无负担地挥霍他的钱，但不能让他劳心费神。

夏葱茏让林渊立去找杨脩一陪着看房子，自己回了413室。那家伙当然是不情愿的，但想到恰恰和母亲纽兰一样，都是遇人不淑，便有了恻隐之心，愿意割爱两小时，让夏葱茏和室友独处一会儿。

分别时，他警告夏葱茏："我两个小时后来接人，到时候不许拖拖拉拉，马上给我下楼来。"

"好的长官。"夏葱茏差一点敬礼。

一进宿舍，夏葱茏第一时间锁上门，然后径直走到靠里的下铺，恰恰正坐在郭朗妮床上发呆，没有预想中的洗洗刷刷，也没有情理中的泪涟涟。

夏葱茏搬了张椅子坐到床边，一开口就特别直接："把衣服脱了，让我看看你的伤，伤哪了？"

恰恰摇摇头："没事。"

夏葱茏用手按住心脏，好像不这么做她的小火山下一秒就能炮轰全球。

"什么叫没事？"夏葱茏用片刻的沉默压下愤怒，她沉声道，"你觉得挨揍没事，还是我们的关心多余？"

恰恰默默垂头，一副非暴力不妥协的样子。

"葛妙棋。"夏葱茏放轻了声音，不让自己的问话带一丝压迫感，"这个寒假，你到底经历了什么？"

"真没事。"

夏葱茏强忍怒火，看看松花蛋，她无奈地摊摊手："我今早也盘问过了，得到的是同样的答复，我们算不算枉做小人，一拳打到棉花上？"

夏葱茏冷笑："没关系，她不说，我们可以猜。"

"好啊好啊！"松花蛋登时来了兴致，看看伏在书桌上看书的郭朗妮，"郭朗妮，要不要来一起玩？"

郭朗妮完全在状况之外，无辜地回头问："玩什么？"

"猜谜游戏。"

"猜什么呢？"

"猜猜葛妙棋被赶出狗窝后，是什么时候挨的打。"

郭朗妮无助地眨眨眼，并没有 Get（理解）到这个游戏的迷人之处，回过头去重新投入到小说里。

松花蛋满不在乎，把椅子挪到夏葱茏身边，两人对视一眼，齐刷刷地看向葛妙棋，对受害者进行了大概十秒钟的审视，便各抒己见。

夏葱茏先开始："被赶出去又挨了打，很有可能大年初一没有回家。"

"嗯。"松花蛋流畅地接下第二棒，"没有回家能过夜的地方只有三个：旅馆、网吧、朋友家。她不是游戏发烧友，基本排除网吧的可能。"

夏葱茏："她那么要面子，连我们都没找，肯定不会在大年初一打扰别的朋友，所以她可能一个人失魂落魄地去开了房。但渣男并不知道，还盘算着她回家后能要到多少红包？等等，她的钱都被渣男花光了，哪来的钱开房？她透支了信用卡？"

旁听的郭朗妮忍不住搭一句："她有爸妈，大年初一就算人没到家，红包也能在线支付啊。"

　　松花蛋点点头："她一个人在旅馆里坐困愁城寂寞难耐，渣男又不联系她，她只好向感情低头，主动暴露地址？"

　　夏葱茏作沉思状，继续故事接龙："结果那渣男以为她赚足了红包一夜暴富归来，带着下海捞钱的心态兴高采烈地去见她。见面后她可能对他的人品有什么更狗血的发现，两人一言不合短兵相接，她负伤离去？"

　　松花蛋激动地跳起来："渣男想了想不是滋味，这回钱还没到手呢，必须忍辱负重先和谈，而她在这段时间里光是吃饭、住宿就花掉了所有红包，还顺便想通了一件事？"

　　郭朗妮咬着笔点点头："她想通了什么呢？想通了那位暴力大哥不太值得她孤注一掷英勇去爱？是她主动提的分手？"

　　夏葱茏深表认同："所以刚才在楼下，她才会悲伤地说，自己再也没钱供养他了，他没必要跟她和好了？"

　　郭朗妮很有成就感地拍了拍手，脸上露出难得的笑容："哇，故事讲通了！"

　　夏葱茏龇牙一笑，直勾勾地看着葛妙棋："喜欢我们这个版本吗？"

　　葛妙棋扫视在座的各位，忽而觉得这三人联手太可怕了，难怪自己只配当个学渣，而她们……

　　不怕，要坚强！她死要面子但又一败涂地，只好虚张声势地拍拍床面："够了！别拿我的恋情番外当猜谜游戏！"

　　嚆，瞧她那副倒霉的表情，松花蛋都不想打她了："保守估计，我们猜中了六成以上？"

　　郭朗妮嘟嘟嘴："我看有七成。"

　　夏葱茏摇摇头，胸有成竹地说："我看九成九。"

　　"才没有！"葛妙棋死撑着。

　　然而并没有人在意她的抵抗，她的态度已经说明了一切。

　　夏葱茏与松花蛋相视一眼，随即围堵床边，两人如出一辙的阴谋家表情，令葛妙棋有种大难将至的错觉。

"你们要干什么？"

松花蛋一手揪住她的领口："恰恰，亲爱的，别闹了，不要耽误最佳取证时间。"

取证？

"取什么证？！"

"要打官司索赔，总得提供点实打实的家暴证据吧。"松花蛋无奈地敲敲自己的脑门，同住一年了，始终想不明白葛妙棋是怎么在没有脑子的情况下长大成人的……

"宝贝，你以为长得可爱会流泪，法官大人就会同情你？"松花蛋看着床上那个除了谈情说爱一窍不通，但连谈情说爱都以失败告终的可怜女孩，忧伤得犹如滔滔江水绵绵不绝。

几番胁迫之下，葛妙棋出不了门也上不了洗手间，她甚至下不了床，便只好向"恶势力"低头，撸起袖子把家暴的伤口袒露在室友面前。

守在床边的诸位顿时倒吸一口凉气，夏葱茏为了看得更真切，坐到恰恰身边，轻轻抓起她的小臂，郭朗妮和松花蛋凑得更近了，那眼神犹如考古学家在鉴定刚出土的兵马俑。

葛妙棋白皙的皮肤上有几个特别扎眼的红印，红印里本该平坦的皮肉凹了进去，像巨兽粗鲁地在湿软的洼地上留下了足迹，夏葱茏忍不住用指尖抚摸那低陷的伤口："痛吗？"

"不那么痛了。"葛妙棋摇摇头，语气倒是轻松。

"这个……"郭朗妮皱起眉头，脑海里放映出一部燃情的缉毒电影，脸色一下白了，"恰恰，你男朋友，拿烟头烫你？"

直击心脏的问，让一室死寂。

葛妙棋瞪大了眼珠子："郭朗妮，人不可貌相啊，你懂的还挺多？明明看起来像个从四岁就没离开过修道院的东正教修女……"

"小时候一个邻居小哥哥贪玩，不小心拿烟头烫到了自己，伤口就是这样子，他爸是个烟鬼。"

其他人姑且接受了郭朗妮的解释，除此之外没别的可能了，郭朗妮就是个乖乖女。

松花蛋盯着伤口咬牙切齿，气得肩膀都在抖动："那个混账东西抽烟抽到你身上了？刚刚状元男友打他还是轻了！葛妙棋，出了这种事还遮遮掩掩，想维护那个人渣？！"

"不是……我是觉得很丢人。"

夏葱茏在一旁听着，恨得磨牙："丢人？丢什么人？你把他举报了，他就比你更丢人了，你怎么这么想不开？！"

"对喔。"葛妙棋茅塞顿开，跳起来握住夏葱茏的手，"不愧是状元，你说得好有道理，好有说服力哦！我决定起诉他！"

"那就赶紧交代案发经过！"松花蛋没好气地催促。

葛妙棋重新回到床上，颇有点束手就擒的意思，承认室友们之前的猜测八九不离十。

这个寒假她确实没回家，一是因为太伤心，二是因为不甘心，不知怎么回家面对父母，也不知怎么走出失望的恋情，便在苟泽家附近找了家旅馆孤孤单单过春节。

她多次想给413成员发信息，但想着人人都在过节，不愿在这时候给人添麻烦，索性一个人穷伤心，因为太穷太伤心，最后还是忍不住联系了苟泽。

苟泽说马上去见她，天真的葛妙棋以为对方是挂念她的，便满心期待地准备迎接。就在房间门铃被按响的刹那，微信里有一个好友添加申请："我和你男友也在这。"

葛妙棋气得手机都没拿稳，暗骂一句，电影都不敢这么拍！然后便去开了门。

她冷冷地质问苟泽这些天都在忙什么，她离开他家这么久了，他就没主动给她打过一个电话。

苟泽假惺惺地说:"想等你气消了再见你,这不你一联系我,我就来了吗?"

"滚。"葛妙棋把正要进房的人推出去,摔响了门。

之后她通过了那个好友申请,对方示威似的给她发了许多辣眼照,哈哈,想吓唬她吗?

她葛妙棋可不是空挨打不还手的主。她反应迅速地把照片发到朋友圈,她的好友列表里有照片男主角和男主角他妈,这下总算唱响一曲春节合家欢了。

由于照片不雅又不够要脸,葛妙棋不忍心在大过年间误伤友军,便屏蔽了她的家人和413成员。

总之,只要是她认为不重要的人,都可以看见这些令人反胃的照片。那女生没想到她会这么冲动,后悔得拉黑也来不及了。

但报复还来得及。

当晚,葛妙棋打算到楼下吃个面解解气,一走出房门便被叼着烟蹲在走廊守株待兔的苟泽推了回去。

他责骂她没有道德,怎么能让他妈看到那些照片?!

她反驳说:"不让你妈见识一下,你妈还以为自己生了一个天使呢!我是想帮助她认清楚状况!"

苟泽一生气,夹下烟头就往她小臂上烫,她算是彻底知道苟泽是什么分类的垃圾了,以前松花蛋嘲笑他的名字的时候,她还为此着急过,现在看来松花蛋很有先见之明,不愧是学霸!

葛妙棋痛得对手边的人拳打脚踢,恨不得抓起枕头闷死他,居然拿烟头烫她引以为傲的手臂,伤口会留疤吗?今年夏天她还怎么穿吊带裙啊!

烟头被她胡蹬乱踹踢掉了,苟泽把她推到床上,想要对她做出更丧心病狂的事,她马上镇定下来,冷冷地说:"我有朋友在楼下等我,她也看到了我发的那些照片,听过我抱怨,当然也知道你在这家旅馆里和

241

别的女生约会。她刚才就提醒过我小心你会报复,如果没见到我下楼,她肯定会上来找我,到时候你是开门呢还是不开门?你当然可以不放我出去、不让我吭声、不让我接电话,那她很有可能会因为担心而联系我的父母,我爸妈肯定会报警。"

"你在这里有什么朋友?"

葛妙棋自信地笑笑:"要不要赌一个试试?反正输不起的是你。"

苟泽不敢冒险,马上开门走了出去。

葛妙棋松了口气,马上锁上门,一边检查小臂的伤一边难过地哭了起来,这段恋情太失败了,爸妈把自己养这么大,要知道自己被一个男的欺负成这样,肯定很心疼,她也是父母的小公主啊!

为了纪念这次人身伤害,提醒自己以后带眼识人,她拿起手机拍下了那根烟头,还把它装进空的矿泉水瓶里带走。

如此智障的行为自然遭到了松花蛋的鄙视:"这种破东西有什么好纪念的,你的脑容量本来就小了,记点好的行不行?"

不过松花蛋也不能否认,葛妙棋这次歪打正着地保留了物证,对案件很有帮助。

然而葛妙棋一心惦记着伤口的情况,一想到可能会留疤,心情就好不起来。

夏葱茏安慰她:"那个渣男没有在情绪失控的时候把烟头往你脸上烫,已算是不幸中的万幸了,这么说你会不会好受一点?"

葛妙棋惊愕一怔,这一分钟心里万马奔腾,她从没往这方面想过,不禁替自己捏了把冷汗,好险!看来那个渣男还坏得不够彻底……

她刚感慨完,便招来松花蛋无情的唾骂:"姐姐,你还真有阿Q精神啊,敢情人贩子偷了你的左肾,把右肾留给你,你还得感激对方没有赶尽杀绝?动手就是不对,做到哪种程度不该影响我们对事情本质的判断。夏葱茏就是想安慰安慰你,你别太往心里去啊。"

怒其不争归怒其不争,松花蛋还是尽心尽力,为了帮葛妙棋讨回公道四处奔走。

她人缘很好,认识不少本校法律系的研究生和博士生,经过学长学姐介绍,又搭上了几位权威的博士生导师。这些老师有丰富的办案经验,葛妙棋这种案子对她们来说就是小菜一碟,不过被告和原告都是本校学生,这倒是新鲜。

松花蛋特地联系的是女博士导师,都是女性,对葛妙棋的遭遇特别容易有共鸣。松花蛋当然可以到校外的律师事务所聘请律师,可她更愿意求助学校的博士导师,一来对方会念在葛妙棋是本校学生,不需要她马上支付律师费,可以等到案子胜诉了赔偿金下来了,再从中抽取部分佣金。

虽说夏葱茏和林渊立都愿意垫付这笔钱,但松花蛋不愿意接受,她相信葛妙棋也不会同意。

再者,从原告到被告再到辩护律师都出自本校,就更能引起同学的关注,松花蛋就是要把这件事闹得沸沸扬扬的,让苟泽付出沉痛的代价,她要他在这所大学里毫无颜面待下去,要他再也别想祸害别的女生,要那些和他一起给葛妙棋添过草原色的女生为此蒙羞。

平日,松花蛋比谁都不正经,可事到临头,她比谁都较真。

在她的高效推进下,不到三天,苟泽一家便收到了针对本案的律师函,苟泽以故意伤害罪被正式起诉。

苟泽一家平日不待见葛妙棋,苟泽妈妈更是对她言辞刻薄,现在却赶着巴结她,好让她心软撤诉。

或许是有过上次的交手,林渊立余威未褪,当事人苟泽出奇地安静,出事之后他就称病回家静养了,近期与葛妙棋的所有交涉都是苟妈妈一人负责。

葛妙棋不是没想过撤诉的,她想当一个优秀的前任,不让分手的场面太难看,给大家留下不好的回忆,但苟泽从未道过歉。

在电话里,葛妙棋问苟妈妈,针对这事苟泽本人有什么看法?

苟妈妈毫无诚意道:"他能有什么看法,他只是个孩子。"

呵呵,他只是个孩子,她难道就不是个宝宝吗?凭什么她就可以被人伤害,被他们一家看扁。

葛妙棋把心一横,告诉苟妈妈:"以后有事,请直接联系我的律师,请别再打扰我,我是受害人。"

正要挂断电话时,葛妙棋听见那头传来咒骂声,对方骂她给脸不要脸。

葛妙棋重新把手机放到耳边:"苟太太,实不相瞒,我们每回通话我都有录音,你对我的骚扰和谩骂,我会当作音频证据呈交给我的律师。"

苟妈妈深感不妙,追悔莫及,迫于形势马上道歉,那态度转变之快,令葛妙棋感慨,人性啊,有时候真是廉价到令人不齿的地步。

她不愿再浪费唇舌,直接挂断了电话。到了这个节骨眼,别说道歉,就算现在他们一家三口跪下认错,她都不会心软,他们的膝盖还比不上一条狗的良心值钱。

松花蛋帮她帮到这个份上,她自己要争点气,不能辜负好友一番苦心。她决定强硬起来, 这不是一件可以妥协的事。

夏葱茏已搬出了413室,她和林渊立在学校旁的一个住宅区里租了套房子。

由于葛妙棋的事,这段时间她一直陪松花蛋奔走,房子的事便交由林渊立一手包办了,从床铺到沙发,林渊立都精心挑选。他很享受这件事,一想到为最爱的人置办一个新居,他就感到无比幸福,唯一让他有点遗憾的,是她抽不出时间参与进来。

杨脩一帮了不少忙,觉得自己付出了足够多,而那两口子也亏欠他足够多之后,终于日久见人心地暴露出真实目的:"林少爷,我帮你这么多忙,是该报答我的时候了,你们这房子多出的房间,不如就让我住吧。"

林少爷不假思索地残忍拒绝:"杨公子,这套房子,是我和我夫人的爱巢,爱巢你懂吗?这么私密的地方,你怎么好意思开口说要搬进来?

我都不好意思承认自己听到这样失礼的请求,我就当你没说过吧。"

"呵。"杨公子给重色轻友的林少爷一记眼刀,"你们家你说了不算,我去问问状元的意思。"

"别去烦她。"林少爷一脸不悦道,"跟你这么说吧,我希望在家的时候,想抱她就抱她,想吻她就吻她。你在,就不得不顾虑你的感受,毕竟你没人爱啊,万一嫉妒我怎么办,我会很困扰的耶。"

"谁会嫉妒你这个白痴啊!"

林少爷成功把杨公子气走了。他看看时间,差不多要到宿舍楼接夫人回家了,便想追出去邀请杨公子一起走,却看见夏葱茏从电梯里出来。

林渊立意外地停下脚步:"你不是说要到八点半吗?"

"我想你了,想早点回来。"夏葱茏伤人地越过杨脩一,径直上前亲吻林渊立,然后与他手牵着手一起进屋。她太累了,累到眼里只容得下他。

杨脩一觉得林渊立说得有道理,这毕竟是那两只白眼狼的狼窝,不适合他一个重情重义的汉子住进去。

房子是林渊立用心布置的,夏葱茏当然感受得到,每天从外头回来,她都会仔细看看这房子,就像收到一份爱不释手的礼物,不肯错过这份礼物的每个细节,每天都要反复查看好多次,才心满意足。

林渊立甚至为两人挑选了情侣牙刷和情侣睡衣,这本该是她做的。

夏葱茏洗完热水澡出来,穿着与林渊立款式一样的睡衣,爬上沙发钻进他怀里,彼此紧靠着度过余下晚景,电视里正播放着无人关注的连续剧。

"老公。"夏葱茏透着疲态的声音响起,"最近……你有点太自由了,有没有空虚寂寞冷啊?"

"哼。"他捏捏她的鼻子,俯下身索要一个吻,"我快要变成望妻石了,我的家庭地位很低,我在你心里能排到第三位吗?"

夏葱茏把手按上他心脏,微不可察地叹息一声:"你真是个让人苦恼的家伙。"

不论她说过多少遍她最爱他,他总是听了就忘,一点也没往心里去。或许她是个糟糕的情人,总是顾此失彼,但有些事,需要他自己去发现,人心不会说谎,他的心会找到她全部真心。

"忙完这阵子就好了,对不起。"

"你不用道歉,现在是特殊时期嘛,我知道你忙,至少夜里我们能够在一起,上课也在一起,这就够了。"

这样委曲求全的体贴,莫名地让夏葱茏心酸,他居然变得这样懂事了……

夏葱茏想要弥补他,手机屏幕忽而亮了,打开413群信息,葛妙棋发来一个网页链接,夏葱茏好奇地点开。

校园贴吧上,一个标题为"杀人犯女儿李松华"的帖子每分钟都在狂涨点击量。

帖子里提到,松花蛋父亲曾因入室抢劫杀人被判决死刑,嘲笑松花蛋是杀人犯的女儿。

尽管当年证据确凿,但松花蛋的母亲坚信丈夫是个正直憨厚的老实人,为上诉来回奔走,一连好几个月没回家,再次回到松花蛋身边时,她变得又聋又哑,眼睛也看不见了。

在李爸爸执行死刑后不到三个月,李妈妈暴毙于家中。那年松花蛋刚上小学三年级,不够懂事,却足够记事。

之后,外婆来到松花蛋家,负责她的生活起居,可毕竟也一把年纪了,总有力不从心的时候。

邻居同情这个小女孩的遭遇,便轮流照顾她,每回做饭总多做出两人份的给松花蛋婆孙送去。松花蛋是吃百家饭长大的,她没有像长辈们担心的那样变得忧郁内向,反而一直快快乐乐的,于是大家便相信她的心里没留下多少伤痛。

高三那年,外婆也去世了,松花蛋连精神支柱都没了,作为对现实的反击，她更不要命地学习，拿下了全校唯一一个免试名额，保送到硕都大学法律系。

她是没参与高考，才没当上状元。

之后每年春节，松花蛋不愿接受亲戚的同情，宁肯一个人在家，对着父母和外婆的照片说说心里话。

她坚强到令人心碎，连邻居都看不下去，一个接一个地敲她的家门，邀请她一起过年，松花蛋再三婉拒，邻居没有法子，便每人为她做一份菜，送到她家里去，个别家境宽裕些的，还体贴地给松花蛋送过春的新衣。

这两年松花蛋虽少了亲人的陪伴，但一直有吃有穿的。

至于那起入室抢劫杀人案，李爸爸确实是被冤枉的，真正的凶手是李爸爸的两位朋友。两人在作案前便做好了脱身的准备，早就采好了李爸爸的指纹留在了案发现场。

当年不比现在，李爸爸生活的地方又是小县城，监控没现在到位，根据指纹李爸爸无疑成了头号嫌疑犯。

当地一位检察官听说李妈妈突然双目失明且变得又聋又哑，而她一直没放弃为丈夫申冤，便觉得事有蹊跷，重新研究案件，发现有诸多疑点。被抢走的财物至今下落不明，李爸爸凭一己之力怎么做到在短时间内处理完尸体还带走那么多财物，当时的歹徒可以说是穷凶极恶，把死者的家洗劫了一空，连个冰箱都没留下。

连冰箱都抢的，足以证明犯人处境十分艰难，最重要的是，一个人哪能抬得动冰箱呢，检察官怀疑犯罪嫌疑人至少有两名，这是团伙作案。

经检察官的努力，真正的凶手终于被绳之以法，他们不仅对诬蔑李爸爸的事供认不讳，还承认了迫害李妈妈的事实。

国家还了李爸爸一个清白，给松花蛋发放了一百〇五万的赔偿金，甚至给她安排了权威的心理医生。

除了最后一项，松花蛋都接受了。她承认内心的伤口还在痛，但她没病，她健康得很。

帖子里，松花蛋在回复栏里洋洋洒洒写了一篇四千字的短篇励志小说，把自己这些年是怎样成长的事交代得清清楚楚，并把李爸爸沉冤昭雪的新闻内容发出来供大家拜读。

她的回复被转到了微博，当年的事重新引起热议，不少网友狠狠赞美了那位翻案的检察官，并想给松花蛋打钱。

新的话题来了，是谁这么缺德揭人伤疤？

不少学生猜测是苟泽。

夏葱茏关掉网页，瑟瑟发抖，尤其双手颤抖得厉害，她感觉脸上有些发痒，抬手轻挠时，触到了一片湿润，她居然哭了。

她向来不是多愁善感的人，也从不觉得快乐是坏事，可这样快乐的松花蛋着实惹她心疼。

林渊立抓过手机放到一边，默默抱着夏葱茏许久，终于违心地开口："心疼了吧，我送你回去。"

"嗯？"夏葱茏带着泪眼抬头。

林渊立苦涩地笑笑，抬手替她拭去泪珠："我的女孩为别人这样伤心，酸死我好了。"

夏葱茏搂住他的脖子靠上去，一句话也说不出来。

"你现在很想见到松花蛋吧，你肯定有很多话想对她说。我送你回去，趁门禁时间还没到。走吧，换衣服。"

夏葱茏一动不动："那你呢。"

"我？我送你回去，就回家来呀。我警告你哦，只此一晚，明晚就要回来陪我，不要让我一个人。你已经……忽略我好多天了。"尽管他一直告诫自己这是特殊时期，必须体谅她，可还是忍不住抱怨。

林渊立就是很舍不得，即便只是一晚的分离，他也无法忍受。

他真怕自己向寂寞认输，他的每个细胞都在呐喊，他想要她陪，却还是忍耐着放她离开，让她去做想做的事。

林渊立把夏葱茏送到宿舍楼下，她连晚安都没说，更别提晚安吻了，急匆匆就上楼去了。

他看着她转身离去，几番克制着追上去拉住她的冲动。

"老婆，你不要管别人，只管我好不好。"

他无数次想这样开口，可他知道自己不能，因为夏葱茏根本做不到，413室的每个女孩都是她的心头肉啊。况且，松花蛋也是他的朋友。虽然他真的不想去在乎，但想到那样一个没心没肺的松花蛋其实伤痕累累，他就无法漠视，他安慰不了她，就割爱一晚送她一点安慰吧。

把心爱的女孩让给朋友，是他对自己最大的残忍了，就算对方和夏葱茏一样是个女孩，他也觉得委屈。

林渊立没有马上离开，而是像从前那样，在楼下找个合适的位置长久地站着，抬头望着413室的阳台，祈求着能看到那个喜欢的身影。

当时的心境和现在不同，那时的他连她的男朋友都不是，现在的他是她年轻的丈夫，可心情却一样孤冷，不，现在比从前更苦涩，因为他比从前更脆弱了。

林渊立无奈地叹口气，没了她，黑夜也没了意义。他怨自己无能，怎么能依恋到分秒必争，一步都不想离开的地步，他希望得到她的每分每秒，希望找个无人岛，只有他和她共度余生。

他不想与任何人分享她，即便理智告诉他，人都是需要朋友的，可他坚信，她有他一个就够了，为了她，他就可以不要朋友……

和她相恋后，他谁都不想见，只想每天和她腻在一起，抽不出一点时间去享受友情体验社交，为此他不止一次被杨脩一嘲笑没出息。

他能要求她像他这般没出息吗？他不敢，他怕自己过分的诉求，会把她逼走。

一开始为了让她看到自己，林渊立不肯撒手紧紧地握住她，可当她心甘情愿地把手交给他后，他却怕握得太紧，让她怀念起自由。

恍惚间，林渊立感觉有个黑影正朝自己跑来，他有点不敢相信，刚抬步走出一步，那个黑影便飞扑过来，他下意识地张开双臂，接住那个柔软纤瘦的身体,用窒息的力度把她紧抱在怀里。

她没给他晚安吻,是因为她根本不打算让他一个人走。

她贴上他的胸膛,熟悉的发香扑鼻而来,他贪婪地呼吸着她的气息,不肯与春风分享她的芬芳。

"你怎么下来了?"他问。

夏葱茏在他怀里笑笑:"你怎么还没走?"

他低头轻吻她的额头:"你知道原因的,你怎么知道我没走?"

"我就是知道,我很了解自己的丈夫。"她使出浑身力气抱住他,要让他感受到这短暂的分离她对他思念的强度,"你这个骗子。"

"我怎么就成骗子了?"

"出门前,你明明说过送我回来你就回去。"

"我真是这么想的,可我的腿走不动啊。"他耷拉着脑袋在她耳边低声哀求,"夏葱茏,我可不可以不懂事?"

夏葱茏埋首在他拥抱里,不知道要怎么弥补他这些天的缺失:"很对不起。"

"不要道歉,我不要这个。"他把手按上她后脑,抚摸着跟她的心一样柔软的发,"夏葱茏,我在你面前,可不可以不长大?我不想做个成熟稳重的男人,我只想当个自私自利的幼稚鬼,想要什么就说出口,想要你陪就不放手。"

夏葱茏抬手捧住他的脸:"谁要你成熟稳重了,你又不是我爸,家里有一个男人成熟稳重就够了,你能不能别再故作体贴委屈自己了?"

　　原来,她懂得他的体贴,不想他委屈,才回头找他。她陪伴的心情跟他不一样,他是离不开,她是放不下。

她没他需要她那么需要他。

即便如此,也够了,林渊立不再过分奢求,满足地握住她的手。

"松花蛋怎么样了?"

"老样子,她和郭朗妮、恰恰不一样,她们一个忍不住伤心一个控制不住脾气,但她什么都能忍,迟早要憋出内伤。"

松花蛋和夏葱茏的沉默不一样,松花蛋那是自虐,夏葱茏那是看得开。

一想起松花蛋那副若无其事的样子,夏葱茏就头疼,好歹她还有恰恰的事作为支柱,一时半刻不会倒下。

夏葱茏想,这些年松花蛋都是这么装过来的,现在揭穿她未免有点操之过急。治愈她需要一个漫长过程,不是一朝一夕可以解决的,而且,一时间她也不知道要怎么解开松花蛋的心病,只能陪她装糊涂了。

手边握着最爱的人,林渊立心情好了很多,与夏葱茏一起走出电梯时,他万万没想到会遇到杨脩一。

而杨脩一有意不理他,朝夏葱茏龇牙一笑,把手里的钥匙抛到空中:"钥匙还给你。"

夏葱茏一手接住,动作轻盈而灵动。

林渊立有点看不懂,一时不太明白是怎么回事,但关键点是抓住了,稍微好转的心情骤然一沉:"夏葱茏,你把家里的钥匙给别的男人?"

"杨脩一不是别的男人,是你的好兄弟。"她无视他的不悦,撇下他径直往家里走。

夫人要造反了!

林渊立顾不上质问杨脩一到他家里做什么,又是什么时候私下里和他老婆联系的,便急急地抬脚追进去。

杨脩一为状元争取一点时间,忙一把拉住她的丈夫:"林少爷,你怎么不拷问拷问我的灵魂,你就不好奇我在你家里做什么吗?我还到过你的卧室哦。"

林渊立不肯上当,嫌弃地甩开他:"别拉着我,我整个人都是我老婆的,你在非法占有她的贵重物品,小心我起诉你。"

杨脩一满脸不屑:"行啊林少爷,越来越有出息了,我等你的律师函!你真不想知道我鬼鬼祟祟到你家做什么吗?"

"哼，我夫人会告诉我的，她把钥匙给你，肯定有不得不这么做的理由。"

"哦？"杨脩一坏坏笑着，"没有哦，没有什么不得不这么做的理由，她给我你家的钥匙，只是因为我想要。"

"不可能。"

"你对她这么信任？"

"对！她不会做对不住我的事！"

林渊立不再理会杨脩一，急躁地回到家中，发现夏葱茏没在客厅，他按捺着恼火要推门走进卧室，门却紧紧锁着。

门锁着？

林渊立不敢相信，又再试着按了按门把，没有用，它被死死地锁住了，他怎么都推不开门，这还是头一次出现两人在家她却把他拒之门外的状况。

她锁门做什么？

林渊立感觉耐心快要消磨殆尽了，用力敲了敲门，里头的人却硬着心肠不理会他。

林渊立忍无可忍："夏葱茏，我要进去！"

"等会。"她似乎在忙，应付他的态度略敷衍。

林渊立愈发不悦，也愈发不安："你在忙什么？你和杨脩一是怎么回事？"

房间里响起笑声："是我把钥匙给他的，不关他的事，我现在不是把钥匙要回来了吗？"

林渊立郁闷地立在门外："你不要私下里和他联系好不好？我不喜欢。"

笑声再度传来："我是迫不得已，一定要拜托他啊。"

"拜托他什么，我帮不了你吗？有什么事你必须绕过我去麻烦他？我不喜欢你麻烦别人，你只可以麻烦我一个！你开门，我要回房！"

"等等。"

"我不要等！你开门，我要马上见到你！你别再逼我了！我快要失去理智破门而入了！"

门霎时开了。

林渊立肩膀一抖，目瞪口呆，看着门里的女孩心脏怦怦地跳。

夏葱茏穿着一袭裁剪巧妙的定制婚纱，朝林渊立微微笑着。婚纱的裙摆有着绝美的镂空雕花，复刻着维多利亚时期的华贵绝伦，肩膀到小臂被一层简约不加修饰的薄纱包裹着，白皙的皮肤隐约可见，愈发显得她楚楚动人。

林渊立痴迷地出神了许久，才重新振作缓步走去，伸手握住被婚纱紧束的腰，若不是怕弄皱婚纱，他真想粗暴地把她抱进怀里，狠狠把她占有。

"喜欢吗？"她捧住他的脸，轻声问，"这个，有没有比比基尼更吸引你？"

她微凉的指尖在他脸上，他握住那双手，心口随着她绵软的话语而悸动，他的目光愈发灼热，低声喃喃一句"新娘子"。

"嗯，这身婚纱，是杨脩一亲手设计的。"

林渊立神色一凛，刚涌上心头的幸福感顿时蒙上了一层愠色，今晚的心情大起大落，可把他折腾坏了。

他无半点感激的意思，伸手就要拿掉婚纱："又是他，不许穿！"

他把夏葱茏拉到怀里，再也不怜惜婚纱会不会被压出皱褶，手绕到她身后拉下了拉链，光洁而雪白的背从纱裙里露了出来："不许穿，脱掉！我也可以为你设计！你想要什么我都会做到，为什么还要找别人？"

他气得声音都飘出了几个明显的颤音，脑洞开始不受控地放飞："是他为你量的尺寸吗？他碰过你？！"

夏葱茏双手捧腹，止不住爆笑："小气鬼，突然间生什么气，好气氛都被你破坏掉了！"

"很好，还笑得出来，你这个可恶的女人！"林渊立面色煞白，快要被气出内伤了，却还是极力克制着要欺负她的冲动，"他是不是碰过你，他对你这样，还是这样？"他在她胸口和腰间做了个测量尺寸的动作。

夏葱茏不客气地拍掉他的手："他什么都没做，是我给他提供的尺寸。"

"那他也知道你的三围了啊！这种秘密数据怎么能让他知道！"

夏葱茏笑得挺不直腰，认输地倒在床边："你够了，小气鬼！人家好心好意为我们设计一套情侣礼服，你就只知道吃醋！"

"情侣礼服？"

"对啊！你也有份！在衣橱里！"她想给他一个惊喜，才让杨脩一找机会偷偷藏进卧室衣橱，没想到被他撞个正着。

林渊立急切地跑去打开衣橱，漂亮的墨瞳露出的几分欣喜出卖了他。

一套精致的象牙白礼服挂在最显眼的位置，礼服的领口和衣袖都有婚纱采用的维多利亚时期流行的雕花元素，他伸手触摸着那复古而用心的设计，飞快地偷瞄夏葱茏一眼："哼，别以为这样，我就会原谅你和他私下联络。"

夏葱茏打了个哈欠，支起脑袋侧卧在床边看着那倔强的青年："别嘴硬了，你很喜欢，喜欢到想马上穿上它，是不是还想给他打个电话，告诉他你会珍藏这身礼服一辈子？"

"才没有。"

"别嘴硬了，小气鬼。"夏葱茏坐起来，由于身上挂着婚纱，动作有点迟缓地爬到林渊立身边，从他口袋里摸出手机，"说点什么表示一下吧，毕竟是他熬了好多个晚上设计出来的。"

林渊立很不争气地抢过手机，躲开了夫人嘲笑的目光，扭头走出卧室。

他要气势汹汹警告那位杨公子，别再私下与他夫人接洽了，有什么请冲他来，可当那头传来带着坏笑却无比真诚的声音时，小气鬼却如鲠在喉,一句狠话都说不出来。

"礼服喜欢吗?这可是我的处女作,你敢乱挑剔,别怪我弄死你!喂,在吗?白痴?"

"我在。"林渊立咬咬牙,"礼服很喜欢,这是最好的结婚礼物。"沉默了半晌,又艰难地挤出三个字,"谢谢你。"

"别婆婆妈妈的!"杨脩一干脆切了线,他感受到对方的感动,一瞬间慌了神。那家伙因为夏葱茏改变了很多,变得婆婆妈妈,干吗突然这么郑重地向他道谢啊,他一点准备也没有。

确实,林渊立明明对夏葱茏有着偏执狂一样的占有欲,可每次杨脩一与她私下里联系,那小气鬼生气归生气,总能容忍过去,他对杨脩一的信任丝毫不亚于对夏葱茏,他相信对方有他的原因,不会做对不起自己的事。

林渊立回到卧室,夏葱茏仍穿着婚纱坐在床边,他过去抱住她,反复亲吻她的背。

"哼,夏葱茏,你最会惹我着急了,坏女人。"

夏葱茏转过身去,直面林渊立:"嗬,那你呢?你最会无视我的感情了,你这缺心眼的家伙。"

"我?我无视你的感情,我缺心眼?"

不等夏葱茏开口,林渊立便把她按下,翻身覆到她身上,如雄鹰俯视地上雏鸟,用身影挡住天花板,让她不至于被光晃得两眼昏眩,能够清楚看见他:"我怎么无视你的感情了?"

"你小气到只感受到自己的感情,你从没好好体会过我的感觉。"

"你胡说。"

"我没有,你有时候就是个混蛋。"

他全心全意爱着她,她居然骂他混蛋,很好。

林渊立褪去她的婚纱,抓住她的肩,狠狠揉捏,白皙的肌肤顿时出现几道红印。

"夏葱茏，就算我是个混蛋，你这辈子也跑不掉了。"

"我就没想过跑。"

"那最好。"他低下头，与她贴得更紧了，额头几乎就要撞上她，逼人的气息混杂着呼吸朝她袭去，"夏葱茏，我的好我的坏，你都好好保管，你得到了我的全部，占满了我整颗心，就必须完完全全地交出你自己来补偿我。就算你现在做不到，以后也要做到，我有一辈子的时间等你。"

什么叫"就算你现在做不到"？

夏葱茏不服输地抓起他的手，用力按上心口："你给我仔细听好了！我的整颗心也都是你的，别再嫌不够了，我早就把自己完完全全地交给你了，一点也没保留！"

林渊立感受着那颗在他指尖剧烈跳动的心脏，没来由地脸红了。

夏葱茏搂住他的脖子用力往怀里按，在他脸颊边上咬他耳朵："我爱得不比你少，我为你狼狈失措得像个傻子一样哭着抱住你的时候，是你喝醉了错过了，这不能怪我，怪你自己运气不好！"

林渊立微微一怔："你？哭着抱住我？在我……喝醉的时候吗？"

"嗯，不信你问杨脩一，他是目击证人。"

"又是他！"林渊立咬牙切齿，"他怎么这么烦啊！别人谈个恋爱怎么到处都有他？"

夏葱茏扑哧一笑，真拿这个小气鬼一点办法也没有："你啊，你怎么会有这么多不满。"

"哼，对，没错，我就是有很多不满，很多很多，我是小气鬼嘛。"

"要不你说来听听？"

"那我真不客气了。"

林渊立决定不再压抑自己，要过分就过分到底："夏葱茏，你已经得到我的一切，请你为我拒绝这个世界。不仅仅是不看别的男人，也不要多管别人，不要让我必须懂事地让出我们的时间去照料别人，我比任何人都需要你，离开你的每一分钟我都过得很不好。我爱你爱到这样病态的程度，我也觉得自己没救了，如果你觉得很累，那也请你委屈自己接受一个这样的我，我要你一直一直和我在一起，别再丢下我，别再让我故作体贴地把你送走，我根本不是真心大方。"

"傻子。"夏葱茏迎上去安慰着亲吻他，"有些事情你真的误会了，我去关心别人，不是因为别人比你更重要，你永远排在第一位。是你让我很幸福很幸福，我才能在关键时候，从中拿出一点关爱，去分给好朋友。不过……"

她抚摸他俊美的脸庞："你还是更适合恣意妄为，你突然懂事起来，反而令我不安，你就在我身边闹着，想要什么尽管说。"

"哼，老婆，这可是你许诺的，要说到做到。"

"嗯。"

林渊立躺下去，狠狠把她揉进怀里，今晚的他不想温柔，只想用力去拥有。

第十三章
我的世界很小，只能容下你

CONG LONG
XIA YI ZHI

恰好是周末。

林渊立先醒过来，便打算做一份简单的培根三明治，与夏葱茏分着吃，他就不要做两份。

偏不凑巧，才早上九点，门铃便响了，该不会是413成员来抢人吧？

林渊立当即做好应战对策，如果门外是413的女孩们，他就不开门，这个周末夏葱茏要陪他，才没工夫应酬她们呢。

然而门外站着的是杨脩一，那家伙身边还立着两只巨大的行李箱。

林渊立面色不善地问："你和你的箱子想怎样？"

"呵呵。"杨公子靠着门框，姿势妖娆地托住下巴，"林少爷，我是你的房客，今天正式入住，热烈欢迎我吧。"

什么房客？还今天入住？！

林渊立忙把那个正要往家里钻的男人拦下来："滚。"

好在杨脩一有一个恶劣的穿鞋习惯，他从不拆鞋签，林渊立一脚踩住："杨公子，这房子的男主人不同意你入住，麻烦你赶紧离开。"

"哎呀，还有三明治吃。"杨脩一当没听见，不客气地推开林渊立，如狼似虎地扑上饭桌，一口咬掉三明治。

林渊立当场咆哮："姓杨的，这是我做给我老婆吃的！"

"你老婆你老婆……"杨脩一一边咀嚼一边翻着白眼，动作协调得特别好，"你就知道你老婆，你老婆有什么了不起的。"

话音刚落，那个没什么了不起的别人家老婆从卧室里穿戴整齐出来，还是一身卫衣和牛仔裤。

"你来了，你的房间在那。"夏葱茏指了指卧室对面的房间。

杨脩一点点头："谢了哟女房东。"

林渊立满脸不悦："为什么要让他住进来啊？一点都不方便。"

他真是一点都不热情好客，连他年轻的夫人都看不下去了，走过去捏捏他的耳朵："没什么不方便的，你在家里想做什么就做什么。"

"如果我想抱你亲你呢？"

"那就放马过来，别管他，他受不了自然会搬出去。"

"哦，这样……"林少爷作沉思状，"这样会不会显得我们不太要脸？"

这个不知好歹的家伙！

夏葱茏强忍住掐腰吼他的冲动，平和而慈祥地说："我的好少爷，他受不了自己搬出去，比我们过河拆桥要好。他对你那么仗义，又是帮忙搬家又是设计情侣礼服的，我没办法视而不见啊。"

"可是……他吃了我做给你的早餐，这就很无耻啊。"

"没关系，你做给他吃，我做给你吃，不也一样吗？你想吃什么？"

林渊立豁然开朗，凑过去抱住她，旁若无人地在夏葱茏脸上吧唧了一口："老婆做什么我就吃什么。"

冷眼旁观的杨公子丢下三明治，推着拉杆箱赶紧回房。

他能忍的！毕竟，曾听那家伙炫耀，状元很会做饭，冲这一点，他决定毕业之前要巴着他们小两口过活。

至少，住林渊立这个小气鬼用爱布置出来的房子，比住直男集中营强吧？寝室里那些男生实在太脏了。

为了照顾到每个人，夏葱茏重新在书房里布置了一下工作台，又多摆放了一张椅子，以供杨脩一随时使用。

尽管林渊立不止一次抱怨："其实你不用这么照顾他的，他就是个浪子，不需要家，自生自灭就很适合他。"

杨公子忍无可忍，听见某人在背后说他坏话，从客厅冲进书房就想掐死他："林少爷，做人不要这么过分，当初是谁陪你上门提亲的？是谁帮着你把人偷到香港？又是谁把你送到影帝家，让他好好见识不忠的下场？呵呵，你还借用过我家飞机，还钱！"

"我的钱都在我老婆那，你找她要啊。"

"我就找你，还钱！"

夏葱茏感到太阳穴隐隐作痛："你们够了……我还有事，要吵到客厅吵去。"

夏葱茏坐到电脑前，一手抓住要到客厅和杨家公子一决高下的野蛮少爷："你留下，我有事找你。"

林渊立连忙乖巧地坐到她身边。

杨脩一孤零零走到书房门口，回头试探地问："要不我也留下？你们忙什么？"

"忙着谈恋爱，你出去。"

林渊立一下逐客令，杨脩一便挑衅似的走过去，紧挨着他坐。

林渊立嫌弃地挪开了些，靠了靠夏葱茏，伸手搂住她的腰。

夏葱茏开了林渊立的电脑，找到他以前爱玩的那款游戏，点击打开登录界面："登录一下游戏账号。"

"没有了，送给松花蛋了。"

"小号也没有吗？"

"没有。除却巫山不是云，我不是那种会披马甲的人。"

夏葱茏噘了噘嘴："那我重新注册个账号，你教我玩。"

她要玩网游？

林渊立感到很意外："怎么突然对《银箔任务》感兴趣？"

"松花蛋好像很迷这款游戏。"

"嗯。"林渊立抱起夏葱茏让她坐到他膝盖上，自己挪到了她的座位。他指尖在键盘上敲得飞快，两三下工夫便注册了一个新的ID。

被晾在一旁的杨家公子已经离开了，林渊立看夏葱茏心情凝重，便没了心思与杨脩一拌嘴，耐着性子跟她介绍这款游戏："《银箔任务》是从英文'mission impossible'中的'mission impo'音译过来的，这款游戏源自美国，游戏任务是找出逍遥法外的连环杀人案凶手，将他们处决，譬如开膛手杰克、食人魔亨利。

"这个游戏需要不停地拼凑线索进行推理，我上高中的时候，之所以迷恋这款游戏，是因为它足够烧脑。这个游戏另一个迷人之处在于联手办案，每个人在案子里承担不同的角色，譬如探长、法医、普通警官、记者等等。由于凶手的人设都是穷凶极恶的杀人狂魔,他们的防守装备自然比我们这些拿着探长、警官的正派角色要厉害得多。在游戏里,角色除了一边破案,还要一边防止被杀。"

夏葱茏点点头:"松花蛋在玩游戏的时候,状态怎么样?譬如……有什么不好的习惯吗?我听说,只有你对她不离不弃,一直没抛弃她这个队友。"

夏葱茏仍然记得走进413室的第一天,有游戏世界的人对松花蛋的咒骂声从耳机传来。

林渊立靠上椅背,下意识地搂紧怀里的人,一边享受这份甜蜜一边慢条斯理地解说:"她确实有一个不良习惯,她时常因为不愿意给角色补血治疗而掉队,耽误破案进度。"

补血?

林渊立一看夏葱茏满脸问号,就知道她没听懂,难得从她脸上看见学渣才有的表情,他忍不住凑上去亲了一下,心里想着真可爱啊,表面上仍然一本正经地充当向导:"角色被凶手追杀的时候,受伤是不可避免的啊,这时候角色至少要用药或者上医院治疗,但松花蛋从来不去,就这么让角色熬着浑身的伤继续战斗,如果有人催她治疗,她就干脆让角色自杀。毕竟是联手办案,有些线索是需要全员在线才能拿到的。最重要的是,掉队队员找到的线索,会跟随她的离开而丢失,这对破案很不利。

"你老公我有个好用的脑子,基本上能把每个队员拿到的线索背下来,谁突然离开对我影响都不大,所以我愿意一直带着松花蛋。松花蛋有她自己的核心竞争力,她的推理能力是我见过最强的。"

夏葱茏眉头紧蹙,感到有些困惑:"为什么呢?为什么她不愿意让角色接受治疗?"

"我也问过她,她说生命不可重来,不是每个人都有满血复活的机会。"

夏葱茏心口一紧，完全明白了。

林渊立感受到她的忧愁，抬起她的下巴，要她直视自己："你又不是诗人，哪来这么多的忧愁。"

"只有诗人可以忧愁吗？"

"你也可以，但我会心疼哦，你舍得让我心疼？"

夏葱茏摇摇头。

林渊立满意一笑："不是要玩游戏吗？我手把手教你。"

夏葱茏又摇摇头，醉翁之意不在酒："你要帮我找到松花蛋，不，应该是尼古拉斯·发才，她现在在用你的ID吧？"

"应该是。"林渊立进入游戏界面。

夏葱茏怕影响他操作，打算挪去旁边的椅子坐，刚动一下，便被他冷声喝止："别动，在我怀里老实待着。"

"不会影响你吗？"

"不影响，又不是我要玩，就算是我要玩，玩这个也不需要专心。"陪你才需要专心。

更何况他早就戒掉了游戏，还有篮球，现在除了学习之外，他所有时间都用来陪伴她。

夏葱茏背靠着他，认真地观察屏幕，林渊立搜索尼古拉斯·发才这个ID，没看到对方在线，于是便搜索百姓点灯，那是松花蛋自己的账号，她果然在。

林渊立发出组队邀请，很快便得到松花蛋的同意，这是他刚注册的ID，松花蛋并不知道他是谁。

"游戏要开始了哦。"林渊立说。

夏葱茏伸手要抓鼠标："我自己来。"

林渊立乐得让位操作，一心一意抱住怀里的人，放任她自己摸索，他相信她的自学能力。

然而夏葱茏并不享受这种冲锋陷阵惊险刺激的行动，她更愿意享受线索带给她的困惑感,一搜集到线索便与松花蛋热络地分析起来,很快便俘获了松花蛋的欢心。

快到中午时,松花蛋主动跟她私聊:"我去吃个午饭,你下次上线是什么时候,到时候组队啊。"

夏葱茏回复:"我下午两点在线,到时候见。"

夏葱茏退出游戏,疲倦地揉揉太阳穴,这个游戏果然太烧脑了。

"不想告诉她是你在陪她玩?"

"嗯,还不是时候,以后会让她知道的。"

林渊立不置可否,横抱起她到了卧室:"很累吧,你小睡一会儿,我和杨脩一做饭。"

"我来吧。"

林渊立按住她不让她起来,宠溺地摸摸她的头:"下午两点不是还要破案吗,睡会儿。"

夏葱茏一脸不安:"你们……可别在厨房打起来啊。"

"不会,我会让着他的。"

夏葱茏硬是忍到林渊立走了出去,才帮理不帮亲地翻了个大白眼,到底谁让谁啊!

接下来一连好些天,夏葱茏一有时间就上线陪松花蛋玩破案游戏,林渊立总是陪在她身边,尽管他早就熟知每个案件的关键线索,但他就是不提醒不插嘴,让她自己去碰灰。

他看得出,她根本不享受这个游戏,她只是想从这个游戏里更了解松花蛋。不然她也不会学着松花蛋那样,每次角色受伤了,不吃药也不上医院,让角色生扛着伤口苦苦战斗,最后和松花蛋一起白白牺牲双双掉队,平添失败挨骂。

夏葱茏的所作所为很快引起松花蛋的警惕。

某个夜晚,夏葱茏刚结束一场战斗,陪着松花蛋壮烈牺牲,无力地瘫软在林渊立怀里，这些天，她都坐在他的腿上玩《银箔任务》，难为他从不嫌腿酸，坚持要这么抱着她。

"又死了，差一步我就可以捉到那个变态凶手啦！"夏葱茏遗憾地说。

林渊立觉得好笑："怪你自己，坚持不让角色上医院，我真怕你这样下去，会跟松花蛋一样培养出自虐的倾向。"

"不会啦，自虐等于虐老公，我哪里舍得你受伤。"

"知道就好。"他捏住她的下巴低头吻她。

电脑屏幕弹出松花蛋的私聊信息，夏葱茏舔了舔唇，笑眯眯地制止道："等等。"然后起身凑到电脑前。

百姓点灯："其实你可以上医院，也可以吃药，为什么不呢？"

这些天，林渊立算是知道了，把账号给松花蛋后，她没用他的ID称霸全服，只是把尼古拉斯·发才的所有装备都送给了百姓点灯，就是松花蛋自己。

读完信息后，林渊立提醒夏葱茏："她好像有所警觉了。"

"嗯。"夏葱茏迟疑了下，敲键盘回复，"你不也不上医院、不吃药吗？"

那头沉默了会儿，信息才发过来："你是谁？我觉得你认识我。"

夏葱茏咬咬牙，在键盘前紧握着拳头做内心斗争，终于等到内心多个声音斗出个结果，她长叹一声，哆嗦着手敲字回复："如果，我愿意陪你在游戏里英勇赴死，你是否愿意在现实里痛哭、快活？我想你真正的快乐，哪怕是笑中有泪。我当然认识你，我爱你，夏葱茏。"

那头再也没有传来信息。

不一会儿，413微信群有新的消息，葛妙棋发来最新情报，并配有一张刚刚拍下的照片："松花蛋突然趴在电脑前崩溃大哭，好丑啊，状元，你怎么看？"

夏葱茏笑着回复："哭就对了。"

想了想，又补充一句："好好哭，我最亲爱的。"

连对林渊立，夏葱茏都没有称呼过"我最亲爱的"，她对他的专称是老公，爱人。

夏葱茏重新倒在林渊立怀里，长舒一口气："真好，明天不用扮福尔摩斯了。"

又是一个大日子。由于葛妙棋坚持不和解，官司无法避免地迎来了开庭日。

413全员到场，家属林渊立，以及家属的朋友杨脩一也来凑热闹撑撑场面。

葛妙棋在原告席上异常沉着地交代自己与苟泽交往的点滴，不时地停下来警告被告苟泽："我的律师和法官大人都在呢，麻烦你看我的眼神客气点，我是受害人，又有一颗玻璃心，万一被吓得说不出话来，怎么办？到时候不得不休庭，岂不是耽误大家时间吗？"

如此滴水不漏的一番话，臊得苟泽不敢再瞪她，默默低下了头。

结果毫无悬念，葛妙棋胜诉，法官要求苟家赔偿并对受害人葛妙棋真诚道歉。

走出法院时，苟家一家三口以苟泽他妈为首，对葛妙棋恶言攻击，大概是想着横竖要赔钱了，得尽情骂回来才不至于吃大亏。

松花蛋无所畏惧地挡在最前："我有必要提醒你们，诽谤或侵害名誉，也是要赔偿的，我建议你们管好自己的嘴巴。"

苟泽冷冷笑道："杀人犯的女儿，谁怕你，有本事你也告我啊！"

在这种人的三观里，只有动手才有可能构成犯罪，动嘴是无关紧要的，不论措辞有多难听。

松花蛋不怒反笑："所以，我的家事是你扒出来的？"

"是又怎样？"

"你就说是不是你？"

"是！你能把我怎么样？"

"很好，你很快就会收到新的律师函。"

苟泽不知死活地说:"你有什么证据?"

夏葱茏举起手机:"有啊,我录音了。像你这种智商不足嘴贱有余的,只要当事人愿意,你一天可以收三次律师函。"

苟泽恼羞成怒,扑上前就要拿松花蛋撒气,杨脩一反应迅速地把她拉到身后,一脚把他踹倒,满脸遗憾道:"对女性动手的男人,下流。"

葛妙棋不住地摇头,由衷感慨道:"孺子不可教也,苟泽,你怎么就学不好呢?真庆幸我只是和你恋爱,没和你发生什么实质性的关系,这还得多谢你妈瞧不上我,怕我要你负责,住你家也执意要我睡客房。"

413成员听后十分惊讶,真没想到叛逆少女是个这么幸运的人,钱财都被骗走了,贞洁居然还在。

"你可以的。"松花蛋笑眯眯地拍拍葛妙棋肩膀。

一行人撇下苟家三口,很有排场地走出法院。

郭朗妮一直低着头不说话,每当余光瞥见杨脩一时,心跳便不争气地漏跳两拍。

"我、我还有事,先走了。"不等其他人反应过来,她便迅速溜走了。她不想回程路上还坐杨脩一的车,那会让她无比紧张,又不好提出要坐林渊立的车,怕打扰夏葱茏谈恋爱,索性坐公交回大学了。

夏葱茏茫然地看着她的身影,扭头满是责备地看杨脩一:"肯定又是你。"

杨脩一无辜地摊摊手:"我又没招惹她,我今天一直没找到机会跟她说话。"

"你想对她说什么?"

杨脩一想了想,摇摇头:"好像也没什么可说的,我和她是两个世界的人。"

夏葱茏和松花蛋还有葛妙棋相视一笑。

对爱情始终抱有幻想的葛妙棋眨巴着眼对杨脩一道:"你是唯一收到过郭朗妮情书的男生,不考虑给她回信吗?"

杨脩一没好气道:"那种情书要我怎么回?算了。"

杨脩一越想越郁闷,为什么每次见到他,郭朗妮就会逃亡似的跑掉,她很厌恶他吗?

不行!

"我要问个清楚,她为什么总是一见我就跑?!"杨脩一没来得及道别,转身朝地铁站追去。

"他们两个……"葛妙棋扑哧笑了,把剩下的猜想留在脑洞里。

余下成员跟着夏葱茏一起回到林渊立在大学附近的房子。

刚走出电梯,一个人影映入眼帘,林渊立顿时警铃大作,若不是夏葱茏及时拉住他,他真想上前把那小鬼扔进电梯里。

林逍立笑眯眯地站在他家门口:"哥。"

哥?

松花蛋和葛妙棋面面相觑,总觉得这个俊朗的男孩有些眼熟,却一时想不起来。反正他很养眼,个头比林渊立略矮一些,但至少也有一米七八,看着貌似比林渊立更成熟,却口口声声喊他哥。

林渊立冷声下逐客令:"请你离开,不要再打扰我的生活。"

"哥。"林逍立咧嘴笑笑,"是阿姨告诉我你住这里的,我和她和解了。"

阿姨?

林渊立皱皱眉:"你说我妈?"

"对啊。"

林渊立登时拉下脸:"你凭什么和她和解?她又没对不起你。"

"她当然有,你要我在这里说吗?"

夏葱茏本想留松花蛋和葛妙棋在家用晚饭,既然来了不速之客,便只好请两位美少女先回宿舍。

松花蛋和葛妙棋很识趣,察觉出形势诡谲,不愿意让林渊立尴尬,便离开了。

夏葱茏开了家门,招呼林逍立:"进来说吧。"

然后警告林渊立:"你不许耍小性子,听话。"

林渊立谁的话都不听,除了夏葱茏的,纵是千般不愿,还是乖乖放了那小鬼进屋。

林逍立在经过夏葱茏时,向她点点头:"谢谢嫂子。"

如此一句简单话语,惹得夏葱茏和林渊立双双讶异地扬起了头。

林逍立今天很反常,他的礼貌就像林渊立的懂事一样,令夏葱茏分外不安。太阳怎么能从西边升起呢?这是要变天还是要变态?

"你怎么回事?"夏葱茏带上门,问林逍立,"怎么突然变了个人?"

"此一时彼一时。"林逍立像回到自己家里一样,脱掉鞋子走到沙发坐下,十分自然地跷起了二郎腿,"我刚说了,我和纽阿姨和解了。"

林渊立在单人沙发落座,冷着眼看着那个是亲兄弟却更像敌人的男孩,不知该拿出什么态度对待,才不失风度又不失威严。

夏葱茏从厨房里端出果汁和零食,送到林逍立面前。

"在门口等多久了?"她体贴地问。

林逍立满不在乎道:"一个小时之内,不算久,谢谢嫂子。"

夏葱茏手抖了一抖,要是她让他闭嘴别卖乖,会不会很失礼?

"嘿……"林渊立冷笑,也很听不惯这小鬼的糖衣炮弹,林逍立总喊他哥,就足够令他心烦了,现在还喊夏葱茏嫂子……这是想亲上加亲的节奏?

一想到这小鬼还亲过他嫂子,林渊立就再度生出暴揍他的想法,生怕夏葱茏再有闪失,忙从后搂住她,一把圈到怀里。

夏葱茏知道自家的幼稚鬼在向亲弟弟宣布主权呢,便听之任之地待在他怀里,她是他的镇静剂,只要她在身旁,他就坏不到哪里去。

林逍立淡定应付着这种腻歪的场面,没半点不自在,他觉得这比影帝爸爸对嫩模搂搂抱抱要雅观得多,便怡然自得地端起果汁喝起来:"嫂子,听说我哥很喜欢你,他是怎么追到你的?"

全靠不要脸。

这么没技术含量的招数，林渊立当然不会分享给这个并没有很熟的亲弟弟，板着面孔问："你怎么联系上的我妈？"

"是纽阿姨联系我的。"

寒假期间，林逸夫和私生子一家的照片是纽兰安排狗仔队曝光的，原因很简单，她忍了这么多年，不想再忍了，毕竟爱过，要说完全不在意当然是假的。

她无法接受自己放下事业完全投入的这段感情存在污点，尽管林逸夫只是在片场里和别的女演员共喝了一杯咖啡，这就足够令她恶心好多天。

她那么爱他，对她来说，感情是 all or nothing，要么全部，要么全无。这些年林逸夫多次想回头，可她知道他不可能忠诚于婚姻，便忍痛放下他。

她一直知道林逸夫有私生子，可在寒假才知道那孩子居然叫林逍立，这可把她气坏了，所以等到林渊立一放假，便急着带他出境，省得他被父亲的丑闻困扰，她决意曝光林逸夫。

即便是为了林渊立，她都不能再忍受那个恶劣的男人，可又不愿意儿子连春节都过不好，便再次运用专制手腕，把他困在家里，让他与外界彻底失联。

只是没想到林渊立会那么喜欢夏葱茏，为了联系她居然爬窗离开，他的房间在三楼啊，就不怕摔着。

纽兰不敢调动人脉去追他，怕他再做出危险的事伤着自己。

曝光林逸夫后，很多事情都脱离掌控，其中之一便是私生子林逍立。

纽兰怎么也不会想到，这个性格乖张的孩子，这么多年来也一直在收集林逸夫拈花惹草的证据……

林逸夫和多名嫩模、女星的亲密照片，便是林逍立安排记者曝光的。纽兰知道这孩子已经找到了林渊立，也知道他清楚是她曝光他们一家三口的，他完全有理由报复她，可他却一直没有曝光林渊立，这一举动获得了纽兰的好感。

纽兰觉得很有必要和这孩子聊聊，她想知道他为什么曝光林逸夫，又不曝光林渊立？于是她主动给林逍立打电话。

"谁？"大概是看到一长串来电显示，明显是国际长途，林逍立警惕地问。

纽兰轻快地笑笑："你的名字，有一半是我取的，你说我是谁？"

"你是纽兰？"

他直呼其名，纽兰却不在乎，她早就调查过林逍立，他是个非常叛逆的孩子，她不打算在他面前端长辈架子。

她还知道，这孩子过得并不快乐。

"没错，我是林渊立的妈妈，新年快乐。"

他不屑地笑笑："阿姨，我哥可是个醋坛子，要是他知道他妈妈联系我，指不定会有多生气。"

"那不一样，他是个很有底线的人，只爱吃夏葱茏的醋。你果然对他很感兴趣。"

林逍立沉默。

纽兰淡淡笑道："你亲她女朋友的事，我保证他气坏了。"

"可他一开始并没有来揍我，看来他也没多么喜欢那个女孩。"

"正相反，他喜欢得很，没来揍你，是因为他有个足够优秀的女朋友。"正因为这样，纽兰才认定夏葱茏适合林渊立，她管得住他，且知道什么时候该管着他。

"纽阿姨，你为什么要跟我说这些？"

"因为你有必要知道，如果你想成功引起你那个跟你有一半血缘关系的哥哥注意，就不要去激怒他，他不吃这一套，他不会为了跟你斗气，就多关注你一点，他只会记着你的不好，然后更加疏远你。这是他从小接受的教育，他不会因为讨厌某个人而在那个人身上浪费更多的时间，你懂吗？他会把时间留给值得的人，你想让他注意到你，就只能让他喜欢你。你想和他对话，哪怕跟他打架，就直接告诉他，没必要拐弯抹角，他很愿意助人为乐。"

趁着林逍立再度陷入沉默，纽兰马上换了口气，她已经很久没说过这么一长串话了，哪怕是对亲儿子林渊立，都没有。

过了半响，那头才试探似的问："你不反感我去见他？"

"不反感，大人的事与你们无关，你们的事也与大人无关。如果你和他相认，那是你们之间的缘分，谁也管不着。你很想要一个哥哥？"

"我已经有哥哥了。"林逍立脱口而出，马上就后悔了，这不等于承认自己很想亲近林渊立吗？

如此微妙的情绪，怎么瞒得住纽兰，她会心一笑，透着宽慰和惊喜："这就是你不愿曝光他的真正原因？因为你心底里把他当作亲人，想保护他？"

那头直接挂断电话。

纽兰向来不喜欢勉强人，她没再打扰林逍立，只是通过邮件给他发去了自己的联系方式。

有过这次通话，她意外地发现自己居然有点喜欢这小孩，故作嚣张却更显笨拙，别扭却不失真实。

三天后，林逍立主动联系了她，这一次，他消除了一点敌意，多了几分不难察觉的善意。

"纽阿姨，你、您好，新年……快乐。"

纽兰响起银铃般的笑声，这孩子真好笑，连祝她新年快乐都难以启齿？

"孩子，你好。"平日冷淡的她破天荒地亲切待人，纽兰是个拎得清的人，连夏葱茏都懂得的道理，她自然也懂，不会迁怒于林逍立。知道这孩子莫名其妙地喜欢着自己的儿子，她感到蛮自豪的。

"纽阿姨，我就是想问问，你……额……您上回联系我，是有什么事吗？"

"你想不想要你哥的最新住址，我可以给你，你有空可以去找他，但你一定要记住，他和你爸不一样，他会珍惜自己喜欢的人。你既然认他这个哥哥，就要尊重他。"

"可是，他不认我。"

"那是因为你亲了夏葱茏。你记住，他不会因为你不是我生的，就恨你，但如果你敢碰一下夏葱茏，和捅他刀子没两样。他和我一样，有感情洁癖，他们已经在香港登记结婚了。"

林逍立十分惊讶："他才比我年长一岁……"

"嗯，你现在知道他有多喜欢夏葱茏了，他是认真的，他知道自己想要什么，从小就知道。你哥是个很不错的人，我敢保证，如果你有机会和他好好相处，你会更喜欢他。是否可以告诉我，你曝光你爸爸是为什么？你恨他？"

"他只爱他自己。"林逍立无法恨纽兰，因为纽兰和自己的亲妈一样，都是受害人。

某种程度上，他甚至敬重纽兰，她比他亲妈刚强许多，她不屑依附林逸夫，亲妈却为了物质甘愿妥协，怯懦软弱，使得他多年来见不得光，外界提起他也只说"私生子"，如果大家知道林渊立，大概会称呼他"爱子"吧。

有的时候，林逍立真羡慕林渊立，有一个像纽兰这样能自救并能自我升值的母亲。而他呢？因为亲妈放弃抵抗，向感情妥协，令他也跟着深陷泥沼，无人关爱。

在很小的时候，林逍立就总听父亲林逸夫说"你哥哥是个很棒的男生，你要成为像你哥哥一样优秀的人"，这个概念植入到他脑海里，根深蒂固。喜欢林渊立，不是他的选择，是林逸夫对他为数不多的教育，从蹒跚学步到翩翩少年，早就深入骨髓。

"孩子，其实你没必要恨林逸夫。"纽兰几不可闻地叹息了一声，"他确实是个恶劣的丈夫,但他是个称职的父亲,他爱你,也爱你哥,这点我可以肯定。"

"他更爱我哥。"

"那是他觉得自己亏欠了你哥,感情上多一分愧疚,但父爱是一样的。"

林逍立几乎就要怀疑自己的耳朵:"你居然为他说好话?"

"我说实话而已,颠倒是非不是我做人的准则,我向来有一说一。要去找你哥哥吗?"

"要的,可他不一定肯见我。"

纽兰又浅笑了一声,她发现,自己面对这个孩子时,笑容似乎比平时多出许多:"他会见你的,有夏葱茏呢,看到她,记得喊嫂子。"

"好。"

"你代表我参加他们的婚礼怎么样?我最近不方便回国。"

"我?我代表你?"林逍立受宠若惊,他凭什么啊?他跟纽兰……关系明明很别扭啊。

纽兰十分豁达道:"你没听错,你代表我。林渊立举行婚礼,总得有家人到场吧,林逸夫不可能去,我也不便露面,你去正合适,作为家属代表。"

"纽阿姨……我……"

"你放宽心,一切都会好起来的。如果你受气了,觉得委屈,找夏葱茏,她是个非常有分寸的人,会帮你收拾你哥的。"

她没忍心告诉林逍立,林渊立因为不愿意与他"同名",而改了名字,她怕伤着这敏感的孩子。林渊立当初那么做,是出于对父亲的恨,不是对林逍立,就让当哥哥的以后跟弟弟解释吧,这闲事吃力不讨好,还是不管的好。

纽兰给予的尊重和宽容,令林逍立无法再把她视作敌人,她甚至用非常肯定的态度告诉他,林逸夫是爱他的。

从小缺乏关爱的林逍立,瞬间沦陷了。结束通话后,林逍立躲在房间里哭了很久,他没想过他的名字有一半是纽兰给的,而他现在得到的仅有的关爱,也是纽兰给的。他的亲妈,只知道取悦林逸夫,根本没把心思放在他身上。

他是那么渴望亲情,那么孤独,那么盼着有人来问他:想要什么?喜欢什么?

从来没有人问过他,没有人在乎他的感受。

他决定去见林渊立,出发前一天还特地给纽兰写了邮件,承诺会好好表现。

纽兰几乎是秒回:"加油哦,孩子。"

林渊立不敢相信纽兰会对林逍立这么温柔,不禁怀疑这是林逍立捏造出来的故事,他妈根本不是这样子的,小时候对他可严厉可专制了,曾经他觉得母亲是"女版希特勒"……

说时迟那时快,"女版希特勒"突然来电,逐一印证了林逍立所说的每句话,并带着点恐吓的态度警告他这个亲儿子做人善良一点,不然以后有他后悔的时候,然后犀利地挂断了电话。

瞧嘛,她根本没有林逍立说的那么温柔。

林渊立莫名感到手足无措,亲妈和林逍立如此和气,反倒令他立场尴尬,他还在气那小鬼亲夏葱茏的事呢,他根本做不到宽恕他。

夏葱茏身为中间人,自然很有调和气氛的觉悟,可她也没法子逼着林渊立马上接受林逍立,那幼稚鬼需要时间。

然而时间的巨轮滚滚向前,有时候根本由不得你,于是世上便有了"无奈"这事。

门铃响起,夏葱茏和林渊立对视一眼,狐疑起身走到门口,透过猫眼往外探视,登时倒吸了一口凉气,如临大敌般压着嗓音道:"老公……我妈……王女士……在门外。"

如此惊恐万分的态度,很难让林渊立相信来客是岳母大人,分明是有鬼。

受夏葱茏感染,林渊立也有点不淡定了,想起在场的还有林逍立,不禁开始窃喜,好歹有"外人"在场,厉害的王女士应该不会令场面太难看吧?

他忘了,他和林逍立,在王孜孜面前,不过是两个大男孩而已,根本不够令她收敛脾气。

"我要开门了,各就各位,都做好心理准备。"夏葱茏开了门,毕恭毕敬地迎接迷之可怕的王女士。

王孜孜穿着一件不厚的杏色长版风衣,内衬白色针织衫和黑色休闲裤,双脚穿着崭新的白鞋,很有精神地站在门外,并不急着进屋,似乎要好好分辨一下女儿的热情欢迎是真心实意还是惺惺作态。

然后得出了结论,至少夏葱茏怕她是真的。

王孜孜像个走红毯的女星,一下就把家门到沙发的距离走完了,以至于她站在电视柜前,稍微低头俯视沙发上的两个大男孩时,对方都不能马上做出回应。

王孜孜的目光从林逍立看到林渊立,最后抬头定格在端着玫瑰花茶从厨房里出来的夏葱茏脸上:"哪个是你的?"

夏葱茏怔了怔,正要开口,林渊立马上起来彬彬有礼地自首:"我,我是她的,岳母好。"

空气里冒出几秒难熬的停顿。

有一瞬间,夏葱茏很担心风姿绰约的王女士会说出"叫阿姨就好"这种拒人千里的话,好在她上下打量一番林渊立之后,似乎对他的颜值和气质很满意,点点头朝他意味深长地笑笑,径直坐到了另一张单人沙发上,刚好与林渊立面对面。

林渊立感到前所未有的紧张,王女士跟他妈妈纽兰实在太不一样了,纽兰清雅淡漠,给人没有敌意的疏离感,而王孜孜一双笑目中透着不好惹的锐利，举止间那份干脆利落的自信莫名流露出霸儒之风，一看就是个厉害的女人。

她的美和纽兰的美截然不同，纽兰是傲人的清媚，她是凌人的冷艳，浑身上下找不出一丝亲切感。想当年夏傲亭在家里与她独处时，分分钟被她呛出内伤。

林渊立决定把"女版希特勒"这顶帽子从亲妈头上扣到王女士头上。

"妈，你喜欢的玫瑰花茶。"夏葱茏把透明茶壶和茶杯送到她面前，在她身旁的长沙发坐下。

林逍立也坐在长沙发上，但更靠着林渊立，与夏葱茏之间隔着许多空白。

王女士端起茶杯，漫不经心地看着里头的淡黄茶水，冷不丁扫了林逍立一眼："这位……"有点眼熟。

林逍立请示似的瞥向林渊立，有些身份不知当讲不当讲，便不敢贸然吭声，生怕给不喜欢自己的哥哥添乱。

而那家伙不打算把这事推给夏葱茏，颓然认栽道："这是我弟，林逍立。"

哥哥居然承认他了……

林逍立百感交集，竟笑不出来，反而更显得阴郁："阿姨好，我是我哥的弟弟。"

林渊立斜睨他一眼，察觉出那小鬼的情况有点不对。

王女士坐在最佳观战位，把那两个大男孩的微表情尽收眼底，高深莫测地笑了笑："挺好，同父异母，团结友爱。"

林家两兄弟听到王女士的话，不知道该说些什么。

"妈，你少玩一点微博。"

"怎么可能，我是人类，不玩微博的是那个住在606的病秧子。"

"妈，我爸也玩的。"

"啊？真令人惊喜，他终于有兴趣了解人类生活了？以前嫌我的围裙不够干净,他要是到厨房做饭,一天得把围裙洗三次。"

"我爸他……可以买三件围裙,一天洗三件,三件一次洗就好了。"夏葱茏弱弱地为夏傲亭反驳,迎来了王女士致命一瞥,登时噤声。

夏葱茏这辈子只怕两件事:一是林渊立不爱她;二是王女士犀利地拿眼瞪她。

"妈,下次来之前给我打个电话,万一我不在家不就让你白跑一趟了?"

"我是心血来潮,想来就来了。"王女士抿一口茶,放下茶杯,冷淡的语气带点警告意思,"下回搬了新居,请有点当女儿的觉悟,不要让那个病秧子告诉我,好像他跟你才比较熟似的,你是我生的,他不过是提供了一条祖传染色体,明白吗?"

"知道了。妈,你刚从新加坡回来吗?叔叔有陪你一起吗?"

"嗯,我一下飞机就直接来你这了。"

王孜孜的男朋友是一个新加坡富商,两人在一起好些年了,感情一直很好。因为他,王孜孜常驻新加坡,每年待在国内的时间极少。

王孜孜对林渊立说:"你和葱葱在香港登记结婚了?你胆子挺大的啊。"

林渊立笑笑,不说话。

王孜孜也笑笑:"我不同意你们举行婚礼。"

夏葱茏惊诧抬头,正要开口,却听到林渊立笃定应对:"岳母,夏葱茏是我的底线,我不能妥协,这场婚礼不会因为您的意愿而改变。"

"哦,你觉得她会听你的,还是听我的?"

"她会听她自己的,遵从自己的内心。"

二人齐齐地看向夏葱茏。

夏葱茏坚强地迎接那两双眼睛传来的激流暗涌,本来平静祥和的客厅因为王孜孜的到来而弥漫出一股令人紧张的硝烟味。

"妈,你别逗他了。"夏葱茏揉揉太阳穴,"在这件事情上,他没有幽默感,你饶了他吧。"

早在从香港回来后第二天,夏葱茏就打过电话报告王孜孜,自己已经在香港登记结婚了。

那时林渊立还没从被窝里清醒过来。

王孜孜听后没有想象中的雷霆大怒,而是冷冷地说:"我现在给你们买机票,你们来新加坡一趟,我要当面骂。哦对了,带上那个病秧子,这回他也跑不了。"

夏葱茏几乎就要握着手机下跪:"妈,我们不去新加坡,他家里出事了,最近需要静养。"

"出什么事需要用结婚来解决?"

"额……"夏葱茏尴尬地说,"你上网看看影帝的新闻就知道了。"

王女士对娱乐八卦十分敏锐,马上就明白过来:"你男朋友是影帝儿子林逍立?所以照片上那个背影真是你?我当时就说呢,那个后脑勺怎么看都像是我打过的。"

"妈……我男朋友……啊不,我老公,是林逍立的哥哥,纽兰阿姨的儿子,你不是……很喜欢纽兰阿姨拍的戏吗?"

"啊!"王孜孜一秒变影迷,"纽兰?你是说纽兰吗?纽约的纽,空谷幽兰的兰?"

"对,就是她。"

"啊?!我要和她当亲家了?"

"嗯。"夏葱茏猜想,亲妈那张脸大概已经变成惊叹号了,"高兴吗?"

"还行。"

王孜孜如数家珍地聊着纽兰当年演过的角色,直到话题全部跑偏,她的火气也消了。

夏葱茏起身走到林渊立身边,坐在单人沙发边上,安抚似的拍拍他:"你放心哦,我妈是纽妈妈的影迷,她逗你玩呢。"

林渊立一下蒙了,就刚才那番严肃较量,他丝毫感觉不到里头包含了玩笑的成分。

夏葱茏尴尬地笑道:"我妈,不大会开玩笑。"

林渊立一脸"这种事也能开玩笑吗"的无语表情。

王孜孜似乎待腻了,看了看手机时间,懒洋洋地站起:"Marcus还在楼下等我。婚礼我会准时到场,我会给我家葱葱准备一份丰厚的嫁妆。"

"其实不用。"林渊立也站起来,趁机握住夏葱茏的手与她一起送王孜孜出门,"岳母,我有她就很满足了,其他的你们长辈意思意思就行了。"

王女士走后,夏葱茏倒在林渊立怀里,被他搂着推回沙发,二人如同刚经历过一场世纪之战,有种虚脱的感觉。

家里少了王女士的气场加持,复又水静无波,林逍立的反常又如一石激起千层浪,他难得乖巧地替夏葱茏收拾了茶几清洗了茶具,再次回到客厅时,似连步伐也轻了:"我走了,婚礼我也去。"

"等等。"林渊立喊住他,因为疲乏而变得柔和的目光及时抓住他的身影,"你怎么来的?"

"司机送我来的。"

"你怎么回去?"

"司机还在楼下。"

"好。"

哥这是关心他?带着这个幸福的疑问,林逍立走了出去。

来客都走了,夏葱茏彻底放松下来,窝在林渊立怀里一动不动,二人累得只有力气依偎在一起。

想起刚才的谈话,夏葱茏浅笑道:"如果我妈真的反对……"

"反对无效。"林渊立挑起她的下巴,垂眸与她对视,"你知道的,谁都不能让你离开我,连你也不能。"

夏葱茏眨了眨眼,深情注视他,极其认真道:"你现在这么爱我,要是以后少爱我一点,我会很生气。"

"我每天都会比昨天更爱你。"

"你凭什么打这种保票？"

他低头亲吻她，唇齿间尽显温柔。

室内再无别人，他却用只有她听见的低声说道："我敢许下承诺，是因为我遇见了爱情，以后的生活琐事，平淡日子，都不会消磨我和你的爱情，我爱你！"

夏葱茏又印上那只吻过她的唇，温软而缠绵的长吻晕开了一屋甜蜜。

杨脩一从屋外回来，正巧撞见这两人在亲吻，带上门后像个观光客一样堂而皇之地走过这道爱情风景，毫无感情地转身进房间。

这两人没有停歇的意思，沉醉其中不问世事。

然而杨公子又不甘寂寞地跑出来，似有大喜之事必须得找个活物分享，于是客厅那对就成了他的捕猎对象。

他根本不怕打扰他们，走到对面王女士刚占领过的单人沙发坐下，自顾自开口："我在地铁站追上郭朗妮了。"

夏葱茏瞬间出戏，刷一下扭头："怎么样？"

"啧啧。"杨脩一在心里偷笑，表面上却特别无所谓："她啊，根本不是讨厌我。"

"还有呢？"

"我现在知道了，她一看到我就急匆匆走了，回到宿舍后又条件反射地要把和我见面穿的那身衣服洗掉，是因为……总之不是讨厌我，哎，不说了，我要给她回信，总不能白收人家的情书呀。"

林渊立道："你收到的情书可不少，每封都要回？"

"当然不是，我哪这么有空。"杨脩一锁上房门，准备奋笔疾书了。

要回什么好呢？

手机来电震得茶几都不安了，夏葱茏伸长胳膊，抓起手机接听电话，松花蛋发现新大陆的尖叫声随之响起："夏葱茏，那个……那个男生，是林道立！他哥哥是林渊立？那林渊立不就是影帝儿子吗？！"

"嗯。"夏葱茏挂断电话,关机。

等到她们收到喜帖的那天,怕也会大吃一惊。

她和林渊立,有的是让她们震惊不已的事呢。

"没人可以打扰我们了,老公。"她靠上他的胸膛。

林渊立横抱起她走进卧室,俊美的笑脸任何时候都惹得她心动:"我还是想把你送到无人岛,过着只有我和你的甜蜜生活,我的世界很小,只能容下你,我最爱的夏葱茏。"